C O C O O N
O F
S O U N D

声音之茧

苏沧桑 著

浙江人民出版社

目录

自序：生长者的根　　　　　001

春声

一月　孟春
立春·梦马　　　　　　　003
立春·芽　　　　　　　　012
雨水·梦树　　　　　　　017
雨水·鸟人　　　　　　　025

二月　花朝
惊蛰·青未了　　　　　　035
春分·鼓词　　　　　　　048

三月　桃浪
清明·泉　　　　　　　　053
清明·黑沙滩　　　　　　057
谷雨·十字街寓言　　　　066
谷雨·时光的气味　　　　077

夏籁

四月　槐夏

立夏·伞	087
立夏·白色痛	091
立夏·蚕花记	094
小满·时光隧道	103
小满·十万蚕	106

五月　仲夏

芒种·捕捉月亮升起的声音	113
芒种·海上辞	123
夏至·海上来风　来风是我	134
夏至·尼泊尔李子	143
夏至·百令铜钟	146

六月　荷月

小暑·小野一坨	157
小暑·蓝色和声	161
小暑·春晖犹怜草木青	182
大暑·银河从山谷升起	191
大暑·日月桥	194

秋吟

七月　上秋

立秋 · 枣子穿过树叶　　　　　203
立秋 · 消失这个词　　　　　　209
处暑 · 无心绿　　　　　　　　213
处暑 · 脉动　　　　　　　　　217

八月　清秋

白露 · 开普　　　　　　　　　223
白露 · 闻风起　　　　　　　　227
白露 · 廊上耳语　　　　　　　237
白露 · 明月山北　　　　　　　244
秋分 · 天空岛　　　　　　　　255
秋分 · 月空来信　　　　　　　259
秋分 · 向荒野　　　　　　　　268
秋分 · 古村的心跳　　　　　　289

九月　桑落

寒露 · 滴液　　　　　　　　　299
寒露 · 林深见鹿　　　　　　　302
霜降 · 蝶　　　　　　　　　　307
霜降 · 一杯敬朝阳　一杯敬月光　310

冬乐

十月　霜华

立冬·山中初雪　　　325
立冬·藏　　　334
小雪·终夜如年　　　339
小雪·高逸图　　　343

十一月　隆冬

大雪·下雨的时候　　　353
大雪·第三种绝色　　　364
冬至·水在滴　　　372
冬至·酿泉　　　375

十二月　暮岁

小寒·猎鱼　　　389
小寒·苍穹驿站　　　392
小寒·海有心跳　　　399
小寒·虫洞　　　402
大寒·水一方　　　405
大寒·梦湖　　　412

自序 / 生长者的根

一

雨鼓（Rainwaves），是瑞典艺术家 ErikVallbo 设在山林中的一件装置艺术，由二十五个不同厚度的不锈钢方块组成。雨落在这件唯美的声音雕塑上，山林中便会响起一场独一无二的雨滴交响曲。

雨鼓声让我想起故乡玉环岛春雨落在老屋黑瓦上的滴答声，屋檐下陶制水瓮里绵延不绝的叮咚声，雨雾升腾的旷野上家人焦急的呼唤声……穿越半个世纪时空的无数声音如天籁笼盖,世界一下子安静了。

二

我是一个对声音异常敏感的人,"敏感",也许并非事实,而是幻听。

多年前的立秋时节,我和女儿阿沁一起在VRFAMILY体验馆玩一个游戏,虚拟世界里,我们变成了孤悬在茫茫宇宙间的两颗星球。恐惧袭来时,我听见阿沁的声音传来:"不要怕"。这个稚嫩而有力的声音,忽然间复活了我记忆旷宇中月光般轻抚拂过我、雷鸣般重击过我的无数种声音,声音背后的那些人、那些刻骨铭心的生命片段一一浮现。

幻听消失后,我听到的唯一的声音是自己的心跳声和呼吸声,伴随着极其轻微的静水深流的嗡嗡声,像回到了生命的来处,母亲的子宫。羊水如海域,黑暗空旷,湿润温暖,未知世界递给孤岛般的胎儿的那根绳索,链接着母亲的心跳声、呼吸声、说话声、歌声和哭声。呱呱坠地后,纷至杳来的无数种声音替代了母亲的声音,缠绕我,陪伴我,滋养我,觊觎我,伤害我,抚慰我。

遗忘是必然的,铭记也是必然的,如朝暾夕月,风掠檐铃。

三

我没有见过故乡玉环岛漩门湾的巨型漩涡,也没有见过穿梭于漩涡间的渔船。它们存在于我多年的想象中。曾经,玉环岛这个地球上颇具独特美质的生态空间有一个奇特的景象——玉环本岛与楚门半岛相接处的漩门湾,翻滚着一个个巨型漩涡,特别是月圆之夜,潮水疯涨,瀑布般从天而降,一齐挤过狭窄的海峡,如万马奔腾,气吞山河。漩门湾的渔船,和交通最末端的玉环岛一样,和年少时的我一样,弱小、疏离、孤独,饱经惊涛骇浪,风雨飘摇,命悬一线。

我们最早的祖先究竟来自大海或者荒野已无从考证,重要的是,玉环人的血液里,沉淀出了独特的基因,形成了独特的性格,他们掌握海洋秘密,利用潮汐风能,精进围垦种植和制造,一路乘风破浪,因而,一个曾被世界遗忘的偏远一隅,终于被看见、被拥抱。

"中国,南方,海岛,四季,节气,记忆深处的某个声音,刻骨铭心的某个人生片段,云卷云舒,潮起潮落,都在这里。月空之下、时间之上,生命之歌、万物之美,与您共享,愿您喜欢。"这是我应《解放日报》之邀开设"月空来信"专栏时的开栏语,也是这本《声音之茧》想要表达的。我试图以"海岛"为空间原点,以深具古典美感和哲学意味的"节气"为时间节点,以"声音"为载体,以"情感"为媒介,以"人生"为指向,在文字里回望、倾听、雕刻,雕刻中国东南方面朝大海的精神图谱,也雕刻自己的生命图谱。

四

咕咚—咕咚—咕咚—咕咚—咕咚—咕咚。

一共六下。杭州某医院B超室,我第一次做心脏彩超,也第一次听到自己被B超机器放大的心跳声,潮汐般涨满了整个房间。那是一种神奇的感觉,我所拥有的一切随时可能离我而去,唯有这个声音会伴随我一生,直到最后一秒。

暗夜，钟摆滴答。诗人里尔克说，人有如一个物，置身于万物之中，无限孤独，一切物与人的结合都退至共同的深处，那里浸润着一切生长者的根。时光之海里，每一个人都是一座孤岛，一叶孤舟，一片孤叶，独自在命运的惊涛骇浪中浮沉，在风霜雨雪中飘摇。好在，总有一些声音，如绵延的海水，如泥土之下盘根错节的根，将彼此相连，让彼此相认，哪怕这世上有多少往事无人倾听。

身如孤舟，是宿命。做彼此的灯塔，是选择。

愿你走进我用文字织就的"声音之茧"时，感受到的不是虚空、幽暗，而是丰盈、光亮。

愿你重新听见自己生命中的声声回响，找回属于你这个生长者的根。

愿你破茧成蝶。

愿你荟蔚参天。

是为序。

二零二三年大暑·莫干山 初稿
二零二四年惊蛰·山后浦 定稿

一月孟春

●

二月花朝

●

三月桃浪

春声

立春·梦马

一

事实上,那时,年幼的我还未真正远离过孤悬于东海一隅的海岛玉环,从未见过马,也从未听见过马蹄声。

嘚嘚嘚……哒哒哒……

被薄雾笼罩的灰白色梦境里,一匹比雪更白、比冰更剔透的白马,扬起比玉石更玲珑的马蹄,奔驰于正在解冻的冰河之上。蹄声过处,白雾升腾,冰花如莲,河面瓷瓶般绽裂,冬的封印被一一解开,水草、水蛇、河蚌、螺蛳、蝌蚪、鱼、虾、蛙、龟一一醒来。一条河身披闪闪发光的流水昂首奔向大海,如一支巨大的画笔在大地上蜿蜒,笔落处,磅礴的春的画卷徐徐展开,海天交接处,霞光打开亿万道金色大门,迎雁阵归来。

醒来，见母亲依然伏在缝纫机前专注地做着一件新衣。三十三岁的母亲，这位玉环岛楚门镇有名的裁缝，要赶在除夕年夜饭前缝制好所有顾客早在几个月前预定的新衣，然后，赶在大年初一日出之前，赶在立春唤醒玉环岛之前，为她的三个孩子赶制好新衣，让他们能穿着新衣在鞭炮声里迎接又一个新的春天。她俯冲的姿势，专注的神情，脚踩缝纫机发出的哒哒声，像我梦中的那匹白马，正独自穿越除夕这最后一个也是最寒冷的冬夜。

我睡下时看到的她的姿势，我睡下时听到的哒哒声，和我午夜梦醒时看到、听到的一模一样，唯一的不同，是她手里的粉红色灯芯绒衣服，换成了咖啡色的灯芯绒衣服。那时我不知道，在我的梦与梦之间，哒哒声曾几度消失，心力交瘁的母亲曾几度晕眩，趴在缝纫机头昏睡一会儿，又挣扎着坐起。

二

第一次晕眩，母亲听到了来自三个女人的三种声音，她的祖母的、母亲的、婆婆的。

喃喃的念经声来自她的祖母。楚门十字街东门，三百六十五日的每一个五更天,祖母挽好一头蚕丝般的白发,穿上一身素净的衣裳,在老屋二楼的佛龛前神情肃穆地点上油灯,燃上香,然后端坐在一张老藤椅上,翻开一本经书开始漫长的诵念。最后,她跪在佛龛前,双手合十,喃喃祈祷。在她的祈祷词里,母亲听到了每一位家人的名字,唯独没有祖母自己的名字,便问祖母为何不祈祷自己也岁岁平安呢,祖母微微一笑,说:"没有家人的平安何来我自己的平安呢?"祖母说话时,树叶在木窗外沙沙作响,仿佛传递着某种悠远的禅意。

沙啦沙啦的声音,来自她怀着身孕的母亲,我的外祖母。挺着八个月大肚子的外祖母正在丫髻山一个山坡上用钉耙耙枯树枝。她笨拙地挪动着身子,头上沾满了棉絮和枯树叶,远看像一头熊。她的第六个孩子再过两个月就要出生了。她要趁自己还爬得动山,再去耙一些枯树枝、枯树叶拿回家当柴火;她要趁自己还弯得下腰,再去菜市场捡点人家丢弃的菜帮子拿来腌咸菜,放在饭锅上蒸蒸,也算得上一个菜;她要趁自己还做得动,再给镇上人多弹几床棉被,贴补点家用。当她身背一捆巨大的枯枝叶像一头熊一样蹒跚着走进家门时,早已倚门而立的公公怒气冲冲地对着自己的儿子、她的丈夫吼："你怎么不管管她，怎么不管管她，要是摔下来可怎么好啊？！"

"唉——"长长的叹气声来自母亲的婆婆，我的祖母。午夜，从天南海北躲避武斗动乱回来的一大家子十几口人，终于在老屋逼仄的空间里安顿了下来，沉沉进入了梦乡。每天十几口人吃饭，老话说牙齿敲出来都有一畚斗，东家去借过钱了，西家去借过米了，明天，再去哪里问谁借呢？隔着薄薄的板壁，跟着父亲从温州平阳逃回老家的母亲听见婆婆很轻很轻的叹气声响了一夜。可是第二天、第三天和接下来的每一天，婆婆总会像变戏法一样变出粮食，从没让儿孙们饿过一顿。番薯丝饭几乎全是番薯丝，只有锅心扣的小碗里是纯米饭，留着给最小的孩子们吃。

母亲想，我也绝不能让我的孩子饿着冻着，每一个新年，他们都要有新衣服穿，再穷再苦，也要想办法"变"出来。

仿佛所有的母亲都有与生俱来的神一般的能力，那种能力叫"创造"。

三

第二次晕眩时，她听见了自己三个孩子的笑声，伴随着巨大的几乎要吞噬掉他们的水声。

"砰砰砰",她九岁的大女儿丹娜在楚门南门河边的捣衣声,回响在料峭的春寒里。当时母亲正忙着给一位顾客量尺寸,她不知道大女儿正抱着全家人的脏衣服走向南门河,离死神仅一步之遥。丹娜想在河埠头找个洗衣的好位置,没找到,只好走到远处的一只水泥船上,蹲在船头洗衣服。河水将对面一条水泥船推得离她越来越近,她拿起捣衣槌想把船戳开一点,扑了个空,一跟斗翻进了水里,冰冷的河水瞬间吞没了她,也激醒了她,她异常清楚地记得自己在水里翻了一个跟斗,拼命扑腾了几下,糊里糊涂浮上了水面爬上了岸。四周空无一人,没有人看见一个小女孩刚刚经历了生死一瞬。

"砰砰砰",她一岁半的二女儿沧桑拍着一个五彩皮球,正无知无畏地奔向一个泳池,亦离死神仅一步之遥。当时,怀着身孕的母亲正趴在床上学习服装裁剪,专注地研究着如何将她刚拆掉的大衣按原样恢复。第三个孩子即将临盆,她得赶紧学一门手艺挣钱养家啊!寒假的教师宿舍冷冷清清,操场上几乎空无一人。突然,正在备课的孩子的父亲像突然听到什么声音,飞奔向屋外。紧跟他身后飞奔出去的母亲看到,小女儿正仰天漂浮在泳池里,手脚乱划,嘴里咿咿呀呀着，棉衣的浮力托住了她，身旁还漂浮着那个五彩皮球。她的父亲飞跃进泳池，将她捞了上来。

扑通声是母亲午夜梦回常常惊出一身冷汗时的幻听。母亲终于成为了远近知名的裁缝师傅，生意越来越好，年关，要没日没夜地为顾客赶制新衣。天蒙蒙亮时，常有摆摊的人在门外叫："先生姆，好歇着了！"除了保证孩子们的一日三餐，她实在无暇照看他们。三岁的小儿子阿海常一个人偷偷拿着简陋的钓鱼竿，跑到屋后的小溪里钓鱼，摸虾。有一天，浑身湿透、惊恐未定的儿子被一个陌生人送了回来。陌生人说，这么小的孩子，太危险了，差点……她举起尺子狠狠打向儿子的手心，打着打着，自己哭了。后怕，内疚，心疼，无奈，那个年代，谁家孩子不是野大的？

奇怪的是，母亲的记忆里没有孩子们的哭声，只有他们的笑声。那一年大年初一，睡眼惺忪的她看见孩子们穿上了她做的新衣。家里仅有的一包年货——二十几块饼干在三姐弟手里让来让去。

四

海岛第一缕春的气息从木窗缝里漏进来，接近零度的寒意唤醒了母亲。母亲从缝纫机前抬起头，搓了搓几乎冻僵的双手，脚下的哒哒声重新响起。孩子们像三只小猫静静窝在灯光的暗影里，睡得很香，她想，此刻，他们被停职派到农村工作队的父亲是睡了还是醒着？他饿吗？冷吗？胃还痛吗？

他说，我想找一个地方，建一幢房子和一个院子，让孩子们在一个有花有草有树，一个很开阔的地方长大。

那个地方，便成了她和他多年来共同的梦想，她踩着缝纫机，像一匹马一样日夜奔赴。

母亲不知道的是，当她像马一样风雨无阻日夜兼程时，她并不孤独，在世界的无数个角落，有无数和她一样的母亲。

新疆人迹罕至的戈壁上，雌性猎隼不断向着翼展长达两米、世界上最凶猛的猛禽金雕俯冲，夺回了巢穴上的制空权，为三只雏鸟辟出了宽阔的童年。

青藏高原上，藏狐第一次做母亲，当它觅食回来，发现一匹狼正在不远处觊觎着懵懂无知的刚出生的两只狐崽。它冲到狼的正前面，拼尽全力引开了狼，并安全返回。

墨西哥森林里，黑脉金斑蝶为了繁育后代，需要迁徙一万公里，经过三四代的飞行，最后一代将准确地回到这片森林，继续繁衍生息。

哥斯达黎加，上万只丽龟在大海中长途跋涉了一千多公里，在下弦月的夜里回到了十五年前自己的出生地产卵，和它们的母亲一样，将生命的源头再一次铭刻进种族的基因里。

每年四月，内蒙古高原的达里诺尔湖会上演惊心动魄的"死亡洄游"。亿万条华子鱼逆流而上，前往一百余公里外的出生地产卵繁衍，历尽艰难险阻，九死一生。

在秦岭的森林深处，冰天雪地的早春时节，一只与母亲失散的小川金丝猴，不被别人的母亲和家族接受，孤独地蹲在树枝上，蓝色的小脸冻得发青。终于，在寒夜降临前，它回到了母亲的怀抱——这抵御严寒的铠甲。

落地生根、繁衍生息，是植物的宿命，也是动物的宿命。天地不仁，以万物为刍狗，最残酷的是大自然，最仁慈的也是大自然，它赐予每一个生命以伟大的母亲。伟大的母性，用子宫孕育最初的生命，又用自己的双手和怀抱，将自己生命中最本能最天性最真挚的部分，构建了一个体外的子宫，在肉体和精神上给予后代双重的哺育和滋养。是母性赋予每一个独一无二的生命以最温暖的底色、最珍贵的爱的能力，才有蓝色星球上神迹般的磅礴壮丽、生生不息。

五

晨曦从木窗的缝隙间透进来,落在三十三岁的母亲的左手食指上,落在被针尖戳破的指尖渗出的一滴鲜血上。逆光中,一滴血宛如海上初升的一轮红日,宛如时光突然流下的一颗泪滴。

新年零星的鞭炮声尚未惊醒她的孩子们。她缝好最后一粒纽扣,打上了最后一个结,轻轻用牙咬断了线。这最后的轻轻的一咬,仿佛耗尽了她最后一丝力气。

"笃笃笃",随着轻轻的敲门声,响起一个陌生男人的声音:

"老师姆,好歇着啦!苏老师托我给你带过来一枝桃花,放在门口了哦。苏老师说,这是山里开得最早的桃花。"

两个小时后,响彻整个小镇的鞭炮声里,穿着崭新的大红色、粉红色、咖啡色灯芯绒衣服的三姐弟蹑手蹑脚走出了屋子,轻轻关上了屋门。没有人知道,是谁的衣角渗着母亲指尖的一滴血。

我们仨偷笑着把耳朵贴到门缝听了听,屋里,传出了母亲很轻很轻的鼾声。

立春·芽

立春，上午九点。我的目光随阳光一起落在一张纸上时，看见一小束七彩的光在纸上微微晃动，低头发现是我胸前黑色围巾上镶的碎水晶折射的阳光。随着我的一呼一吸，阳光仿佛也在纸上一呼一吸，而当我站起来，阳光便叮叮咚咚落了一地。

立春，万物破土破冰破壳而生；立春，万物向阳向光向上而生。大地之上，每一个角落都涌动着神奇的光，细微的呼吸，有力的萌动，这是人间的第一个节气，也是大自然醒来后的第一声耳语。

早春清晨的玉环岛火山茶园里，千万粒新芽如花蕾般含苞欲放。早春的森林里，一棵野生菌的菌丝已蔓延数公里，加速着落叶的腐败。尘归尘、土归土，森林里的生命进入了新的轮回。早春的海洋深处，雌雄海马形影不离，两个月后，一排排受精卵镶嵌在雄海马的尾巴上，它们奋力震动着背鳍，以使自己不被海水冲走，一粒粒小小的海马陆续落在海藻床上，新一轮的生命又开始了。云层里的冰晶折射出佛光、白色月虹，甚至三个太阳、三道彩虹。没有一丝气泡的冰山里，冰晶反射着不同颜色的光，海面上便漂浮起一座座糖果般的冰山。座头鲸在阳光下喷出"彩虹"，鲸在夕阳里喷出"火焰"……

"一二三四五六七，万木生芽是今日"，此时，上午九点，芽一般鲜嫩的孩子们在做什么呢？有孩子走进早春，用指尖触摸春的萌动吗？

碎水晶折射的阳光里，浮现了另一些立春时节的另一些阳光。

一个立春的早晨，姐姐和我与耄耋之年的父母以及我年过半百的小姨妈、小舅妈，带了一大堆吃的喝的去玉环岛山里村玩，就像儿时去山上野炊露营，就像古人在立春时节去郊外迎春、踏春、打春、咬春。阳光落在大红大绿的花布椅上，落在花白的头发上，落在此起彼伏的乡音里。两代人的脑海里同时泛起碎水晶般记忆的星芒，一粒香甜的爆米花，一节不甜的甘蔗梢头，一朵酸甜的杜鹃花，跳橡皮筋，抓石子，扔沙包，翻烟壳，丢手绢，木头人，钓青蛙，摸螺蛳……在物质匮乏的年代，这些东西给每一个孩子都带来过巨大的幸福感。那时，家长很忙，孩子们很空很快乐，如今，家长更忙，孩子们很忙很不快乐。一个个早春稍纵即逝，一个个童年早春般稍纵即逝。他们的记忆里，是否有过无论寒冬酷暑，风吹在热气腾腾的脸上无比凉爽的感觉？是否有过肆意跳跃狂奔，如初春奔腾的溪流，哪怕伴随着跌落摔跤疼痛和伤口？

另一个初春的午后，每日定时光临娘家小院的斑鸠还没来，父亲仅午睡了半个小时便起来了，说我们出发吧，去楚门外塘吴家村赶市。多少年了，故乡热闹非凡的物资交流大会早已成为久远的童年记忆。我们仨在卖腌泥螺、腌蛏子、腌墨鱼蛋、带鱼干、鲳鱼干、水潺鱼干等腌晒海货的小摊前流连，被那些特殊的浓郁香味吸住了脚步。卖石莲豆腐、油炸鼓的小摊，卖桃浆干、番薯丝、萝卜丝、粽叶、捣衣槌、藤篮的小摊，卖鸡仔鸭仔的小摊，卖现切鱼面和绿豆面的小摊，还有全国各地赶来的一个个小吃摊上码着的琳琅满目的食品，时时绊住我们的脚步，其实绊住我们脚步的，是两代人共同的童年记忆。我买了一大把塑料圈鼓动父亲一起玩圈圈套动物游戏，自然，一个都没套着，但父亲看起来很快乐，他满脸期待地将圈圈扔出去时的神情，像一个少年。

在一家云贵川小土豆摊前，我看见一个躺在棚里的泥地上努着小嘴熟睡的小女孩，五六岁的样子，短发，脸上灰扑扑的，身上盖着小毯，身下铺着硬纸板。见我疑惑，四十来岁的男摊主炒着土豆回头看了她一眼，说，我们从贵州开了六天的车来的，把孩子累坏了。

我忽然想起，这个小女孩是我下午看到的唯一的孩子，也许不是唯一，但我的确没有注意到整个物资交流大会上有其他孩子。儿时记忆里的物资交流大会，响彻孩子们的笑闹声，充盈着新奇快乐和满足。而此时，孩子们都在学校里吧，到了晚上，父母会带他们过来放放风吗？

立春，"天下雷行，物与无妄。先王以茂对时育万物。"无妄，对时，是古人穿越千百个立春传递给我们的警示。种在花盆里的花木永远长不成大树，即使在春天，有些刚萌出的新芽也会枯萎。

和我同龄的电台节目主持人舒馨和我说起在她多年的心理健康咨询中碰到的最激烈的一次冲突。一个是含辛茹苦的母亲，一个是沉默寡言的父亲，一个是成绩不错却有严重心理问题的女儿，高考在即，女儿突然退却了，她无法面对千军万马过独木桥的深深的恐惧。咨询室里,母亲冲到女儿面前,咬着牙颤抖着声音说:"你怎么不找个地方去死掉,你还要耗我多久?!"女儿呆住,下意识地拿起手中的水杯朝母亲砸了过去,父亲泪流满面,无力地闭上了眼睛。

和我同龄的舟曾带着她不肯上学,只愿意待在家里看书、画画和写小说的女儿来到我家。女孩神情暗淡,递上她为我亲手刻制的肖像版画时,神情严肃地说:"阿姨,我也想跟着戏班去流浪。"直到她蹲在地上抱起我家的小猫,终于露出了笑容,身上像发出了一种光。那天夜里,舟发来女儿抱着一只小橘猫在欢笑的照片。她如此神速地兑现了她和女儿当着我的面许下的承诺:特别讨厌猫毛的她为女儿养一只小猫,女儿第二天去上学。

萤火虫必须在最黑暗的地方才能彼此看见发出的光亮,才能繁衍生息,城市的灯火正将它们越逼越远。到处是萤火虫般焦虑迷茫的家长和孩子,需要有一种大力量,将他们从疲惫和茫然中解救出来,走向更自然、更广阔的天地。我不知道那究竟是什么,可能是一束叮咚的阳光,一个打碎的花盆,一块真正散发着泥土气息的土地。

孩子们在等,未来无数个春天在等。

雨水·梦树

雨滴声在梦的边缘徘徊,步履迟缓,每一声"嗒"和"嗒"之间,隔了大约三秒。

细雨落在玉环岛上,停在结香花蕾淡绿的、绢状的、发亮的茸毛上,汇成一粒较大的雨滴,沿着低垂的、蛋黄色的花瓣尖,在金红色的花蕊短暂停留,最后与花蕊分离时,像离人们牵扯着不忍分开的指尖。被叫做"梦树"的结香树,静立在与娘家小院比邻的极乐庵墙角,花蕾低垂,像一座座孤悬的、沉睡的岛。嗒嗒的雨滴声将墙角一只野猫的眼睛洗得发亮,并落入了千里之外另一座岛上一个人的梦里。

岛上的母亲拿起手机,打给千里之外另一座岛上的二女儿。母亲的话音里夹杂着雨声,还夹杂着岛上正月里被新雨打湿的闷闷的鞭炮声。

母亲问,还在越南吗?元宵节回来吧,点间间亮,柳山粉糊……母亲说着话时，眼前浮现了自己的母亲的脸——摇曳的烛光加深了她脸上的褶皱，一支支蜡烛被她一一点燃，所有的房间被她一一点亮，最后，她将一支蜡烛插进番薯块，放进一只蓝边花碗，将碗轻轻放进了水缸。烛光在水缸幽暗的水面上摇晃了一下，稳稳地立住了脚，水面瞬间泛起泪光，在正月十五这个日子里，它的幽暗竟也被人记起。

岛上把元宵节点灯的习俗叫做"点间间亮"，相传明嘉靖年间，戚家军和百姓一道点灯燃烛，搜捕并全歼了倭寇，习俗沿袭至今，寓意红红火火。

二女儿正在越南芽庄珍珠岛，陪耄耋之年的公公婆婆和婆家没有子女的二姑二姑父过年，这大概是老人们有生之年最后一次出远门了。二女儿的女儿阿沁正将一个比人还高的充气天鹅费力地扛到海边，将二姑公扶到天鹅背上玩冲浪。她的爷爷奶奶和姑婆，正坐在自助餐厅里对着无比丰盛、稀奇古怪的美食兴叹，最后一致得出结论说，还是冰激凌最好吃。在家乡玉环岛上度过的所有正月，他们从未吃过冰激凌。

岛上的母亲穿着棉袄，想象着二女儿穿着她做的花裙子走在海风里的样子，她一一点亮一楼所有的灯，包括楼梯下杂物间的灯，然后，她缘着楼梯慢慢上楼，将二楼所有的灯一一点亮,又来到三楼。三楼,有时儿子一家回来住,有时大女儿回来住,大多是二女儿回来住。母亲将所有房间的灯都打开,就像以往每一个元宵。

今年的楼梯新加了圆木做的扶手,母亲膝盖骨折新愈,往日楼上楼下哒哒哒走得飞快,现在要侧身扶着扶手,微驼着背,先将一只脚挪上一个台阶,再将另一只脚并上去,一步步挪着走。挪着往上走的时候,她的眼前会浮现三个孩子儿时的笑脸,元宵节十字街最热闹的是滚龙赞龙、田岙人滚八蛮和闹财童,财童拿着旗子骑在大元宝上,店家们便噼噼啪啪大放鞭炮,将财童手里的旗子打下来插在自家店门口,寓意来年生意兴隆。孩子们的笑声早已随锣鼓声和鞭炮声远去,笑容却被日益健忘的她执拗地留住,如结香花蕾的暗香般定期浮动。

对缺水的海岛而言,每一场雨水都是甘霖,对岛上的老人而言,雨水时节,意味着团圆后的离别。儿女们过完春节,元宵前便要返回上学和工作的远方,一切如新绿般被雨水催促着,要开始,要出发。母亲便提早为儿女们准备柳山粉糊吃——用红薯淀粉和上清水,将蒸好的一小碗糯米饭和红枣桂圆葡萄干荸荠碎加一点点小苏打,放进一大锅水里烧开,然后加入小糯米圆子,再将淀粉糊慢慢倒入锅里,边倒边用筷子打着圈搅动,岛上将这个动作叫做"柳",如同柳枝在湖面打着圈。一碗清爽香甜、热气腾腾的山粉糊,和冬夜的灯火一样暖心。母亲不知道,偶尔,她和儿女们通电话时的声音也会变成山粉糊,变成水缸里的一豆烛火,变成岛上珍贵的雨水,照亮着、滋润着他们幽暗焦躁的内心。

父亲每天去镇上吃完早饭后例行去菜场转一圈。如果儿女们回来,他买菜便有了目的性,二女儿爱吃水潺鱼、鱼圆、九层糕,最近她说减肥,爱吃蔬菜。儿女们没有回来时,他在菜场茫然地转着,不知道买点什么。人老了,口味寡淡了,他最喜欢的,只是一碗稀饭就一点清蒸的乌眼毛拷小鱼干了。

父亲跟母亲说,杂货店的老板娘又问我要不要买橡胶手套了。

母亲笑了。母亲坐在三角梅低垂的东窗前,用集市上"捉"来的花布头做裙子,给她的妹妹们做,给女儿们做。

上次二女儿回来时,父亲到杂货店买了一双橡胶手套给二女儿专用。老板娘不解。他说:"二女儿回来把每天洗碗的活霸占了,所以我给她买双橡胶手套。"

杂货店的老板娘说,真孝顺。

有时，父亲母亲会一起坐在小院里的秋千躺椅上晒太阳，给每天准时来的三只珠颈斑鸠喂馒头，看成群的步调一致的麻雀，突然哗地像箭雨一样整齐地射向天空，从石榴树蹿到光秃秃的腊梅树，又蹿到桂花树。有时，父亲坐在缝纫机旁的沙发上，在母亲踩缝纫机的哒哒声里，翻出手机，一遍又一遍听大女儿的合唱团音频，一遍又一遍读二女儿写家乡草根戏班的文章。文章很长，他读着读着，眼睛会发酸，于是他闭目养神，陪二女儿一起去戏班体验生活的情景一幕幕在他眼前回放，于一个个清水般寡淡的日子，像一粒粒海盐。

其实乡戏日日在岛上的某些村落上演，依稀有锣鼓和袅娜的越剧唱段穿过细雨来到小院。乡戏像珍贵的雨水静静滋养着岛上人的血液，铸就着他们的豪爽、机智、幽默、淡泊。父亲在若有若无的越音里，看见年轻的自己牵着二女儿，脖颈上骑着小儿子，穿过元宵时节的细雨，穿过乡邻们"苏老师苏老师"的轻唤声，来到戏台边的小吃摊前。他深知对于孩子而言，更诱人的是那些甘蔗、荸荠、瓜子、蚕豆、炸得金黄的油墩果，他必会买来让他们吃个够。他并不知道，对于二女儿而言，眼前的戏更让她痴迷，她的眼睛和心都扎在了草棚搭的戏台上，一心盘算着，等戏团圆了，等戏班走时，她如何顺着山道偷偷跟着戏班去流浪。

某个傍晚时分,父亲看见路边停着一辆卡车,车上叠满了做戏人的戏箱,他们坐在高高的戏箱上,像是刚刚卸装,匆忙之下没有擦净脸颊,细雨淋湿了他们表情木然的脸。年过完了,戏班转场了,儿女们也已经长大了,走远了。

如果乡愁是一幅画,乡戏便是最凄美的那一笔。如果故园是一棵树,游子便是种子里最孤独的一粒。这粒种子在远方奋力长成另一棵树,只许发光,不许枯。

午后的雨声里,父亲走上二楼午睡,走到楼梯拐弯第三级,卧室柜子上儿孙们的一帧帧照片便会映入眼帘,有一帧最新的——阳光和桂花落满小院,父亲母亲和二女儿坐在石阶上,母亲端着咖啡,二女儿趴在母亲肩头,看父亲敲着玄空鼓。二女儿曾将这帧放大的照片寄给父亲,父亲将它摆在一楼客厅的钢琴上。柜子里这一帧是他自己特意去冲洗的,上面多了两个字"陪伴",是二女婿给这张照片修图时起的名,戳中了父亲的心。午夜梦醒,辗转难眠,父亲为这幅照片做了一首"打油诗":

金秋十月丹桂香,桂花树下晒太阳,鼓声绕小园,心情好舒畅，儿女膝下伴，生活乐无疆。天地悠悠，唯情最长久，共祝愿，五洲四海烽烟熄，家家户户笙歌奏，年年岁岁国泰民安幸福长！

一只蚂蚁从结香树的根部往上爬，光秃秃的枝条越来越细，通往岛般孤悬的花蕾，它发现这是一段越来越寂寞的旅程。一场接着一场春雨，一场接着一场乡戏，一场接着一场别离，是岛上老人们正月里的日常。

民间流传雨水节气又叫孝亲节，这一天，出嫁的女儿要和女婿、孩子一起回家探望父母，还要给母亲送一段红绸、炖上一罐肉，感谢父母的养育之恩。岛上没有这样的习俗，即使有，父亲母亲亦不会奢望，很少有子女能在雨水时节回家。对于父母来说，儿女是他们盼了一整个冬天的雨水。对于儿女，父母如同月亮，如同蒙娜丽莎的眼睛，无论你走到哪里，都能感觉到一直追随着你。

手指得知肩颈的疼痛，用力去按，将疼痛转移到了它自己身上，短暂的缓解，像每一次短暂的团聚。川金丝猴是世界上最能适应寒冷环境的猴子，秘诀在于冰天雪地里会紧紧抱在一起相互取暖。父亲想不通，从几代同堂的传统大家族，到三代同堂的大家庭，再到三口之家，再到丁克之家二人世界，再到越来越无欲无求自得其乐的单身们，中国的家庭单位正变得越来越小。难道不是一个屋檐下几代同堂，猫猫狗狗，花花草草，灯火可亲，吵吵闹闹，才应该是家的样子吗？

入春的第一波雨水，唤醒了结香树，唤醒了停泊已久的渔船，唤醒了岛上无数个干涸的梦境，唤醒了大地之下深深浅浅的盘根错节，仰起身奋力拱破通往春天的一道道重门。辛丑年雨水时节，父母和三个儿女又一次离别前，按照四十七年前五口之家的黑白合影，照了一张同样的合影。父亲又辗转难眠，写下了以下几句话：四十七年弹指一挥间，天地茫茫不觉我已老，一生无作为，唯有儿女成人可欣慰，愿苍天保佑一家大小永安康。

2023年雨水时节，女儿央母亲用泥包了一棵桂花树枝，期待它生出根，她带回杭州种。

如同一棵树，总是梦见离自己而去的种子和落叶，每一个故园的梦里，彻夜回响着游子的脚步声。新雨后，圆月初升，海岛轻轻吞咽着漫天清辉。母亲慢慢缘楼梯上楼，点亮女儿房间的灯，点亮儿子房间的灯，点亮所有的灯，就像他们小的时候，就像他们从未离开。

雨水·鸟人

一

旭日为玉环岛披上了一层金色晨光，位于东亚至澳大利亚候鸟迁徙带上的漩门湾湿地里，每一只披着金色晨光的飞鸟，振翅飞翔时看上去会像金子般叮当作响，无数飞鸟落在无数棵树上，像开满金色的花朵。

一只孤独的飞鸟落在一片滩涂上。它来自西伯利亚，在更南的南方越冬后往北回迁，却落到了东海之滨的玉环岛，落在了一个叫陈严雪的观鸟人眼里，金色晨光般叮当作响。

于是，这个漩门湾湿地专职观鸟人的眼里透出了比金色晨光更明亮的一抹惊喜。这是四月的第五天，正是春暖花开大批候鸟北徙的时节，他一如往常头戴窄檐帽，身穿迷彩服，蹲守在湿地深处，一手望远镜一手专门"打鸟"的长焦相机。

突然，他发现在一群红腹滨鹬中混进了一只另类——麻雀般大小，头圆腿短，萌态可掬，背部羽毛呈灰褐色，下体白色，胸侧有黄褐色纵纹，一把小铲子般奇特的勺形喙暴露了它世界极度濒危鸟类的身份——勺嘴鹬，第一次在漩门湾湿地出现！

陈严雪的心怦怦狂跳。全球目前可繁殖的勺嘴鹬大概只有210—228对，总数不到500只，远少于大熊猫。它们在俄罗斯东北部冻土层地带上繁殖，在东亚及东南亚湿地越冬，此刻，眼前这只勺嘴鹬就是其中的一只，它为何落单？为何选择在此停留？

怕吓到它，他不动声色地端着相机静静记录：这只孤独的勺嘴鹬看起来一点儿也不孤独，睁着两只乌溜溜的眼睛，摇晃着脑袋，脚步轻巧，姿态欢快，顾自在滩涂上像个"低头族"和"吃货"一样，不停地将喙插入泥水中，用宽扁的喙过滤出小鱼小虾和沙蚕，大快朵颐。

如他所料，他看到了勺嘴鹬脚上的环志，编码为浅绿34，是2016年俄罗斯楚科奇繁殖地环志的野生雌鸟。他的心涌起隐隐的担忧。记载中，这只勺嘴鹬有一位雄性伴侣，环志编码为浅绿29，它去哪儿了？它们为何失散？看着它没心没肺的憨样，他想，但愿它只是被这片湿地诱惑而来，等它在此加好"油"，会穿越春天，在俄罗斯与它的另一半重逢。

曾经是"鸟盲"的陈严雪，如今即使对第一次见到的勺嘴鹬，也早已了如指掌，他还知道，它们对栖息地环境要求非常高，它选中其迁徙路线上的漩门湾湿地歇脚，和这片海域和滩涂的广袤有关，也和近年来湿地在核心保护区内启动的水鸟栖息地改造工程有关，无数和他一样的湿地人，正用力用劲用情守护着这片海洋湿地的生物多样性。

眼下最要紧的事是，赶快为勺嘴鹬营造一个安全的迁飞停歇觅食补充地，并与相关的勺嘴鹬迁徙研究机构联系，报告勺嘴鹬迁徙停歇地，便于勺嘴鹬迁徙线路的统计监测和研究。

这个一年三百六十五天一天不落地追着鸟儿踪迹的"鸟人"，是玉环市漩门湾国家湿地公园湿地科普宣教人员，从事湿地鸟类监测和鸟类栖息地监测修复工作。其实他在七八年前刚入职时，虽是本地芦浦人，对鸟知识却一窍不通。本着对职业的尊重，而立之年的他像个小学生，买来大量鸟类图谱，对比观鸟时拍到的照片和视频，白天看夜里看，实在看不懂，便向省里的专家们请教。从开始的门外汉，到慢慢喜欢，到深深痴迷，湿地深处的每一个滩涂、每一片芦苇荡，以及陈严雪拍摄记录的19目57科230种鸟类、上万张鸟类照片，见证了这个"85后"从"菜鸟"变成同事们嘴里的"鸟人"。

"鸟人"常常搭着帐篷，整天守在芦苇荡里，用望远镜和相机一只一只"盯"着鸟，非要拍出高清"数毛版"照片才肯罢休。每天清晨，他驾车从家里出发，从分水山经过漩门二期塘坝到小青岛，大约六七公里的路，他走走停停拍拍看看，再从湿地内部道路绕回湿地科普馆，上码头开船在玉环湖上巡查一番，下午三四点钟时，又出去转一圈——这是他自己精心设计的鸟类监测线路。塘坝外侧的滩涂适合观测水鸟、鸻鹬类，塘坝内侧湖上适合观测猛禽、白鹭、琵鹭、雁鸭类，湿地内部道路适合观测常驻和迁徙过境的林鸟，这些线路既能和鸟儿保持不远不近的距离，又不会惊扰到它们。

一年三百六十五天，他从不请假，哪怕身体不舒服，哪怕家里有事，哪怕除夕和大年初一。六岁和三岁的两个儿子一致说："我爸爸最喜欢的事是上班。"

二

向着喜欢的熟悉的气息，向着温暖，向着光，飞翔，繁衍，是一只飞鸟的本能，也是使命。十月，我如候鸟迁徙般又一次回到故乡玉环，在漩门湾湿地找到陈严雪，也巧遇了秋天的第一批黑脸琵鹭。

"太巧了！太激动了！今天刚刚到的，有十几只，从东北那边过来的，我等了好多天了，离它们上次来有半年多啦，就怕它们不来了，你看，水位刚刚好，半干半湿，它们最喜欢了！"

即便如此激动，坐在监控室里的陈严雪，还是像蹲守在芦苇荡里一样，压低了说话声，好像怕惊着它们。监控屏幕上，一群黑脸琵鹭正在觅食，他说，等潮水退去，它们就会去海滩觅食。

我跟随着他的脚步走上观鸟台时，一只飞鸟影子般飞快地从我们眼前掠过。他说，这是伯劳。

只是一个影子而已啊。

一阵特别悦耳的鸟鸣声响起。他说，是青脚鹬，叫声很好听，对吧？叫声特别好听的还有云雀。

似乎是对他的应和，左上方视线内的一棵云松旁，应声响起几声细弱清脆如金铃般的鸟鸣声，一只小鸟悬停在空中飞速振动着翅膀。他说，看，云雀喜欢悬停在空中鸣叫，像个歌唱家。

又飞过翠鸟，飞过红嘴蓝雀，等等，他都能一一分辨，如数家珍。我看不清他的眼神，我听着他低沉的声音和清脆的鸟鸣一唱一和，如同已然融入了大自然恢宏的交响乐中，并且彼此听得懂对方的语言，或歌声。

他说，稻谷割了，草割了的时候，鸟最喜欢了，大雁天鹅也来，鸿雁豆雁也来，有六只被称为"鸟中大熊猫"的黑鹳连续七年每年都会来。如果鸟的数量很多，他会请求进行投料喂食，不能把它们饿跑了。

黑腹滨鹬是他的微信头像，相机和望远镜仿佛长在他身上的器官，45度角仰望，是他的标配姿态，此时的他在我眼里，就像是一个"鸟保姆"。他每天会整理上报鸟类情况，也会提出建议，比如清淤，疏通河道，营造环境，保证食物链。这个平时话很少的人，提起建议来却滔滔不绝，甚至很执拗很急切。本来，他只是单纯做观鸟记录的"观鸟人"，如今，他还要做野生鸟类疫源疫病监测报告、鸟类研究、迁飞候鸟保护、候鸟栖息地管护，并参与鸟类环志、全球鸟类同步调查，为生态环境建设出谋划策，他已然成了"护鸟人"。

漩门湾湿地，是一个连春光都会迷路的世外桃源，走进这片广袤的空间，如同走进一个人的人生，无尽的苍茫伴随着时时的惊喜和惊艳。先民围海造田，近十年来玉环人持续开展退渔还湖、退塘还湿、疏浚清淤、水岸修复、生态绿化等一系列生态恢复工作，这里变成了一个农耕文化和海洋文化相互交融的独特美质生态空间。

沧海桑田，如诗如画，陈严雪已熟视无睹，在他的生活里，也没有"旅游"两个字，观鸟护鸟是他最专注的事，也是他内心认定有意思且有意义并一直会坚持的事。

一个又一个春天，他一个人一次又一次长久地遥望着几千只反嘴鹬在蓝色天幕下如海浪般翻滚、起伏、翱翔，和它们在一起，他从不孤独。他也深知，在湿地深处，在玉环岛的无数个角落，有无数和他一样的年轻人，正在做着有意思且有意义的事。

三

跟随陈严雪的脚步走进漩门湾湿地一望无际的稻田时，

一群白鹭在我身后腾空而起，我想起纪录片里看到的另一些鸟类。

西伯利亚的一百万只阿穆儿隼为了追逐猎物，会一起跨越十四个国家、两块大陆、一个大洋，最后到达印度东面一个偏远山谷歇脚。生存对于它们，意味着每年飞行两万五千公里。

美洲雕为了保持体温，每天要在成千上万条隧道里搜捕老鼠。雄性雀鹰从不休息，小小的身躯穿梭在森林中，每天要捕捉多达十只猎物。角雕哺育幼雏要花两年的时间，其间要抓捕两百多只猴子，并教幼雏如何用利爪抓住沉重的猎物并带回家。北美有一种会一箭双雕的水鸟，它将面包丢入水里诱惑小鱼，如果碰到它无法吞吃的大鱼，它会把面包叼上来，等小鱼来了，又放下去……

人类视线之外，每一只鸟都在拼尽全力地活着，从不奢望人类的善待，但人类已渐渐懂得，善待它们就是善待自己。陈严雪说，鸟是有灵性的，赖在漩门湾湿地不走的候鸟越来越多了，红隼、斑嘴鸭等十几种候鸟已不再迁徙，成了"留鸟"。

曾孤悬于东海的玉环岛，是一座远离尘世的海上仙山，亦是个"餐风宿水、百死一生"的倭患海隅，一个交通末端的海岛县。候鸟般从闽南、温州、台州或更远的远方迁徙而来的玉环岛先民，心甘情愿成了"留鸟"。祖祖辈辈的玉环人刀耕火种，开山筑塘，围海造田。如今，越来越多的年轻人留下来，因为玉环独特的一方水土，也因为爱情或梦想，更因为这片土地上古老的传统和崭新的活力交织而成的气象万千。

雨水时节，适逢二月二龙抬头，故乡还保留着古老的习俗，昨晚村口的小庙里开始唱鼓词了，母亲一早去上香了，父亲去街上买了粽子和芥菜，说二月二晨起吃粽子雨淋不到，中午吃芥菜汤年糕、晚上吃芥菜饭就不会生疥疮恶疾了。

雨水时节，我站在漩门湾湿地观光农业园一望无际的农田里，一群又一群白鹭在我身后腾空而起，想起苏轼的诗句"万家游赏上春台，十里神仙迷海岛"。我深吸了一口气——玉环岛雨水里有植物蓬勃的清香，又仿佛有淡淡的稻香，稻香里有淡淡的海腥味，是我熟悉的味道，暌违三十多年的故乡味道，丰收的味道。我想，也许有一天，我也会留下来，做一只"留鸟"。

二月 February

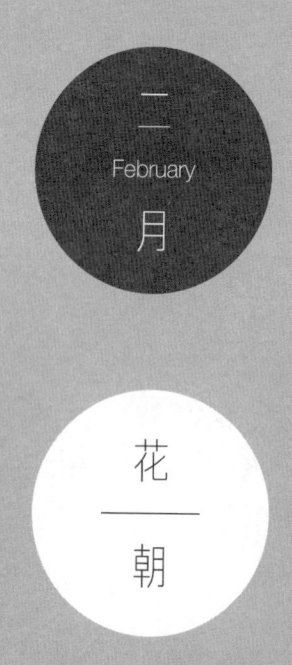

花朝

惊蛰·青未了

一

我们拎着烙煎饼往石坡下走时,山谷里忽然响起"笃笃笃"的敲梆声,山谷如深井,梆声如涟漪,而回音里似有金石之声,如铁花飞溅。

这是辛丑年的惊蛰,山东淄川土峪村,没有雷声,地上也未见一只昆虫,杏树含苞,柳叶新萌,满山的柿子树和榆钱树还困在冬梦里。敲梆声的来处,是对面的陡坡。八十五岁的姥姥娘衍英家豆腐做好了,让村里人去买,她六十岁的儿媳妇翠珍站在院门外的杏花树下敲着槐木梆子,她"笃笃笃"敲几声,鹅们就"嘎嘎嘎"应几声。

衍英弯着腰背想将自己挪到豆腐挑担前,挪不动,顺势坐到了大水缸沿上,她弯腰捧起一块豆腐,像捧起一块勋章,让我想起她的邻居六十岁的素英捧起一张刚从鏊子上揭下的烙煎饼,像捧起一顶皇冠。母性的裂着口子的大手,捧着煎饼豆腐的大手,将儿女们喂养,送他们去了自己从未去过的远方,而今手捧的,是毕生唯一的荣耀。

去年霜降砍的柴,惊蛰采的香椿,春分翻的地,种的小麦玉米大豆,芒种收的麦,清明时用豆糊苦菜蒲公英做的渣豆腐,立夏打的槐花……她们聊天时顺口而出的生计里,带着一个个节气的名字。

煎饼卷着腌香椿和腌胡萝卜,很咸,舌尖上的感觉让时光倒叙,老家玉环岛上锡饼的滋味百转千回。"万物皆可卷"这句话在玉环岛上体现得比此地更极致,锡饼也用鏊子摊,用面粉淀粉加上鸡蛋和成糊,比山东煎饼软糯柔韧,卷上五花肉鸡蛋鱼虾贝类和各种做成丝条状的蔬菜,腌酸菜、绿豆芽炒米线则必不可少,锡饼筒小的比甘蔗粗,大的有碗口粗,逢年过节,家家户户老老小小捧着锡饼筒吃,令无数游子一想起就垂涎欲滴。二月十九日,观音菩萨寿诞,母亲和姨妈姑姑她们一早就去了庙里,按惯例,礼佛后几十人围坐吃素麦饼,再带回家几张麦饼,用艾草糯米和小麦粉做的,比这里的烙煎饼软和很多,晚上炒几个菜包上,再煮点薄薄的番薯粥，也是老家人的最爱。我深知，世上再美味的食物，对于素英翠珍们而言，都比不上煎饼卷大葱。

杏花错落的枝丫间，我们对视着彼此的人生，天下起了小雨。我在心里对大手上花朵般绽开的血口子说，满山杏花盛放，都不如你灿烂。

二

每天晌午时分，我从"青未了"客栈出发去土峪村里散步。当我走在村里，总觉得是走在玉环岛我娘家的山后浦村里，虽然它们相隔千里。

这是一个我完全陌生的地方，这里没有一个我之前认识的人，包括邀请我来这里小住几日的黄菊，她走过很多地方，采访过很多人，写过很多有意思的文字，今年每一个节气，她都会以"行李"公众号的名义，邀请海内外一些创作者驻村小住，我很荣幸成为这个美好创意的第一个受邀者。

土峪村是个古老的石头屋村。白墙黛瓦的山后浦村像一条青鱼匍匐在东海苍黄的波涛中，土峪村则像一条黄鱼匍匐在群山的苍黄中，夕阳西下时，鳞次栉比的石头屋像金色的鱼鳞闪闪发光。传说"土峪"这个名字最早叫"土鱼"，这里曾是济南到青州的必经之路，这里的黄土拥吻过无数脚印，这里的树洞深藏着无数秘密，如同漫山遍野的柿子树结满红柿时，正好遇见一场雪。

每天晌午时分，我一个人慢慢从鱼头走到鱼尾，一一遇见它们。

一棵遒劲苍老满树花苞的老树，卧在路旁似乎废弃已久的柴堆上，所有的枝丫都奋力倾向路对面的石头屋檐，像时刻躲避着被柴火焚烧的噩运。我问它，你是桃花还是杏花，它不回答。这于南方海岛来的我，是一个谜。我说，我每天都会来看你，一眼一眼把你看开，直到看到谜底。

炊烟的味道里，响起羊的咩咩叫声，是一只会笑的黑山羊，时时歪着头，露着六颗门牙，像人类在笑，或许它和这里的狗们鸡们鹅们一样，对陌生人表达着愤怒和恐惧。当我第三次遇见它时，它向我躺倒身子，在我脚下打起滚来，像我家的猫小野和猫银河。

下坡时，一位老人说，那两棵杏树开花了。老树的谜底就这样被轻易揭开，是杏树不是桃树。我凑近一朵花闻了闻，果然和桃花不同，有微微的辛辣味，一只蜜蜂飞过来停了上去。

村里最新的一片绿横卧在溪涧上。三棵被台风摧残过的老柳树像残肢断臂，所有新抽的枝条直冲云霄。一棵更大的柳树倒伏在溪涧上，唯一的一根枝条上萌出了毛茸茸的新绿。

从山后浦村口走到村尾，会遇到两口井，其实还有更多井藏在院落里。从土峪村口走到村尾，会遇到两眼泉，也许还有更多的藏在别处。第一眼泉叫风泉，说大风刮一晚上，泉水就会涌出来。

一个阴天，我在客栈后墙外听到了一些细碎的鸟鸣声，循着声音，我惊奇地发现，后山坡上的林子里停着无数只蓝尾巴的鸟。荒草丛生，天光惨淡，它们在我的注视下一一飞走，林子回归寂静。后来几天都是晴天，我再也没有看到那些鸟儿，它们像是从未来过。

四十年前，父母将家从小镇楚门搬到了山后浦村。惊蛰时分，我一个人穿行在陌生的山后浦村，从村口娘家小院旁的大水井出发，经过根才家，夏菊家，祖芳家，经过一棵又一棵含苞的文旦树，经过村中心小石桥边的小水井，沿着一段狭窄弯曲的坡路，走到小村的最高处，看到一棵开满白花的李树，遇到了和我同龄的秀茶。四十年后的惊蛰，母亲膝盖骨折卧床，秀茶常从山后浦最高处的她家，走到山后浦最低处的我家看望母亲，跟远在杭州的我说，放心，我在。

对于山后浦，对于土峪村，我注定是一只不肯停驻的飞鸟，直到风雨落幕。因此，我敬重留在村里的每一个人。

三

内蒙古诗人蒙古月来到杭州，我们第一次见面，他盯着我淡褐色的眼珠说，你大概有草原游牧民族血统。我说，我大概有海盗血统。

在土峪村走路时，我每时每刻都像在回望山后浦村。那里曾经是一片汪洋，沧海桑田，丫髻山北面山脚的滩涂变成了南浦渔港，也就是如今的山后浦，山后浦后的金鸡岭曾经驻扎过一个海盗山寨，他们劫富济贫的故事在戏文里经久流传。我家族里的很多人，睫毛自然微卷，眼珠是很淡很透的褐色，猫眼般，在阳光下会闪闪发亮。在惊蛰和每一个古老的节气或节日里，每天清晨五点多，我便会在山后浦极乐庵的喃喃梵音和夜宿在桂花树上的两只斑鸠的咕咕声中醒来。佛涅槃日，我听出了诵经声来自原来的当家住持阿青，单一的音调，柔和的沙沙声，和我昨天在村口路遇她时她问候我父亲的声音一样好听。彼时她双手拎着很多重物，是集市上买的衣服和菜，头皮上极短的发茬已然发白，如此朴素的女人，竟是如此宏伟庄严的极乐庵曾经的当家人。井风，三十多年前被遗弃在极乐庵墙围内的女婴，继承了阿青的衣钵，她的亲生父母来找她，要她还俗，她不肯，他们便留下来陪她，劈柴，烧火，煮饭。

一朵茶花有一朵茶花的落幕方式，有的随风散落仍鲜红的花瓣，有的一整朵都枯黄了仍在枝头不肯落下，仿佛不同的人生。我将它们一一摘下，看见一群灯笼花围着过年时挂起的红灯笼，简直和灯笼长得一模一样。红枫枯叶未落，母亲怪父亲叫来的花匠把三角梅枝剪得太短了，腊梅也剪得光秃秃的，凌霄花也是，都遮不住墙外的两座老坟了，白头翁今年不知道会不会到含笑树上做窝。我在喝空的仙泉酒的酒坛子里插了两枝粉茶花，摆到秋千旁，听见母亲唤我，让我尝尝水潺鱼牡蛎蛏子和苜蓿草汤年糕的汤味够不够咸。

和在山后浦一样，我在这里遇到的村里人大多是老人，我把他们分为大妈和老大妈，大爷和老大爷。他们年纪六十岁到八十岁不等，脸上瞬间会绽开敦厚的笑，说起话来声调微微上扬，从容笃定，他们在山顶遛狼狗，石头屋后挖菠菜、烧树叶，在杏花树下用玉米秸炖柴鸡，扛着楮树枝在山道上健步如飞，说柴火蒸的馒头有木香……与我同龄的海英像一个来自古代的女侠，爱花爱酒。去年台风把公路刮断了，通信也断了，她带着邻里把路修好，把村子收拾得和她家里一样干干净净，她家养了很多花草，墙上贴的全是牡丹花画。当我们在青未了客栈围着炉火朗读我的《听见·春分》时，她的眼里闪烁着泪光，临走时悄悄带走了我的书。

来此之前，我在娘家小院的草地上看到了一些"泪光"，太阳照见了一些"伤口"——去年台风将玻璃桌掀翻在地摔得粉碎，草地被扎了几百个伤口，一直痛着，老眼昏花的父母看不到它们。我将嵌入泥土的一粒粒碎玻璃捡起来时，看到了一个小小的扁扁的洞口，就在几棵刚刚冒出来的地莓和车前草之间。这是谁的家呢？惊蛰的第一声雷过后，谁会探出小小的脑袋？这时，一只黑色蚂蚁出现在对于它来说如同巨树的车前草下，我问它你要去哪里？它吃了一惊，迟疑了一下，又顾自在对于它来说如同森林的草地上穿行。它那么自信，像村里所有我遇见的人，像浩瀚宇宙中小小的人类。

四

从椅子上起身时，手机掉落地板，屏幕摔坏了，与世界失联的瞬间，我对有点慌乱的自己说慌什么慌。关于平行宇宙，我能确定的唯一一件事，是那里一定没有手机信号，因为我常常被困于一个相同的梦境：我的手机怎么都拨不出去，次数多了，一做这样的梦，梦里的我就知道自己正在做梦。

与世界失联的午后，我睡在石头屋里，梦回到另一个刻骨铭心的惊蛰——雷电在空中炸出无数条紫色的树枝插入大地，我们去殡仪馆痛别一位亲人。这是一场猝不及防的告别，她只比我大一岁，有一段时间，她每晚眼睁睁看着天一点点变亮，终于有一天掉落深渊，选择了用最决绝的方式放弃与世界的一切沟通。殡仪馆里人群熙攘，生者常与正送往火化间的灵柩一尺之隔，擦肩而过。

在苏格兰高地的天空岛，我曾听见风中的蓟花唱出了风笛般的苍凉孤独。它无时无刻不被寒风撕扯，孤独，倔强，渴望阳光，却沉默不语。

在新疆喀纳斯，我曾长久地注视过孤立在湖面的一棵树，残破的它自成一岛，与周遭万物契合，看起来并不孤单。我试着将它身边的一切幻化成一座城市里的某条街道时，它便在我眼前轰然倒下。

加拿大游吟诗人莱昂纳德·科恩在他的 *Anthem* 里说："万

物皆有裂痕,那是光进来的地方。"物理上,裂痕可能是一道伤口,是山谷,洞穴,深井,孤岛,腹地……生命中,裂痕可能是一道缝隙,是某一个地方,某一个人,某一段时光,比如土峪村,比如山后浦,比如我在此无所事事的五天四夜。我们必得多给自己和他人找一些缝隙,留一些缝隙,它是痛与痛之间的间隔,喘息,蛰伏,疗愈。有时,它甚至是能救命的。

五

炉火前,程远朗诵了《山林的最后一季》,他组织过很多次世界沙漠超马赛事。长跑时,他来不及看风景,回去做标志时才发现,晶莹的盐花开在沙漠戈壁上竟如此美丽。智利沿海沙漠里的动物们竟是靠寒流带来的一层薄雾来饮水。长跑时,他不仅要准备吃什么,还要准备想什么,比如今天想想父亲母亲,明天想一遍所有要感恩的人,后天想一遍读过的俄罗斯文学作品,大后天想一遍自己所有的感情经历。

在土峪村,我遇见了很多和程远一样年轻的人,像是眼前打开了世界的另一扇窗。黄菊,程远,旅行作家子超,回到淄川致力乡村建设的哲野,云南来的婉君,他们都是足迹遍及世界各地、才华横溢、富有情怀的"80后",还有被哲野他们喊回家乡的"90后"小伙俊瑞、振华,还有什么苦都愿意吃、什么累都愿意受只要能让他当厨师的小牛,腼腆的晨晨,常被喊成"吉祥"的如意……山村里回荡的大喇叭声,最让哲野念念不忘,从前谁家两只鸡走丢了,当会计的母亲就会在大喇叭里帮着喊,帮着问。哲野一趟趟在北京的家和土峪村之间奔走,他对我说,我一定会守护好这片美好不被打扰。

我的眼前浮现了山后浦村的深夜:路灯昏黄,每一片文旦树叶上都已停满夜露,一些年轻人骑着电瓶车穿过雨巷,消失在一爿爿低矮的房门内,屋里瞬间响起孩子的欢叫声。这些年轻人大多是来海岛打工在山后浦租住的江西人、四川人和贵州人,他们的屋里散发着山后浦从前没有的炒辣椒的呛人香味。我与他们擦肩而过时,会默默感谢他们,他们使一个古老的村庄显得如此年轻,哪怕只在夜里。

1968年,我出生的那一年,一个叫乔治·罗萨的年轻人在距意大利里米尼海岸不远处的海面上,自己动手建立了一个只属于他一个人的微型国家——玫瑰岛。岛最终被炸毁,他的故事被拍成《玫瑰岛的不可思议的历史》,让无数人陷入沉思。每个人，都是一座孤岛，谁离得开他者的共情和照亮？程远遇到熊会摊开双手往后退告诉熊自己无害，山后浦干旱时节，根才的父亲每天用一早悄悄放在我家院门外的一桶泉水和父亲说话，土峪村里的衍英、翠珍用梆子说话，会笑的羊、狂吠的狗和打鸣的鸡，都想和我们说点什么。时光的裂缝里，谁也不知道会和谁狭路相逢，一起蛰伏，各自出发。

石头屋"在华"的跳窗外，路过两个声音——小女孩问，妈妈，青未了是什么意思？母亲说，青山连绵不绝。小女孩说，可是这儿……母亲说，快了。

跳窗内，我应俊瑞之请为后来客写了一段留言：窗棂以木香陪你，石头以静默陪你，阳光或雨水，会送你抵达格外黑甜的梦境。是的，就是这里。我是作家苏沧桑，辛丑年惊蛰，我来过。青未了·在华，我来过。土峪村，我来过。一棵杏树，两棵杏树，四棵柳树，无数棵还未从冬天醒来的榆树柿子树，鸡鸣狗吠，会笑的羊，客栈后山坡上晴天会消失的鸟群，豆腐姥姥娘家回荡在山野的敲梆声……初遇，宛若重逢。时光静谧的缝隙里，得自在安宁，你一定也会。祝开心。

这些话，也说给一个和我同龄的杭州女子听。她正在一个困局里,惊蛰无法如约前来,我们很少联系,但彼此都在心里。我相信,等她走出困局,一定会来。

我还画了一张每日的散步地图,为它取名"沧桑小道",这是黄菊和我的约定,也是此行她对我们唯一的小小请求。她和后来者的约定是:给这里的每一座山取一个温暖的名字。

2023年惊蛰,我独坐娘家小院的秋千上,听到了特别细微的嗡嗡声,是一蓬大水蝇,鱼群般团成一个巨圆,在草地上盘旋。我注意到,短短几天,它们从针尖般大小变得像芝麻那么大,过了几天又变成了针尖般大小。细想,这大概已是它们的第二代或者第三、第四代了。像宇宙中所有的生命,循环往复,毫无意义,却乐此不疲,生生不息。

春分·鼓词

暮光消失后,夜雨将山后浦村裹进怀里。隔墙的老庙突然传来"咚"的一记鼓声。

父亲走在前面,领我穿过院墙与老庙之间的小弄,看见一场春雨的足迹在石板路上闪闪发亮。这是春分,"元鸟至,雷乃发生。始电。"燕子回巢,我回乡看望父母。在越来越密的鼓声和雨声里,我听见故乡万物生长,后山的梨花开了,河边的油菜花豌豆花开了,春茶抽芽,稻秧刚刚播下,雨传送过来一阵阵隐秘的香气,大地沉入了夜的深呼吸……我还听见时间深处传来男女老少簪花喝酒、踏青赏景的欢声笑语,听见纸鸢在天空呼啸,上面写着希望天上的神能看到的一个个祝福。

一座很小的庙,一盏瓦数很低的电灯,一张旧桌,四五张矮凳,一个热水瓶,五根临时搁在墙边的毛竹竿,一个剃着平头、面相端庄的中年鼓词人,三个七八十岁的老年听众。热水瓶的影子投在墙上,唱词人的影子也投在墙上。扁鼓,牛筋琴,唱本,鼓签,快板,是他的全部行当,生、旦、净、末、丑的悲欢均由他一人承担。

"咚——咚咚,等格里格登—登——登——刘邦你走出来先,我有句话想对你讲。樊哙你喝几杯先,我与刘邦有句话讲了先……来呀!有!"

故乡的春分之夜,仿佛来自古代。

父亲说,自古春分时节也是祭祀的时节。山后浦村每逢神佛寿诞、婚丧嫁娶、乔迁新居等,村里人就凑份子请唱词人来唱。唱前,先击鼓"打头通",邀请四面八方的神都来听,然后再唱正本,有神话,有断案的,也有历史的世情的,有的一本唱一夜,有的唱两三夜。今天大概是庙神寿日。

老人们坐在昏暗的灯影里,似睡非睡,唱词人沉浸在他一个人的世界里。古老的腔调,在夜色中盛放、枯萎。我忽然想,他不是唱给人听,而是唱给神听。

父亲说,记得吗?我们家从镇上搬过来时,也请唱词人到小庙唱过词,多热闹啊,庙里坐满了人,老老小小像一家人一样。现在没人听了,只有几个老人家会去,有时就只有一个人，那个管庙的人。

父亲说，你大概忘记了。

不是大概，是完全，彻底。如同我每次回家，在小镇边缘鳞次栉比的新建楼群间，怎么都找不到山后浦村的入口，那个曾经青翠欲滴的入口。此时此刻，一座老庙，一段唱词，成了那个青翠欲滴的入口，将我带进了一些记忆，复活了一些似曾相识的雨夜、一些特别具体的春天，以及故乡如泉水般隐忍的各种美好。而今夜过后，夜行的动车将又一次将我带离，带离小院的桂花树和母亲的目光，带离高山之上祖辈坟头刚刚发芽的青草。时光呼啸着迎面而来，我在这个春分复活的记忆，像春夜的鼓词声，将又一次与我背道而驰。交通的便利，让我们误以为故乡近在咫尺，其实，它正以前所未有的速度远去。终有一天，父辈们只在梦中出现，那个青翠欲滴的入口，会成为一个伤口，一念及，舌尖便沾上涩涩的泪滴。

"遥思故园陌，桃李正酣酣。"多年后，当我再一次穿过春分的夜晚，穿过院墙与老庙之间的小弄，还会有一段鼓词在等我吗？不知道会是谁陪我，一起用目光捡起满地的雨水，或月光。

三月 March

桃浪

清明·泉

那一眼山泉,潜伏在山后浦后山金鸡岭半山腰,在三双孩童的赤脚的包围圈里,发出汩汩的声音,像新生儿的哭声那么无辜而明净。

桃花已谢,杜鹃花正酸甜可口,漫山遍野像一场大雪的文旦花正蓄势待发。金鸡岭那边就是东海,据说古时常有海盗出没,大雪过后,有人看到过金鸡岭半夜红光闪耀,猜是海盗们藏了什么宝贝,因而泉水也沾了仙气。

三十多年前的清明时节,我和同岁的邻居秀茶、比我们小两岁的弟弟,扛着一根小扁担、两只比脸盆小但比脸盆深的小木桶,去金鸡岭挑"仙水"喝。一路上,我们与采了青叶忙着回家做清明团子的大人们擦肩而过。祖父刚刚过世,就葬在金鸡岭外的山坡上,面朝大海。午后,大人们还会上山,带着清明团子去祭拜。

我们三个走在偌大的山野里，没有听到一声哭声，也没有一丝忧伤，也没有去预想今后的岁月里，金鸡岭会陆续埋葬祖母、姨公、姨婆以及更多的亲人。我侧耳倾听着汨汨的泉水声，听到了随水声纷至沓来的另外一些声音——车水，插秧，割稻，砍柴，撒豆，都是各种干活的声音，忽然有蜜蜂嗡嗡声，忽然有一颗果子落地，又忽然一阵哗啦啦，草丛里一束斑斓的色彩如惊鸿一瞥，应该是雉鸡，于是我的耳旁又响起一段越剧，戏台上樊梨花用兰花指轻轻捋过头冠上两支威风凛凛的雉鸡翎子。我们不关心节日，我们关心泉水里有没有蚂蟥，杜鹃花吃多了会不会死，我们没有读过几篇童话，也没有读过多少诗，不知道清明距今已有二千五百多年的历史，不知道晋文公重耳与介之推的传说，不知道古代寒食、清明可以放假七天甚至一个月，不知道在家乡玉环岛之外的历史和现实里，曾有、正有无数人在扫墓、踏青、荡秋千、蹴鞠、打马球、插柳、射柳。我还没有见过《清明上河图》，不知道千万棵柳树年年在张择端的长卷里抽出新芽。

"春分后十五日，斗指丁，为清明，时万物皆洁齐而清明，盖时当气清景明，万物皆显，因此得名。"生长在乡野中的孩子，用眼睛、耳朵、嘴巴、鼻子和赤脚啃读自然，自然赠以山泉，泉水流进身体，像酒流进血液，让我们很容易快乐，且无知无畏。

秀茶跟弟弟打赌，说他这么瘦小，肯定挑不动两桶水。弟弟上当了，说你们都走开，我一个人挑！于是，我和秀茶窃笑着从半山腰飞奔下山，坐在屋前看着弟弟一个人挑着水踉踉跄跄下山，泉水不停地晃出来，在阳光下飞溅出一片片白亮，等他终于晃到屋前时，桶里的水几乎见底了。秀茶咯咯咯笑得直不起腰来，弟弟笑，我也笑，心里却有点内疚，这是我唯一一次欺负弟弟。

岁末，我在电影院里看完以墨西哥亡灵节为背景的电影《寻梦环游记》，据说很多人看完泪崩，我有点惭愧，居然没有流泪，只是湿了眼睛。我震惊于皮克斯超凡的想象力、斑斓的视觉效果、温暖的主题，我喜欢墨西哥人祭台上亲人的照片被美食美酒、万寿菊和蜡烛环绕，喜欢令人目眩神迷的万寿菊花瓣桥，喜欢奇诡华丽的充满爱与美的亡灵世界。死亡，作为一个沉重的命题，竟然被演绎得那么温馨、欢乐。这让我想起多年前那个清明时节，我们三个孩子泉水般汩汩的笑声。

坐在空旷的电影院里,我和一排排空着的座位静谧如日益苍老的群山。汩汩的泉水声,像岁月深处伸过来的一只小手,轻轻抚摸着被苍苔淹没的赤子初心。

清明·黑沙滩

一

当我写下这个题目，眼前早已无数次地叠印过那片阳光下的黑沙滩，耳畔早已无数次回响过海浪拍打黑沙滩的涛声，还有黑沙滩上养育过我的姨公姨婆。不知道他们曾经付出的是怎样一种情感，而于儿时的我，它等同于父爱母爱。

我两岁那年冬天，弟弟降生了。在温州平阳工作的父母，临时将我托付给了楚门外塘年过半百尚无一子半女的姨公姨婆。在姨婆温柔的目光里，我经过了最初的挣扎，突然被她门前那片黑沙滩深深吸引，顷刻间停止了哭嚎。阳光下，黑沙滩如一匹无限光亮的黑缎子，远远地向着蔚蓝延伸。白色海浪在黑色裙脚缀起层层细碎的花边，花边上镶嵌着彩贝、海鸥，还有风里浪里来来去去的讨海人……从那时起，黑沙滩融入了我无边的遐想，构成了我孤独童年生涯里最真实的童话。

姨婆有一张与黑沙滩一样黑亮的脸，透着健壮的红润，这是晒盐、讨海的漫长岁月画出的一幅图画。姨公则是个沉默的人，除了每次讨海都为我带回好吃的海鲜、好玩的沙蟹外，只在他喝酒时，用筷子蘸酒让我也抿上一口。这沉默中渗出的爱，更透着一份威严。因此，我宁愿和整天快快乐乐、絮絮叨叨的姨婆呆在一块，帮她伺弄她的母鸡们，伺弄那满园的文旦树。当鸡蛋终于盛满那只大箩筐时，姨婆便会将我打扮得花花绿绿的，装进另一只箩筐，挑在肩上，徒步十里去镇上赶集，换回些日常用品，买回些好看好玩的东西。即便是一颗小小的棒棒糖，也足以令我心满意足许久。只有到了夜晚，姨婆才会停下手里的活，拿了蒲扇，领我坐在竹篱前的沙滩上。星空下，我躺在姨婆怀里，静静地看月亮升起。姨婆轻轻哼着无名的歌谣，姨婆的蒲扇轻轻摇来我的梦乡。有一次，姨婆将睡着了的我抱回屋，给我脱毛衣时，伴随着轻微的叭叭声，我的周围闪现了无数朵灿烂的银花。

"姨婆，小星星掉下来啦！"恍惚中，我以为自己仍在黑沙滩上。

姨婆笑了："小星星知道你孤单，就进屋陪你一起玩啦！"

那一刻，我坚信，黑沙滩上的一切都是有灵性的，后来，这成了我儿时最爱玩的游戏，虽然读小学一年级时，我就知道那不过是衣物摩擦产生的静电罢了。而那片充盈着涛声、歌谣的星空，成了我记忆里的一方乐土。又一个阳光灿烂的早晨，父母终于舍不下那份牵挂，带我去了他们工作的异乡。但每次父亲放暑假带我们回老家，我都会求大人们带我去外塘姨婆家玩。

海边的孩子总是喜欢水的。每次跟姨婆去讨海，那是最开心的事了。姨婆是个"解放脚"，缠了一半放了一半的双脚增添了她在沙滩上劳作的困难。虽然在姨婆眼里，我是世上最听话的女孩，有一次我却起了坏念头，故意跑到远远的潮头上看姨婆担心着急的样子，以致她为了追我回来跌到水里，弄了满身的水和沙子，我却咯咯直笑。那一晚，姨婆一反常态地早早睡下，第二天一早就出去了。六岁的我才意识到问题的严重性。我想我该做点什么姨婆才会原谅我。于是，我开始干活。从院子里，分十次把所有的柴禾都抱进灶间，量了米打了水倒进锅，便开始生火。我希望姨婆一回来就能吃上我烧的饭，希望在她眼里，我仍然是个好孩子。

可是，海边的风太潮了，生火就弄得我满头的灰、满头的稻草，浓烟熏得我涕泪直流。忙了半天，火是生着了，且越来越旺，一会儿锅里就涌出了浓浓的焦味。情急之下，赶紧拿铲子拼命往火上扑打，眼睛却被熏得睁不开。姨婆进门时，我忍不住大哭起来，说不清是委屈还是惭愧。那天，姨婆烧了一桌子菜"犒劳"我，她和姨公不停地说这饭烧得真好吃，桑桑长成大人了……我发现，姨婆眼里时时闪过一片泪光。我暗暗发誓，即使我长大了，我也永不离开他们，不离开这片黑沙滩。可后来我才知道，我与姨公姨婆黑沙滩注定只有一段暂时的情缘，因为，一个六岁的孩子，是无法主宰自己的命运的。

而十二年后，当我又一次远离父母，独自踏上人生之旅，姨公早已过世。再回黑沙滩，再见姨婆，岁月的流逝使我们陌生得不知说什么好。姨婆眯着泪眼，给我看二十多年前替我喂饭的小调羹，还有我儿时一张并不漂亮的黑白照片。细细摸索着我的长发，姨婆说：记得吗？那年你长了个大疮，怎么也治不好，急得你姨公用黑沙子来捂……

望着阳光下依然黑如缎子的黑沙滩，望着姨婆，我愧问自己：如果让你重新选择，你能信守儿时的诺言吗？刹那间，我发觉在这一片黑沙滩上我原来有着如此多的遗憾。

二

我早该想到，姨婆也会像所有的凡人，像她门前的黑沙滩一样渐渐老去，最终流失在人们的记忆里；我早该想到，姨婆不一定就能寿终正寝，而是在她遭受病痛的折磨后，才不甘心地离开她的黑沙滩，离开她疼了二十多年的我。甚至，我会偶尔心有余悸地想象一下姨婆的死亡，我想她一定是安详地微笑着，满头的银丝梳成我儿时记忆中的模样。

可我终于没有看到姨婆走。

谁能预料，哪一个突如其来的声音，会是命运的叩门声？一个平常的夜晚，电话铃响了。电话里，母亲说姨婆得了胰腺癌，且已到晚期，医生没开什么药就送她回家了，年纪不饶人啊。母亲说着就哭了。我愣了半晌，就莫名地愤怒了：一定是诊断错误！姨婆这么健壮，七十岁还能挑着满筐的文旦走二十里地，却不肯坐我们叫的三轮车，怎么会得癌呢？未等母亲回答，我又问：她疼吗？苦吗？我所有的神经仿佛已感受到那剧烈的疼痛，我的姨婆如何能忍受这样的剧痛啊？！与其那样还不如早点让她走吧，纷乱的脑子里甚至闪过了"安乐死"这个念头。母亲说：姨婆没有通常癌症病人那样剧烈的疼痛，只是人瘦了，黄了，没有元气了。

姨婆生病时，恰逢我为女儿阿沁的保姆问题忧心似焚。保姆家里有急事叫她回去，我们一时找不到合适的人带孩子，将她送幼儿园又太小，身在异乡、举目无亲的我们真不知道如何是好，忽然想起二十多年前的那个清晨，母亲一定也像我现在这样万般无奈（何况她有三个孩子），才暂时把我托付给姨公姨婆，使我在黑沙滩上度过了一段永生难忘的时光，使我不仅拥有爱我的双亲，还拥有了双亲般爱我、养育我的姨公姨婆，以及那一片黑沙滩——我人生旅途的出发地。

急急地踏上黑沙滩，踏进了千百回出现在梦里的小屋时，夏日的阳光和蝉鸣一如多年前的明亮。我忽然有些恍惚，这靠床而坐、骨瘦如柴的古稀老人，就是曾年轻红润的姨婆吗？就是生母般疼我、我曾在梦中哭着找寻的姨婆吗？这不由自主地颤抖着的双手，可就是记忆中阳光般温暖的怀抱？

我是不中用的了。姨婆说着，眼里有一滴清泪，慢慢地、慢慢地流下来。我伸手去擦，就像多年前她为我擦泪一样。可泪已掉落，映着窗外漏进来的微弱的阳光。我接住它，好像接住了她那泪滴般清轻的生命，她泪滴般辛酸和沉重的心。我微笑着说：姨婆只是伤风感冒，过几天就没事了。姨婆摇摇头：不要骗我。唉，你姨公早在那边等急了，可我还是想活着，看着你们兴兴旺旺的，多好啊！姨婆是宁愿迟一些和姨公重聚，宁愿忍受孤独与病痛的折磨，而仍舍不下我们！我就想为姨婆做点什么吃的，对着一大堆食品，我才想起我根本不知道她喜欢吃什么。那一刻，我忽然意识到，当我想念姨婆，当我说我有多爱姨婆时，为什么在那么多可以来和姨婆两相厮守、重温往事的岁月里，我却总是忙着自己的事？为什么在姨婆最需要我的时候，我却总是不在她身边？甚至在姨婆即将永远离我而去时，我想得最多的是她还是我自己呢？这一切对于姨婆公平吗？事到如今，我对上苍的安排束手无策，却来与她共同感受这份生离死别，感受这份共同的痛苦，这就是上苍对我的惩罚？

走出幽暗逼仄的小屋，仰头突然发现夕阳西下，天边竟然悬停着一朵巨大的七彩祥云。我在心里说，姨婆，我还来看你，你会好的。

可是姨婆再也没有给我这个机会，她像一滴泪，无声地消失在滚滚红尘中。几天后，又一阵电话铃声带来了噩耗。其实在我回望她的一刹那，在我又踏上去异乡的旅程，在我不断地对自己说她还能活好几年，我下次还能看到她时，潜意识却告诉我，也许，我再也见不到她了。可我仍然为了自己的生活，在她离开我之前先离开了她，我何以这样心狠？

想哭的时候，我想，姨婆这辈子的苦总算受到头了，她又可以和姨公在另一个世界里相聚了，她再也不孤单了，应该为她高兴。母亲说，姨婆走时毫无痛苦，干干净净的，和姨公葬在一起，等清明节时，你回来看看她吧。我在电话这头如释重负（罪过）地笑了。然后我忙着该忙的事，一直到很晚，我没有向任何人提起这件事，甚至我的先生，因为我想象不出说"姨婆不在了"时，我会不会哭，想象不出对姨婆并不熟悉的他会有什么样的表情。姨婆是属于我的姨婆，姨婆是我内心最最深处的姨婆，这世上，谁能与我共负悲哀？

可是，在黑暗中躺下来，麻木的神经渐渐复苏，心里就一点一点疼起来，有一个越来越深邃的声音告诉我：姨婆没了！我生命中的姨婆没有了！！黑沙滩上再也找不回所有往事了，这一切都是真的！！！我慢慢坐了起来，无声地叫着"姨婆"，泪水终于如潮水般决堤而出。

记得吗，姨婆，多年以前，在黑沙滩的星空下，你轻轻为我摇着蒲扇，给我讲关于黑沙滩的传说。书上说，人有原罪，人到世上赎罪来了。姨婆却说，人到世上是来报恩的，比如父母含辛茹苦、操劳一生，是因为上辈子受了儿女的恩情，这辈子来报答，所以为了儿女再苦再累都心甘情愿。

姨婆，我会把你的话说给那些悲观的人听，告诉那些对生命意义表示怀疑的人。然后，对着遥远的黑沙滩，许一个愿：下辈子我来做你的姨婆，让我为你做你曾为我做的一切，让我们重回黑沙滩，一起聆听那些曾汁液般滋养过我的声音。

谷雨·十字街寓言

一

故土的美食，对游子而言，有时只是食物，有时是一剂良药。

四十八年前，谷雨时节一个晴好的傍晚，又高又瘦的长人苏双手紧捂胸腹走下轮船，踏上了玉环岛楚门镇的轮船码头，在奔涌的海腥味里，闻到了海鲜汤年糕微微发酸的味道，听到了七岁的自己赤脚拖着木屐踩过石板路的笃笃声，跟随笃笃声而来的，是无数种食物的香味。

故乡黄昏的气息如此单纯而馥郁，除了食物的香味，再无其他。

海鲜汤年糕——"汤"在这里，是一个动词，意思是用东海小海鲜如海虾蛏子牡蛎鲳鱼和青大蒜加水煮年糕。家家户户过年时做的年糕浸在水缸里，一直吃到端午，到了谷雨时节已微微发酸，一碗汤年糕，便散发着浓烈的鲜香和微微的酸臭，在长人苏的梦里萦绕了多年，是他经年疼痛的胃部最渴望的味道。他深深吸了一口气，感觉到那股气息顺着喉管和食道抵达了胃部，像一剂良药瞬间治愈了多年的疼痛。

他五岁的小儿子雀跃着奔上码头，全身沾满来自异乡的尘土。清晨卡车载着一家五口启程离开他任教多年的平阳三中，小儿子一出门便摔了一跤，浑身是泥，送行的邻居说，好好好，带点水土回去，就不会忘了我们。

一辆板车拉着他带回的唯一一件家具——一个橙色的菜橱，后面跟着一家五口，走入了暮色四起的古镇楚门，向着十字街的方向，向着位于十字街南门的老屋。十字街的样子，像甲骨文里"行"的样子，东西南北四条石板街呈"井"字形，七口水池呈七星状散落，蜿蜒的河道直通大海。明洪武年间起，楚门人就栖息在"行"字笔画上，樯橹出入，舟楫来往，亦耕亦渔。

长人苏走在笔画之间，听到了七岁的自己赤脚拖着木屐踩过石板路的笃笃声，跟随笃笃声而来的，是无数种食物的气味——

打年糕的气味,是年的味道,从十字街南门弥漫至整个玉环岛。年关将近,年糕班师傅们带着蒸笼和石臼,像一支部队开进了南门谷水晒谷坦,将已用井水浸软的粳米磨成糕粉炊熟,打成一根根年糕,一户人家一般要打一百多斤。长人苏不去晒谷坦,他躲在隔壁邻居无儿无女的广灿爷家,看他用年糕做龙、兔、狗等小动物,做聚宝盆,都是用来谢年祭祀的。

油煎馒头火烧饼的焦香味,来自十字街南门的馆店,摊子直摆到屋外,海岛人把肉包叫做馒头,把馒头叫做面包,把满嵌着五花肉炸虾盘菜的糕头叫做手抝糕,把可盐可甜的豆腐脑叫做豆腐生,把炸得金黄的豆沙糯米饼叫做油墩果,把阳春面叫做光面,都是楚门人的早餐。

蓬勃而复杂的气味,来自十字街东门,每月逢三逢八市日,乡下人挑着自家所有能卖的土特产前来赶集,柴、盐、禽蛋、绿豆面、桐纸叶包、文旦、橘子、甘蔗、荸荠等,摩肩接踵,鸡飞狗跳。长人苏岳母家便在东门,岳母家的公公是摆饭摊的卖饭二妹,这家最原始的快餐店,为乡下人提供了最物美价廉的饭菜,变成力气,走崎岖的山路回家。

小镇人不太熟悉的一些气味,来自东门长人苏岳父家的南货店，除了本地的酱油醋酒，来自远方的火腿、荔枝干桂圆干是平常人家难以触及的美味。

绿豆糕桂花糕橘红糕和月饼的气味，自带富足气息，来自十字街东门做糕饼最有名的天忠家。他家做的月饼薄薄的，却有脸盆那么大，戳着小孔，印着喜字，逢年过节，大人们便用红绿头绳将月饼挂在孩子们胸前。长人苏看见自己的父亲将一对煮熟的大对虾，也穿上了红绿头绳，挂在了七岁的自己脖子上。脖子上挂着大月饼和大对虾的孩子们，在十字街玩"打救兵"的游戏，虽一张口就能咬到好吃的，但他们尽力忍着，让那份满足无限延迟。故乡人用这种方式庆祝丰收表达幸福，让长人苏一想起就忍俊不禁。

还有一种神秘的气息，对于小镇人来说，意味着诗和远方，来自楚门人常说的"喔，十字街角落头"对面，一幢清末民初建造的三层白色欧式小高楼。这幢十字街最美的建筑，开过药店、面馆、布店、书店，长人苏和他的小伙伴们曾迷恋过里面的每一本小人书，也迷恋过小楼散发的和十字街格格不入的时髦气息，对交通末端的古镇人而言，它通往陌生，通往繁华，通往无穷远方。

西瓜切开时，"喇"地一声，红色汁液在夜空中炸裂，弥漫开来的清新气息,令长人苏终生难忘。仲夏夜,十字街的最中心会点起唯一的一盏煤油灯,摆起唯一的一个瓜果摊,那个叫"老麻大妹"的壮汉,舞动着一把巨大的西瓜刀,将西瓜切成弯月形的一块块,码在煤油灯下,水灵灵的光泽像会开口说话。西瓜摊前聚集着乘凉的人们,聊天,斗嘴,讲故事,并仔仔细细地吃着每一口瓜,没有人会买一整个西瓜吃,吃不起。

夜色中,泅渡着笃笃圆本真的糯米香,它来自十字街北门,一个长得像"武大"的矮个子,挑一担摊子,锅里永远煮着沸水,他将糯米粉搓成小小的丸子,落到沸水里,盛在小碗里,撒上白糖和芝麻,递给客人。而一个名叫"四妹"的男人,正将馄饨摊担从肩上移下来,摆到十字街西门他惯常摆摊的位置上,瘦瘦的身影瞬间被热气淹没。笃笃圆、小馄饨、清水面,汤汤水水的,都是楚门人最爱的夜宵。

身处偏僻海岛,仿佛被世界遗忘的楚门人,从不吝啬自己的力气,也从不亏待自己。

长人苏跟在板车后,越走近十字街南门老屋,那股熟悉的味道就越浓烈——东海的味道,海鲜的味道。每当潮汛归来,十字街上,便会摆开中街鱼市,黄鱼、带鱼、鲳鱼、虾蟹水潺和贝类"活窜窜、鲜漓漓"。鱼市散后，满地鱼鳞闪闪发光，正如清朝张英风描述的"不问寅与巳，鱼鳞匝地摊"。长人苏的父亲一度贩海鲜为生，每天傍晚从漩门湾挑回活蹦乱跳的小海鲜，将鱼虾蟹按大小分类，天未亮便挑到菜市场贩给卖菜的，一家老小的生计，都在这一担一担的小海鲜里。

踏进十字街南门的老屋时，长人苏不知道，他一路走来——回味的家乡美食，竟在几年后彻底治愈了他多年的胃疾。

他亦不知道，此时，他记忆里十字街各种食物的气息，在现实里如东海波涛般向着怯怯拉着他衣襟一角的七岁小女儿奔涌而来。

二

"榴屿何年改玉环，望中犹是旧青山。遗民不记当年事，唯有潮声日往返。"

农耕文化和海洋文化在楚门十字街交集而成了一首气质独特的古诗。谷雨时节的一个清晨，我跟着父亲走在十字街上，像与诗里一个个熟悉的字、词、句重逢。

当我踏上十字街南门通往老屋那条幽暗的甬道，潮湿的泥地散发着苔藓的味道，我感觉自己一下子穿越回了多年前那个黄昏,闻到了七岁那年波涛般向我奔涌而来的食物香气,我像进入了一个四维空间,看见了时间轴上七岁的自己,十二岁的自己,十八岁的自己。

七岁,她怯怯地拉着父亲长人苏的衣襟一角,踏上了暌违七年的出生地。

十二岁,她随全家离开十字街,住到了丫髻山下的山后浦。

十八岁,她离开故乡前往杭州读大学,从此留在了那里。在异乡的四季和十二时辰里,她常常想象着太阳从十字街的东门升起,一一掠过南门北门和西门所有的青瓦屋顶,想象着十字街所有她吃过和没吃过的食物的香气,慢慢灌满她的身心,化成一行行文字流淌……

《冬酿》里,弥漫着十字街东门外婆家的气息,是暖色调的、浓烈的人间烟火味——"琥珀色的黄酒,变成了母亲的姜酒面、糯米酒饭、炒米饭、核桃调蛋,变成汩汩的乳汁,母亲的心头血,注入了女婴最初的生命里。日日夜夜,女婴嚅动着唇,本能地寻找那一缕异香。找到它,便找到了乳汁,找到了母亲,找到了安宁。先人们相信,用酒喂大的海岛孩子,往后余生,不畏惊涛骇浪,亦无惧岁月苍凉。"

《等一碗乡愁》里，弥漫着十字街南门爷爷家的气息，是冷色调的、浓烈的海腥味——"海鲜面的味道，就是故乡的味道。多少年后，当乡音未改鬓毛衰的我回到故里，他们在哪里？还有谁再为我烧一碗海鲜面？我偏执，不是真的要回去，像祖先一样讨海种田为生，而是，在人生无数个'回不去'里，死守着一个慰藉，试图浇灭那团越烧越旺的乡愁。"

此刻，北门桥下的河水静静流淌，如同楚门十字街此时从容流淌着的无数人生。记忆里北门的气息没有变，依然是糕饼的暖香。一家做楚门圆的小店里热气蒸腾，几个老太太正围坐一起做手工楚门圆，说是办喜事的一户人家预订的。

西门街的气息在我记忆里是甜的，这与那些面店、客栈、药店、杂铺、茶馆、布庄、理发店、五金店、服装店无关，是一颗糖果的味道。一家杂货店后面是一个大花园，枇杷树下有一个半人高的巨型石雕金鱼池，池沿上刻着极其精美的浮雕，鱼池里游弋着我从未见过的大眼泡红金鱼，高级得像来自另一个世界，与杂货店外楚门的世界如此迥异。一放学，我们便跟着一个叫"华"的美丽女孩，来到花园里跳橡皮筋，华送我的一颗粉红色水果糖，是我平生吃到的最香甜的糖果。

沿着西门街再往西走，便是十字街的最高处西青山，西青山顶就是我们就读的小学。经常上学迟到的我，爬上西青山顶，路过一棵孤独的皂荚树，走进一间简陋的教室，听老师轻声细语的批评，听老师对我作文的一次次表扬，汲取着不同于食物的另一种滋养。

站在那棵孤独的皂荚树下遥望，能望见山脚的公路，通往温岭，也通往省城，通向远方。十年后，这条公路带着我离开了故乡，然而，十字街就像生命之初剪不断的一条脐带，绕着呼吸，连着心跳，将海岛古镇人间烟火里的真实性格，铸入了一个游子生命的年轮里，精神的重量里。

父亲指着西青山的一面断崖对我说，山脚下那片空地会变成一个作家客栈，像楚洲文化城一样，"赞显"。

三

每天到十字街走一圈，对于父亲，仿佛是与铭刻在他灵魂深处的基因接头、约会。

清晨七点半，他从山后浦出发，穿过一片田野，来到十字街南面的沿河一带。他轮番在三家早餐店里吃一碗蛋汤，一杯牛奶，两个肉包，或者一碗大排面，然后轮番走进几个菜场转一转，挑最新鲜的海鲜和蔬菜回家。母亲说，如果他一天不去走，会"难过显"。

他走在十字街，看斑驳的阳光勾勒出老街和他一样苍老的身影，看时光在老街每一个缝隙里凝滞又缓缓流动，作为楚门古镇改造工程顾问的父亲，也看西门街立面改造和西青山游步道的纵深推进，看一条新生的十字街渐渐从那张规划图中浮现，如同古旧屋檐下钻出来的人参花，如同小镇每天诞生的新生儿。

他的脚步到过很多遥远的远方，大半个美国和夏威夷，大半个欧洲、东南亚，或繁华或寂寥的异乡街道的记忆，都和他的脚印一起留在了远方，而三三两两聚在故乡十字街巷口、店门口唠家常的老人，他都叫得出名字，他们也认得他。西大街有名的梅凤牙医诊所搬了，但很多老行当依然在，剃头店、打铁店、秤店、篾竹店、箍桶店都还在，藏在老街深处四十多年的楚门老街油炸也在，门前有很多人排队等着买。女儿回来时，他也会来买，还买番薯粉圆、九层糕、洋糕、糕头和鱼圆给她吃。他每天路过那些屋子，那些人，那些食物的气味，像每天重读着十字街的前世今生，和十字街对话，他听得懂它，它也听得懂他。

只是，耄耋之年的他早已闻不出食物的香味了，吃到嘴里,也越来越无滋无味了。

一碗稀饭,一盘海蜇皮蘸虾酱或一盘母亲做的酱油肉,一盘蔬菜,是我在杭州日常的晚餐,我的饮食习惯和父母越来越像。味蕾已对美食渐渐麻木,基因却顽强地告诉你,你是谁,你来自何方。

我是谁?我来自何方?去往何处?

"炊烟如梦,牵山绕水,饭好了,盼儿归。"这首伤感的歌,我很喜欢,却很少听,不忍听。人类自从离开洞穴,便注定成为走失的游子,如同孤独的、正飞离太阳系的旅行者一号。

钱塘江边十一楼房间一个不易察觉的角落,停着一片黄叶。它来时我知道,它随风飘落在地板上,落在午后的一缕阳光里,发出了干燥的声响,让我想起了家乡稻谷的金黄,想起一个叫"谷雨"的词。此刻,它静静陪着我,用文字一一记取父亲记忆里十字街的声音和气息,如果有一天,他记不起来了,我会坐在娘家小院的桂花树下,读给他听。如果有一天,他走不动了,我会替他去十字街走走,回来说给他听。

谷雨·时光的气味

一

那个声音,一开始接近于无声。从泰国清迈四季酒店的木屋往大堂方向走时,要穿过一些墙门、一些绿影以及花朵。清晨的薄雾弥漫着婴儿般清新的气息,还有一个似有似无的声音,像遥远地平线上走来一群人影,影影绰绰,嘤嘤嗡嗡,有赤足踏在泥地上的啪啪声。

穿过最后一道墙门,我惊住。大堂门前宽阔的空地上,一座佛龛、几张摆满了白莲花的长桌旁,已经围聚了百来人,有不少泰国人,还有白人、黑人和少数几个中国人,大多很年轻,据说都是四季酒店来自世界各地的员工们,正排着队,默默等待着一场祈福活动。

赤足踏在大地上的啪啪声,密集,细微,由远及近——

一群披着棕黄色袈裟的赤足僧人，从薄雾深处慢慢走来。没有锣鼓钟磬，没有念经声，他们静静地依次从供奉者们面前走过，欠身接过他们双手捧上的供奉：莲花、苹果、香蕉、米团。各种肤色的人们，显然并不都是信徒，却以同一种方式，通过僧人传达着对天地神灵的感恩。而僧人们也向每一位施主欠身、微笑，他们中有的脸上已布满沧桑，有的还是十三四岁的男孩。一切都在静谧中进行，每一个人的眼神和姿势，都写满虔诚。僧人们赤脚踏在泥地上的声音，比鸟鸣声、比穿过林间的风声还轻。天地间，充盈着人们内敛于心的喃喃祈祷。

忽然，一位泰国姑娘递给我一枝散发着清香的白莲花，微笑着示意我。我本能地后退一步，微笑着摇了摇手。

后来，那一秒一直刻在我心里很久。我奇怪当时为什么会拒绝她的心意？是羞涩？是觉得自己是个局外人？

那场化缘持续了很久。我抬头望见薄雾已经散去，阳光从树叶间漏下来，像一场雨洒在安静的人们头上。正是谷雨的节气，春天即将结束，每一场雨，都如古人所说"雨生百谷"。传说，仓颉造字后，玉帝要奖他金人，他不要。有一天仓颉正在酣睡，听到有人大喊："仓颉，玉帝给你金人你不要，你想要啥？"仓颉说："我想要五谷丰登，让天下的老百姓都有饭吃。"那人说："好。"第二天，万里无云，天上突然下起了谷粒，铺遍了山川大地。黄帝闻报，将这一天命名为谷雨节，让天下人每年到了这一天都要欢歌狂舞，感恩上天。

奉上一朵白莲花，其实无关信仰。所谓信仰，有时仅仅是对一场雨的期盼，对一场丰收的感恩。

二

时光有时是一种气味，循着它，一路闻过去，会闻到某一年最让你印象深刻的某一秒。

于我，那一年惊心动魄的一秒，带着桂花的气味和母亲"嘿嘿嘿"的笑声。当时，我们在娘家小院的桂花树下摆了张桌子，父亲母亲姑姑小舅妈小姨妈，还有抽空回来看他们的我，一起喝茶聊天。这一天离母亲七十三岁的生日和重阳节还有三四天。

那一秒，桂花树漏下了一缕很亮的阳光，照在母亲左脸颊花白的鬓发间。突然，一颗铜钱大的黑痣映入眼帘！我感到心脏停跳了一秒后，咚咚咚失了节奏。

我说："妈！这颗痣什么时候有的？我怎么从来没看

到过？！"

四周静了下来，只有我的声音飘忽着，听起来有点远。

母亲说："没事没事，以前有的。"

"怎么这么大？这么黑？去医院看过吗？"

"没有，不用，有点破了，我用孢子粉涂了，过两天就好了。"

姑姑她们说，前些天也注意到了，都问过了，母亲说没事的。她们劝我说，你娘说没事，那就没事！放心！你娘有数的。

深夜，我网上查了一下"黑痣"，恐惧像洪水浸漫了我。我不相信，难道充溢着桂花香的那一秒，那么美好的一秒，是母亲和我们的分水岭？是我苦乐人生的分界线？我没有任何思想准备，我无法想象没有母亲的家，没有母亲的人生，尽管我已快到知天命的年龄。

手机相册里，绽放着母亲一个个笑脸——二月某日，我回来了，母亲和我在自家小院里喝着自制的咖啡。七月某日，我又回来了，海鲜面，鱼圆汤，糯米饭，杏仁露，食饼筒……甜蜜的乡愁，葱茏的幸福。七月某日，母亲给我装了满满一箱家乡菜带回杭州。八月某日，姐姐带父母去欧洲玩，父亲背着母亲、姐姐和侄女的三个包，蹲着马步给她们拍照，母亲像个少女一样，在埃菲尔铁塔下跳起来。

我一幅幅翻看着，心里一直有个声音说，不不不，不会的！

那几日，我照常和父母说笑，出去采风，晒照片和视频给他们看。父亲说，拍照没意思，多拍点视频，将来留着看看。我说对对对，拍着视频，鼻子却酸了起来。这句平常的话，我都听不得了。实在忍不住了，问父亲要不要强拉着母亲去医院检查，父亲说，我们都这把岁数了，哪怕真是那什么，也没关系啦，高寿啦。

父亲，我从小最敬畏也最懂我的父亲，早已看穿了我独自沉在谷底的心。他伸出手，把我捞了上来。

时光在几天后的另一秒，变成了红薯粉圆子的味道。我下楼来，母亲手里正做着圆子，她歪了歪头，侧过脸给我看，说，你看，掉了！

一个淡褐色的疤痕，替代了那颗烙在我心里的黑痣！

她嘿嘿嘿笑着说，昨晚洗澡脱衣服不小心扯了一下，扯掉了。我说没事的吧？大概是孢子粉涂多了，看上去那么黑。

她似乎从来都没把这事放在心上，她亦没有看出我这几天的恐惧煎熬,因此,她都没想到昨晚就该告诉我的。

那一秒,我在心里跪下了……感谢老天让我仍拥有完好无损的母亲,让我继续有力气直面并不总是完好无损的人生。感谢老天给了父母那么大的心,把一场惊险看得那么云淡风轻。然而,他们是真的心大,还是装作心大,只为宽慰在他们眼里永远孩子般的女儿?这世间有多少父母,在病痛煎熬中天天盼着儿女回来,却口是心非地说,我们都好都好,忙你们的。这世间有多少儿女像我一样,说忙于生计,其实也忙于名利?一回到父母身边,他们当我孩子般宠溺,这种错觉,让我误以为父母还年轻,我们还有很多时间在一起。

老家的海泥滩涂下,有很多弹涂鱼的窝,封闭的小洞布满了鱼卵。为了那些小生命,弹涂鱼吞下空气,再吐到洞里,日夜重复,直到鱼苗游出小洞,开始它们的一生。而那时,它已老了,精疲力竭,很容易就被钓走,成为餐桌上的美食。天下一代代父母儿女,如同弹涂鱼,为孩子鞠躬尽瘁死而后已,孩子却总是忘记,父母将老。

三

时光里飘来一缕白莲花的气味,泰国清迈与一场化缘的不期而遇，我摆手婉拒的那一秒，一直刻在我心里很久。时光常常会安排一个一闪而过的时机，让我们表达感恩，比如无关信仰地奉上一枝白莲花，在心里对天地万物父母师友说一声谢谢，而在无涯的时光中，这个姿势，或者仪式，常被我们忽略、轻慢。有时，时光以某种方式提示你，比如母亲的"黑痣"，比如清迈那一朵递过来的白莲花……但时光更多时候是无声无息、无色无味的，过去后，便来不及了。

四月槐夏

●

五月仲夏

●

六月荷月

夏籁

四月
April

槐—夏

立夏·伞

一

雨的脚粘在十一楼的窗玻璃上，一步一步往下滑，实在粘不住了，啪啪跌落。我听见它用脚咚咚咚地敲着窗，它亦听见我睁开双眼。这是立夏的早晨，《月令七十二候集解》："夏，假也。物至此时皆假大也。"花都已经谢了，树叶都大了，明亮晃眼，世界像蓬松了一倍，虫鸣声也膨胀了一倍，有些声音比起春天也似乎响了很多。

比如，楼上的拖鞋声，踢里嗒啦，并不是很响，但将睡未睡时，足够干扰人进入梦乡，那座搭向睡眠的桥，常常被突如其来的拖鞋声打断，也足够将人从清晨的深眠中拽出来。楼上的人一定是无意的，或许只是夏天来了换了一双拖鞋而已，不知道会让楼下那个人烦躁得发狂，让她又一次想起去年一个噩梦般的清晨。

某医院，我头上外伤还没好，又因肠炎住院，五日五夜水米未进，靠二十四小时输液维持，备受煎熬。人无比虚弱，神经特别敏感的时候，一些平常不过的声音汇集在一起传到耳朵里，就像在切割你的骨肉——楼上有椅子拖动的声音，门外有高跟鞋的声音，门口有护士聊天的声音，隔壁病房不知道是吵架还是聊天声，其中有一个女人声音特别尖，医生和护士开关门的声音，电视里播放的声音，等等，而相比之下，窗外工地里的声音，汽车驶过马路的声音，都变得遥远而温柔。头疼欲裂，任何声音都是利器，包括音乐，风声，雨声。深夜，头一动都不敢动，感觉后脑勺黏在了枕头上，转一下都疼得要命。幻觉中，自己变成了一个老头，又变成了两个人，一个在昏睡，另一个在看着自己，如同灵魂出窍般。

当我终于可以到病房楼下走走时，我看到立夏时节的阳光异常明亮，照在冬青树嫩绿的枝头，毛茸茸的。我又能听到世界美妙的声音了。我反思自己，以前我去看望病人的时候是穿着高跟鞋笃笃地走路吗？我在病房里大声说话了吗？我有随意地拖动过板凳或椅子吗？有几个人知道，在医院，某个脆弱的角落里，一个也许并不刺耳的声音，正在刺痛着病人，让其痛不欲生？那么，平时呢，也许，他没有病，内心却经历着痛。我们发出的一个声音，一个动作，也许于他都会产生极其强烈的感应，而我们并不知。我们发在朋友圈的小幸福，本意是记录和分享，会不会正好刺痛了谁？那么，不晒，是不是也是一种慈悲？

二

下了楼才发现雨还在下，还不小，而我忘了。网约车还有一两分钟就到小区门口了，上楼拿伞显然来不及了，一时有点懵，自言自语"下雨了。"

身后传来一个女声："我带伞了，你要去哪里我带你去。"

回头见一位陌生的女邻居，三四十岁，短发，红裙，正将一把伞"哗"地撑开，我心里也有个声音"哗"地一响。那是比伞发出的声音小一点、比这个女声大一点的声音，主要成分是惊讶和感动。

同一把伞下，我的胳膊会碰到她的胳膊，我的裙子会碰到她的裙子，如同立夏时节，雨与草木的窃窃私语，散发着清新而熟悉的气味。我想起这个小区里的朋友们，我工作忙碌时，学校老师标接送我女儿上学，我头破血流时，莘莘和雯雯送我去医院，我出门在外时，雪帮我拿快递翻译出国材料，隔壁邻居小夫妻送来喜糖，楼下耳朵不好的奶奶常上楼来问阿姨回来没，给她带好吃的了。我们这些人，不知道什么缘分住得这么近，比亲人更近。同样是立夏的声音，却让我第一次感觉这个节气竟如此美好。

她把我送到小区门口保安岗亭的大伞下，说："你就在这儿等车，不会淋到雨，我坐地铁去了。"

她红色的背影远去，视线里是几朵开在雨里的太阳花。据说古代的帝王在立夏这一天率百官到郊外举行迎夏仪式。仪式上的一切装饰都必须是红的，以表达祈求丰收的美好愿望。

谁能知道，她不是我楼上那个深夜穿着拖鞋踢里嗒啦走路的女人呢？

立夏·白色痛

清晨的宁静像一面湖水那么完整,还未被任何一个声音、一个动作划破。

我梦见自己躺在一个空旷的房间里,穿着棉睡衣,裹着温暖的棉被,沉沉地睡着,还做着梦。

突然,一个声音像一个黑影一样向我逼了过来。在精疲力竭的逃亡中,我醒了。

"痛啊!"一个男人无比凄厉的惨叫声,从对面那幢楼的病房里传了过来——瘦弱,苍老,无助,被痛苦扭曲得没有了一点矜持与尊严。想象得出,他用了所有的力气喊出了这个字,企图将无法忍受的痛苦从他身体里赶出去。可是,这声音从他嘴里出来,已经虚弱得像一把钝锈的刀,连空气也无法整齐地割破了。每一个残破的音节,无力地散落下来,弥漫开来,充满了极度的怨恨和无奈:"为什么不让我死?"

从窗口望过去,看不到玻璃窗后面那个垂死的人,只见一面墙,如挂在风里泛黄的银幕。

银幕上,一只骨瘦如柴的手,在虚无中拼命抓着什么,又痉挛着掉了下去。

银幕上,匆匆掠过几个手忙脚乱的身影。

银幕上,一颗被乱发覆盖的头一下一下撞着墙。

墙没有一丝一毫的动容,如一张狞笑着的脸。那泛黄的白,是我见过的人间最凄惨、最肮脏、最冷酷的颜色……

我打着冷战,心揪成小得不能再小的一团。

"嗯啊……"

一声婴儿的啼哭,如嫩嫩的鹅黄,又如春笋从春天的泥土里一点一点探出头来,继而无拘无束、理直气壮地大声起来。

我想起来了,我在医院,刚刚做了母亲!

我小心翼翼地抱起女儿贴进怀里。她瞬间停止了宣言般的啼哭,慢慢睁开了眼睛。

这双纯洁无瑕的眼睛,仿佛来自天外,定定地看着我,无辜地问:我是谁?我在哪儿?

一个新的生命刚刚诞生,另一个生命却即将离去,其间只隔着薄薄的一层玻璃。一个人哭着,充满了对人世的厌倦。另一个人哭着,无知无畏。来来往往的路上,他们可曾相遇,他会对她说点什么?

深夜,对面楼里传来几声杂乱的哭泣。有人如释重负地告诉我,他终于走了。

多年以后,我意外地梦见了他。

在洒满阳光的走廊里,面目模糊的他一手拿着一把巨大的刷子,一手提着一个颜料桶,从容地走着,往墙上刷着一种淡蓝色的涂料。他的风衣被清晨的风微微扬起,像张开的翅膀。

他问我:"你看过今天的早报了吗?"

我点了点头。

他说:"你瞧,现在犯了死罪的人,倒可以安乐死。我们这些患绝症的人,却不得好死,死得这么惨。"

他一边说,一边往墙上刷着。

当宁静的淡蓝覆盖上每一面惨白的墙,他自言自语地说:"要是所有的医院都是这种颜色就好了。"

那些初生的婴儿,被轻轻拍打,因感受到疼痛而发出第一声嘹亮的啼哭时,哪里知道人生路上有多少真正的痛等着他们。

立夏·蚕花记

一

农历三月，立夏时节，我想养一张蚕。一张蚕的意思是一张蚕种，能孵出两万八千六百条蚕，像半个世纪前我的外婆一样，在楚门东门街狭小幽暗的房间里养一张蚕，听它们在桑叶上发出仿佛春雨打在万物之上的沙沙声，呓语般缝合着来自寒冬的每一个伤口，吐故，纳新，愈合，生长。

南中国第一场盛大的蚕桑农事，即将从一根鹅毛开始。湖州南浔善琏镇浪池兜村6号，七十岁的钟水英在梁间雏燕的呢喃声里，轻轻捻起一根鹅毛递给了我。这根鹅毛已经用了七年，和千百年来湖州大地上无数蚕农用的鹅毛一样，是人与蚕耳鬓厮磨一个月的第一个工具，而早于鹅毛接触它们的，是女人们的胸脯——她们将比油菜籽还小的蚕子们焐在胸口，用体温孵化出头发丝般柔弱的一个个小生命，再用鹅毛轻轻扫到蚕床上。清明暖种，催青点青，如火如荼的蚕桑农事便在大地上无声开启了。

一只雨燕穿过阳春三月，依次穿过麦花豆花油菜花茼蒿花一阵阵蓬勃的香气。钟水英坐在雨燕经过时留下的香气里，依次将团匾、蚕箪、轧叶墩、桑叶刀、草龙茧等一一取出，心里惦念的是两种没有一丝香气的花：桑花和蚕花。

桑花模样普通，毛茸茸的，神奇的是，洁白的花蕊黏附在绿色花柱上，像极了一条条幼蚕。半个月后，从古诗词里走来的"柔桑"——一展展幼嫩的桑叶便开始非凡的旅程了，它们最终化为五分之一头发丝粗细的纤纤蚕丝，一路诉说着"湖丝衣被天下"的千年传奇。

桑、蚕、丝，源自中华大地的神奇组合，开启了丝绸之路的璀璨里程。湖丝以细、圆、匀、坚、白、净、柔、韧的特色，被誉为"东方艺术之花"。

蚕花，则是用彩纸或茧子、绸帛做成的花朵。从前，蚕桑是人命关天的头等生计，从拿到蚕种，孵化，分床，一眠二眠三眠四眠，终于等到吐丝作茧，到摘茧子卖茧子，蚕农们几乎一个月不眠不休，提心吊胆。对土地和未知的敬畏，使养蚕人家格外谨慎,养蚕时不喜来客惊扰蚕宝宝,女人头上便戴一朵蚕花,是提醒,也是讨个彩头,祈愿丰收。

自古以来,剪蚕花、戴蚕花、扫蚕花的"蚕花庙会",成了蚕乡最隆重的节日。清明节间,天蒙蒙亮,蚕乡的男女老幼们便徒步出发赶往大小庙宇祭拜蚕神,人山人海,你轧我挤。迎蚕神、摇快船、闹台阁、拜香凳、滚龙灯、跷高竿、唱戏文、扎蚕花、拉丝绵,其中,最让万众瞩目的,是"蚕花姑娘"撒蚕花、祭蚕神。

此时,清明前日的湖州,离蚕子"发芽"还有二十来天,新市、含山两地的蚕花盛会就像一个冒号的两个点,又像两粒小小蚕子,萌动着千年盛事。

人们把赶蚕花庙会叫做"轧蚕花"。

二

一只雨燕在湖州德清新市古镇的水巷间低回,二十五岁的蚕花姑娘哲阅抬起脚跨上蚕花庙会十六抬大轿时,恍惚有一种出嫁的感觉。她的眼前又一次浮现出记忆中那个熟悉的场景,耳边响起了一个约定。

昏黄的灯光从祖母身前透过来,给她镶上了一层淡淡的柔和的金边，祖母驼着背，戴着厚厚的老花眼镜，安静又仔细地剔着头发丝般缠在一起的幼蚕，这是一年中祖母神情最专注的一刻。在哲阅的记忆里，蚕桑是人世间最美好的事物，蚕花会是人世间最美好的节日，蚕花姑娘是人间最美的女子，她跟祖母说，长大了也要当蚕花姑娘，给奶奶留好多蚕花。然而，时光带走了祖母，也渐渐带走了故乡一些老底子的东西，但多年来，无论她留学在外还是就职上海某互联网公司，总会听到故乡有一个声音在呼唤她，回来吧回来，于是，她回到新市竞选蚕花姑娘，为的不仅仅是与祖母的那个约定。

从《诗经》到范成大的"农家今夜火最明，得知新岁田蚕好"，从杜甫的《丽人行》到李商隐的"春蚕到死丝方尽，蜡炬成灰泪始干"，从敦煌壁画到宋末元初程棨的描绘湖州蚕织户自"腊月浴蚕"开始到"下机入箱"为止的养蚕织帛整套流程的《蚕织图》，到元代赵孟頫的《题耕织图二十四首奉懿旨撰》，从《兰亭序》到《清明上河图》……古往今来，人们对丝绸的爱化为了人类文明长卷上一个个美丽的文化印记，土生土长的哲阅也想为家乡做点什么。

雨燕低回，蚕花姑娘们将蚕花连同默默的祝福一起撒向人山人海，哲阅看到了蚕桑之祖嫘祖娘娘的微笑，看到祖母灯光前轻扫鹅毛的背影，鼻头一酸，但她忍住了泪。

丝绸无与伦比的美妙触感，穿越时光，滞留在二十五岁印度尼西亚姑娘罗慧芳右手拇指与食指之间。柔滑，神秘，清凉而又温暖，像母亲的黑发。

此刻，她趴在新市古镇街角的二楼窗口，看蚕花盛会的巡街队伍慢慢移近。眼前飞过一只雨燕，并未打扰到她的视线，也未打扰到和她同来的浙大汉语国际教育学院的留学生们，他们一声不吭，沉醉在东方古国最美的景象里，罗慧芳想起了一个同样美丽的场景：五年前，在香港一个商场里，她第一次触摸到丝绸，无比绚丽的色彩，柔中带刚的光泽，她只在古装电视剧里见过。她想，但愿有一天，我能拥有一件中国丝绸旗袍。

此刻，不同肤色的同学们围着桑叶茶而坐，谈论着和他们同龄的蚕花姑娘们、舞桑叶龙的小伙子们。埃及的张若蓝、波兰的莫莉卡、韩国的瑞满、塔吉克斯坦的郝运、喀麦隆的坚持往前走——这些大多来自"一带一路"沿线国家的年轻人眼神发亮，无比兴奋。眼前的东方古国，就像一方丝绸，绚丽多彩令人惊艳。这里的同龄人，做的事有意思，且有意义。

岁月深处，驼铃声中，先人们在漫天风沙中相遇，在如水月光下围篝火而坐。一匹匹至柔至刚的丝绸，化为草原丝绸之路，沙漠丝绸之路，海上丝绸之路，如同一根根火热的血管、柔韧的神经，一条条强健的脊梁，一道道深情的目光，匍匐蜿蜒，驰骋纵横，输送着、交融着、发掘着无尽的物质和智慧。两千年以后的春天，当几万张蚕种沿着"一带一路"从水乡走向中亚西亚及更远的远方，二十五岁的罗慧芳们与二十五岁的哲阅们如同他们的祖先一样在丝绸之源相遇了，古老的缘分在目光轻触间，焕发着一种新的意味。

三

大运河流经古老的湖笔之乡善琏，依偎在含山脚下，像一只幼蚕轻轻衔住一片柔桑。

甲骨文中的"桑"，生动描摹了桑树枝叶繁茂、向上生长的形态。从空中俯瞰，二千五百多岁的桑基鱼塘像一张巨大的桑叶，匍匐在南中国大地上，而从大地仰望，会发现所有年轻的桑树都长成了奋不顾身的模样，直直的枝条，整齐的簇簇新叶，向着同一个方向俯冲，仿佛就为了便于人们采摘。

"60后"湖州女子敏利将一杯桑叶茶、一杯烘豆茶端到了我面前,说,湖州待客有三道茶,还有一道是女婿来时的糖蛋茶。每当蚕茧丰收,亲朋好友间还要送"蚕婆汤","汤"里有枇杷、黄鱼、茶糕、蹄髈等。

土生土长的敏利三姐妹,从"卖鱼的"变成了"让大家跟着我,有鱼,能渔"的桑基鱼塘保护与传承的践行者,其间滋味正如我手里用桑叶桑果做的糕点,酸甜里有深藏不露的清苦。起源于春秋战国时期的湖州桑基鱼塘系统,是古代先民创造的一个无比智慧的循环生态系统,洼地变鱼塘,塘泥作塘基,塘基种桑,桑叶喂蚕,蚕沙养鱼,鱼粪肥塘,塘泥壅桑,养育了太湖南岸一代又一代人。从前,人们造房子娶媳妇全靠蚕桑,而今,"植桑养蚕"正快速退出农民的生活,蚕桑收入基本只当零用钱了,但桑基鱼塘上仍是一番蓬勃的景象,原因是"有人",有既有现代意识又有传承意识的人,有年轻人。

桑基鱼塘不远处的湖州丝绸小镇,一群孩子在博物馆的穹顶下席地而坐,巨大的蚕茧状椭圆形立体屏幕上,正演绎着蚕的一生。穹顶下,不时响起喊声:妈妈,我也要养蚕!穹顶下,还将响起全国乃至全球丝路论坛的掌声,世界会聆听到丝绸之府的新声:"万物得其本者生,百事得其道者成。"

荻港渔庄门口,屹立着一棵一百岁高龄的桑树王,它率领着枝繁叶茂的庞大家族,在时光的褶皱里,萌发着如火如荼的朵朵新绿。

四

晶莹,圆润,漆黑。如菜籽来自沉默的大地,如胎儿蜷缩于幽暗的子宫。

爱芬轻轻打开竹笼上一块米色的纱布,让我看薄纸下隐约可见的蚕子。这是清明节午后的善琏镇宋古桥,我没想到一张蚕种只有半本书那么大。米色的薄纸上印着"宝宝蚕种,蚕种至宝",下边印着生产单位、经销单位、许可证号和批次"秋制R"。

在母亲般的呵护下,两万八千六百条蚕即将在十天后出生。十天后的上午十点左右,爱芬会将当天上午采摘的,适熟稍偏嫩的桑叶切好,撒在蚕种纸上,等蚕蚁慢慢爬到桑叶上,将它们连同桑叶倒在蚕座纸上,用鹅毛轻轻摊匀。

爱芬所在的合作社的桑叶地里,一种新的草本桑——桂桑62号刚刚发芽,在阳光下,如强光穿透翡翠。这是一种奇特的桑树，只有草那么高，用机器收割，"唰唰唰"像割草一样，可以养十几批蚕，是蚕桑从传统转向现代的经典标本。

"谁家寒食归宁女，笑语柔桑陌上来。"旧时光里的蚕桑农事很美，但我觉得眼下更美，它渐渐卸下了沉重和艰辛，长出了轻盈的翅膀。从前，有几双采桑养蚕的粗糙的手，有缘触摸丝绸这一人间尤物？而时间来到此刻，一切早已不同。

离宋古桥不远的潞村，钱山漾遗址静静隐匿在一大片桑树林和油菜花中。在出土过人类最早最完整的家蚕丝织品的农田里，我久久伫立，耳边响起了世界上最美妙的两种沙沙声：春雨，春蚕。五千年前，神奇的北纬 30 度，先民们偶然发现了天虫吐丝的秘密，从此，世界丝绸之源牵出的一根纤纤蚕丝，一头连着春雨一头连着驼铃，一头连着中国一头连着世界，一头连着历史一头连着未来。此刻，一条天蚕、一片柔桑从历史深处传来的窃窃私语，正沿着新的时光之河，浩浩汤汤，一路获得越来越多、越来越响亮的回应。

小满·时光隧道

有一句话常在夜深人静时,穿越二十多年的时光,响在我的耳旁。这句话来自记忆深处的一条甬道——多年以前它是位于楚门街老宅院子里几户人家从老屋到街上的必经之路。甬道被两户人家的墙隔得窄窄的,黑的瓦、旧年的木头散发着南方湿润复杂的气息,使之显得幽暗而深长。从阳光下乍一进来,跨过和孩子齐膝高的石板门槛,脚就触上了软软的、阴冷的泥地。蟋蟀和不知名的小虫在马尾松之类的柴火堆里鸣叫,也有老鼠、蛤蟆之类的东西在眼前一蹿,让人心里一惊。每次在晚上疯玩后回来,我总要鼓起莫大的勇气,手摸着潮湿的墙,借着黑夜里几点人家的灯光往里探脚。尤其恐怖的是孩子们传说他们看见过那个站在黑暗的甬道里小声说话的叫芹的疯女人。

其实大人们知道芹并不疯,她只是得了一种叫癫痫的病。

她和她的丈夫拥有一个很大的菜园，里面也种着果树、菜，养鸡、养兔子，甚至种稻子，里面除了小鸟清脆的鸣叫和蜜蜂的嗡嗡声，听不到别的什么声音，他们过着一种几乎与世隔绝的生活。他们家的厨房正对着我家后屋的水井，偶尔见门一开，芹匆匆出来提一桶井水，看见我匆匆一笑，就消失在有着两排隔栅栏的木门后。她的丈夫仿佛很凶，不和任何一个孩子说话，也从不理女人们带着好奇的关心，因而引起人们的些许不满，常对着他们的院门说些难听的话。孩子们模仿着父母的言行，同时以讹传讹。

一个傍晚，天闪过雷，我扔下伙伴们急忙跑回家，脚刚跨进甬道时，雨以最快的速度下了起来。顿时，黑暗和雨声吞没了我，眼前好像有无数精灵鬼怪在盯着我，身后又好像有什么在跟着我，在意识快要飞离的一刹那，我拔脚就跑，忽然撞上一个软软的东西！我简直魂飞魄散。

这时，一个轻柔的声音在我耳边响起：别怕，我陪你。

一只温润的手摸上我的头。是哪位邻居大婶？

"你听，是不是有很多小仙人在唱歌？你是善良的孩子，你不害它们，它们也不会来害你的……"在她魔法般的柔声细语里，我的心渐渐静下来，我想象着她一定眯缝着眼睛，嘴角微微笑着，轮廓柔和而清丽。雨声渐渐小了，她温暖的手牵着我的手走出了甬道，转个弯，眼前忽然亮了起来，我才发现握着我手的居然是那个"疯女人"芹！我早该想到！我一把甩开她的手，拼命奔回家里，心仍狂跳不已。后来我将这件事当作传奇经历添油加醋地说给小伙伴们听，他们说：太可怕了。

但从此我再也不怕单独走进甬道了，其实我心里有着自己无法表达的美好而神秘的感觉。我常常刻意躲在甬道的转角处，聆听小精灵们的歌唱，我甚至希望再碰到芹，再次感受她温润的手和声音。

可是有一天她突然病死了。在人们眼里，这是个好结局——她和她的丈夫都得到了解脱。丧葬的队伍绕着东西南北四条大街各走了一遍，风把纸钱从街上扬进甬道。我依在黑暗中，聆听着喧闹声渐渐远去，忽然又听见她在耳边说：你看到我了吗？我不孤单，小精灵们和我在一起了呢。她又说：万物有灵，善待他们就是善待我们自己。

其实世界并没有善待她，就像《好人一生平安》只是一首动听的歌而已，但她这句话，我记了几十年了。

小满·十万蚕

凌晨四点,蚕在桑叶上发出春雨打在万物之上的沙沙声,与真正的雨声交织缠绕,将天地织进了一个巨大的雨茧里。

一个影子破茧而出,穿过幽暗的长廊,向着蚕房缓缓移动。影子形状奇特,像一头行动迟缓的怪兽,又像一棵移动着的树—— 一个瘦小的女人驮着一大篓桑叶,低着头,腰弯成90度,右肩特别夸张地耸起,布编的篓绳紧勒在右肩上,像要将她整个人吊起来。长廊的顶灯照在她花白的头顶上,照不见她的脸。影子在地上蹒跚前行,被长廊外飘进来的阵阵春雨打湿。

凌晨四点,我穿过雨,穿过湖州秀才桥村口一棵棵火桑树浓重的影子,踏进沈桂章家的院门时,听到了雨声,喘息声,桑叶摩擦墙壁发出的沙沙声。

邵云凤将一篓篓桑叶驮到蚕房里,喂给十万条蚕。她曾经养过十多张蚕种，三十万条蚕，楼下楼上有七间蚕房。楼上的她驮不动，沈桂章和儿子驮。沈桂章驮一篓桑叶摸着墙壁走，她在后面帮他托着桑叶篓。

将桑叶轻轻盖到十万条蚕上，像给一垄垄的庄稼施肥。空阔的蚕房地上，平铺着一垄垄稻草，稻草上爬满密密麻麻的蚕，像巨大的二维码图像。离地半尺，架着一条条蚕凳，那是直接将树刨开钉成的，有孔，有裂缝，有发白的年轮。蚕像一垄一垄田，蚕凳像田埂，六十岁的邵云凤和八十岁的婆婆站在"田埂"上俯身喂蚕，免得踩到蚕宝宝，腰弯成90度。蚕太密集了，邵云凤就连同桑叶抓起来，挪开，弄匀，用的是巧劲，不会抓伤蚕。

春深处处掩茅堂，满架吴蚕妇子忙。
料得今年收茧倍，冰丝雪缕可盈筐。

耕织图诗时时浮现，不绝于耳，不绝于耳的，还有一个声音"宝宝，宝宝"，像对着怀里的婴儿呢喃。是邵云凤在用新市话跟我讲蚕，我听不懂，只听到频繁的两个字"宝宝"，她叫蚕"宝宝"，而不是"蚕宝宝"，像是略掉了人姓名中的姓，语气比屋外的雨丝更柔，比记忆里的烛光更柔。

我将一片桑叶轻轻放在一条蚕身上，蚕昂起头，抬起白胖多汁的身体，去嗅，去够，如婴儿的嘴一接触到乳头便疯狂吸吮，咀嚼的频率极快。湖州一位朋友告诉我：蚕有耳，能听得懂人间话语，因此蚕房不可有淫声秽语，不然，蚕闻之即僵。当年他一位老友下放的生产队曾发生过类似的事，民兵连长在蚕室与一女子苟且，一室冬蚕全部僵绝。

那么，蚕也听得懂邵云凤母亲般温柔的呢喃吧？

桑叶篓空了，我自告奋勇去驮。一百来斤重量，通过布条勒进我右肩，感觉不到疼，只感觉到越来越紧，一股无名的力量将我往右边拽，使得我穿过长廊走进蚕房的整个过程都在跌跌撞撞。我们喂好一间间蚕，关灯，轻轻退出，悄悄关门。我和她们一样，是一个小心翼翼的农妇，穿着棉布衫，没有擦香水，没有涂带任何香味的护肤品，守着所有禁忌，轻手轻脚，尽量沉默。

深夜里另一处光亮，是沈桂章所在的桑叶房。他坐在桑叶堆里，几近失明的眼睛看向虚无。他的眼睛长在手上，精准地捡起桑枝，用手摘，或者撸，再将枝条码齐。他凌晨四点的样子，是我傍晚六点看到过的，夜里九点看到过的，好像从没有挪动过。灯光对于他毫无意义，他用耳朵循着我的声音，将脸对着我说，不要撸桑叶，有虫，有很多看不见的茸毛，很痒的。

桑叶撒向蚕时，像雨滴落入湖面，泛起一圈一圈涟漪，一间一间的蚕房里次第响起沙沙沙的"雨声"，屋外下着夜雨，整个江南都下着一场持久的雨，他知道吗？他能分辨得出两种"雨声"吗？又或者，他从来不会去注意。

我从他身后的蚕匾上轻轻撮起一条眠着的蚕放在手心里。

它正停留在一个梦里，一动不动，与我手心接触的，是它细嫩的腹足，凉凉的、极细微的痒顺着神经传至我头顶。蚕要经过四眠，才会成熟做茧，此刻，它已进入三眠，昂着头，尾部正在蜕皮，肢体透出淡淡的青紫色，像人的静脉，又像玉石，凝固在时间里，梦里。

村舍家家帘幕静，春蚕新长再眠时。

这是二眠。

只因三卧蚕将老，剪烛频看夜未央。

这是三眠。

它会做梦吗？会做什么颜色的梦呢？梦里，它是游弋的丝绸？鱼的尾翼？溪中的云影？深潭的波光？半截月光？光年之外的星云？女人的腰肢？猎猎风中的旗？一段古老民族的传奇？一句诗里的泪滴？还是，剥去层层意义后最普通的一条虫？

第一次，我觉得，虫是美的。

四点五十分，蚕喂好了，天光慢慢放亮了，江南最后的养蚕人家要冒雨去采桑叶了。

我说好辛苦啊。

邵云凤不知从哪里掏出一大袋鲜蚕豆递给我，笑着摇了摇头，说，不苦不苦，不养可惜。这是我自己种的，采桑叶时顺便摘的，你拿去吃。

我听懂了她的话，她把我当成相帮她的邻里，而不是添乱的外人。这是我没有想到的，心里一暖。

晴明开雪屋，门巷排银山。
一年蚕事办，下蔟春向阑。
邻里两相贺，翁媪一笑欢。

后妃应献茧，喜色开天颜。

　　相传，种桑养蚕之法源于黄帝的妻子嫘祖，自古后宫重蚕桑，女人，在蚕桑里扮演着最为重要的角色。再过几天，这一间间蚕房将会变成耕织图中的"雪屋"和"银山"，微微的光会照亮两个女人的笑颜，一个八十岁，一个六十岁，在这个春天里又苍老了些。

五月 May

仲夏

芒种·捕捉月亮升起的声音

一

"嗯哪……"婴儿的呢喃,并非从他嘟起的唇间那个小小的圆圈里发出,从外部传至我的耳边,而是,从他抵在我鼻尖上的他的鼻尖涌出,声音、体温、奶香,裹挟着一种至柔却能融化一切的力量,涌上我的鼻腔,直抵脑门,从内部如同熔岩巧克力般迅速融化,流淌至我的耳蜗。

然后,婴儿肉肉的小手捧起了我的脸,他将身子更紧地贴紧我,整张小脸紧紧黏上我的脸,嘴唇挤着嘴唇,鼻子挤着鼻子,呼吸挤着呼吸。我被一种从未有过的奇异感觉包裹着,听不见红海的风声和涛声,听不见同船友人们的惊叹声,听不见在一旁早已朝他伸出双手的他父亲的低语"baby?"

这是中国的芒种时节,埃及红海的玻璃游船甲板上,未满一岁正蹒跚学步的"洋娃娃",知天命之年的我。他跌跌撞撞往前奔,我忍不住伸出双手抱起了他。

后来,我在友人抓拍的镜头中,回看了那匪夷所思的一幕——红海在我和婴儿身后呈现了醉人的蓝和绿,像莫奈的印象画,光与影将红海的色彩在大自然中独立出来,丰富而透明,远处是撒哈拉沙漠的漫漫黄沙。他粉嘟嘟的圆脸,红海般湛蓝的眼眸,藕节般的胳膊腿,斜戴一顶淡灰色棉布帽、穿一身蓝灰色棉布短衫短裤,如西方油画中的天使。我裹着一件淡黄色防晒服,长发被海风吹得很乱。我轻轻抱着他,他紧紧贴着我,就像一个祖母抱着她的孙子,就像一个孙子依偎着他的祖母。他呢喃着,仿佛在呼唤一个名字。

我们素昧平生,一个来自遥远的东方,一个来自遥远的西方。他何以如此百般信赖、超乎寻常地亲呢?

短短的一分钟内,我听不见之前一直萦绕在脑海的《出埃及记》雄壮悲壮的音乐声,听不见摩西带领以色列人逃离埃及时用手杖分开红海时千军万马的呐喊声,听不见与人类文明如影随形的征服、奴役、杀戮、尔虞我诈的声音。

无数科学家致力于人类溯源的研究,二千五百万年前,人类最早的祖先可能来自或包括皮尔劳尔猿、撒海尔人、南方古猿源泉种、直立人等，他们从非洲出发，跋山涉水不断开拓新的领地，来到欧洲、亚洲等地继续繁衍演化，逐渐形成了对同情、爱、权利和战争等概念的认识。尽管肤色毛发眼睛因生存环境迥异而不同，但他们的血液中始终传承着祖先的基因，闪耀着人类文明的火种。

也许十万年前，我和他同源于一个祖先？我更愿意相信，刹那间的一见如故，缘于人类基因里一脉相承的爱的本能。

"刹那"是梵文"Ksana"的音译，佛经用来表示最短时间单位的词："一刹那者为一念，二十念为一瞬，二十瞬为一弹指……"一弹指为 7.2 秒，一瞬间为 0.36 秒，一刹那为 0.018 秒。

一刹那，有亿万种可能、亿万种不确定性，短暂如雪花，单薄如雪花，却能承载起两个人之间的奇妙缘分和深刻感情。某个人的某一念亦是如此，也许能承载起解开族与族、人与人之间爱的封印的使命。

短暂而漫长的一分钟后，我听见一个声音在身后响起，是埃及考古学博士导游阿杜的声音：把孩子还给爸爸吧，他等了很久了。

我似从梦中惊醒，带着歉意将婴儿还给了他的父亲，忘了问婴儿叫什么名字，来自哪里。

在游船的底部船舱透过玻璃舷窗观看海底红珊瑚时，我和他们母子三人的座位正好挨着，但我再也不好意思打扰他们。昏暗的船舱里，我的视线时时落在他们身上，他咿呀着用双手轻拍着玻璃舷窗，阳光、海水、海龟、珊瑚礁、鱼群依次映入他湛蓝的瞳孔。蛙人出现的时候，他已经在母亲怀里睡着了。

大家起身离开底部船舱时，他依然在母亲怀里沉睡着。我悄悄拍了一张照片，今生我们不会再见了，他的记忆里也不会有我，他也永远不会知道，埃及红海因为他，曾经留给一个遥远的东方人多么隽永的回忆。

二

蛙人与舷窗前的人们一一打完招呼返回水面时，我才将视线从婴儿那里收回来，看见蛙人正在离去，他的脚蹼拨动着海水，在光的作用下，红海的海水在舷窗外翻卷起无比透亮和美丽的波纹。人们陆续走上甲板，我仍站在舷窗前发呆，感觉自己错过了什么。我将手掌张开，贴到了舷窗上。

他竟然回来了，那个刚刚离去的蛙人，好像在海水中看到了独立舷窗前的我，好像看得到我眼里的希冀，听得到我心里在说，过来吧过来。

他轻轻拨动脚蹼，像一条美人鱼一样仰着游了过来，贴近了舷窗。我移动着手掌，寻找着他的手掌，他似乎懂了，也将手掌张开，隔着玻璃贴上我的手掌，我做了个胜利的姿势，他也做了。然后，当他拨动脚蹼离去时，回看着我，忽然将拇指和食指交叉，做了个比心的动作，并将比心放在嘴唇上抛过来一个飞吻，吐出一串气泡，像鸟一样迅速飞向水面。那一瞬间，我本能地冲他竖起大拇指，突然反应过来，于是也冲他离去的身影做了个比心的动作。当然，他没有看到。

他戴着潜水镜，自然看不清他的容貌和年龄，他只是这艘游船上一个普通的潜水员，在那个由玻璃舷窗和海水组成的小小时空里，除了我，没有人看到他的善举。他完全没有必要因为一个陌生游客在舷窗前多驻足了一会儿，便多此一举地增加自己的工作量，多潜一次水，甚至可能多一分生命危险。我想，他只是突然看到了我，缘于人类基因里善的本能，促使他拨动脚蹼游向我，用无声的语言向陌生人传达善意和友好。他不会知道也不会在意，这小小的举动，会在一个来自远方的陌生人心里激起多大的波澜,让她又一次确信人性之美的微渺而伟大。

耳边涌起海浪汩汩的回流声,它来自二十年前的三亚亚龙湾,海下二十米。不会游泳的我不知道哪里来的勇气,穿上了潜水服,将手递给了陌生的潜水员,等于把命交给了他。他牵着我的左手,带我潜入了如梦如幻的海底世界,鱼群在身边箭一般掠过,珊瑚在我们身下稻浪般起伏,只听得到自己巨大的呼吸声和海水的汩汩声。他用手势询问我是否OK,示意我往左边或右边看,示意我伸出手轻轻抚过柔软的粉色珊瑚和路过的一条黑黄相间的大鱼。

生命中偶遇的陌生人,比之你自以为熟悉的人,反而会给你最大的善意,缘于偶遇的事先互无防备,缘于清晰的边界,缘于一贯的职业操守,也缘于刹那间人类本能的善意和爱意。比如这次来到古老的埃及,事先被提醒很多次要提防这提防那。事实上,古老文明衰落后的破败清晰可见,但也没有必要一叶障目。挎枪的埃及警察一路为中国游客保驾护航,会主动抬起胳膊让我们和他合影,他坐在红海岸边的夕阳下用餐的样子是我见过的最优雅的模样。金字塔前裹着头巾的陌生女人反复教我抬起胳膊拍照,后来才知是教我用双手拎起两个金字塔错位拍摄,而并没有索要小费。参观金字塔的入口处,一群学生模样的埃及孩子请求和我们合影,灿烂无邪的笑容发自内心特别治愈。导游阿杜站在烈日下不厌其烦地为我们讲解历史。我将《纸上》送给他,说我们同是古老文明的传播者。他在朋友圈里说,今天收到了特别珍贵的礼物。

后知后觉的我们,往往时过境迁才会了悟,偏见的壁垒辜负了多少偶遇的陌生人的善意和美意。其实,陌生人中的绝大部分,一直是爱的路上的同行人。

三

傍晚时分的尼罗河上,响起一个孩童的歌声——"两只老虎两只老虎跑得快跑得快……"

是用中文唱的,明显不地道,后面几句更是潦草,只剩下不太准确的音调。但极干净的童声在暮色中的尼罗河面上滑翔,如同白亮的鱼跃。

逆光里,一个只穿着一条花短裤的黑皮肤卷发小男孩跪坐在一条黄色的独木舟上顺流而来。靠近我们的船时,他利索地滑到船舷边,一手攀住船舷,继续响亮地歌唱,他的眼神让我觉得他很勇敢，很恣意，很快乐。

这是我们即将前往的几近完整保留了原始生活样态的努比亚村的孩子。在船的另一边，尼罗河的蓝色漩涡围绕着两块圆形巨石，两个比唱歌男孩年龄稍大点的努比亚村少年站在圆石头上，穿着牛仔短裤，赤着上身在泼水嬉戏、大声吆喝。他们向着正在远去的我们挥着手，笑着，喊着，对着我们的镜头比着胜利的手势，显然对我们一无所求。在夕阳的逆光里，他们站在波涛翻滚的巨石上，像站在巨鲸的背上，驰骋在他们的母亲河里。

周遭都是漩涡，没有船只和任何工具，他们是如何上去的？他们将如何离开？为什么，我在他们黝黑发亮的身上，看到了人类最初的幸福模样？

船带着我们穿过暮色，沿着蜿蜒的水道游向古老的努比亚村庄，偶尔有水鸟噗啦啦惊起。我猜想着村庄的模样，听到了另一些声音，它们同样来自芒种时节，来自遥远的东方我的故乡玉环岛。

我和耄耋之年的父母坐在娘家小院的玻璃桌前聊天。我说，漩门湾湿地里，人们还没去食堂吃饭，就已经有好多鸟儿站在食堂餐桌上等着开饭了。

话音未落，只听呼啦啦两声响，面前的玻璃桌上居然落上了两只珠颈斑鸠，转瞬，又呼啦啦飞上了院墙。

我们仨都惊呆了。母亲说，它们居然听得懂你说话啊，也到桌子上等开饭了。以前从来没有过呢。

午后，我独自坐在秋千椅上看手机。一抬眼，发现四只斑鸠正卧在院子里的草丛里晒太阳，有时使劲抻开翅膀，有时两只并排像一对老夫妻散步一样迈着步子走来走去，而不是跳来跳去。后来母亲说，以前从来没有四只一起来过，还呆了这么久，你回来了，它们好像花样经特别多。

……

万物有灵？量子纠缠？心灵感应？人世间有无数偶然，并非偶然。如同人类的出现，看见火的第一眼，人与人、人与万物之间的灵犀相通。1969年，当阿波罗11号宇航员阿姆斯特朗、奥尔德林登上月球被万众瞩目时，还有一位被世界遗忘的宇航员迈克尔克林斯正独自驾驶着"哥伦比亚"号指令舱，在月球背面因被月球挡住了无线电传输信号与世界失联，在太空中独自飘浮了48小时，这个"历史上最孤独的人"在太空俯瞰地球后表示，如果各国政要都去太空中领略全景效应（大格局效应），那么世界上很多的政治纷争将不复存在。

那是一种与全人类紧密联系的感觉,是身为人类一分子的认同感。

孤岛般的蓝色星球,旅行者1号拍摄的那个淡蓝色圆点,"那是家,那是我们",其寿命于宇宙而言仅亿万万分之一刹那,上面所有生命的寿命于地球而言仅亿亿万分之一刹那。相亲相爱吧,相互取暖吧,直到划完我们手里所有的火柴。

定格在记忆中的尼罗河水上少年,让我仿佛已经看到了即将前往的古老村庄,即将去学习阿拉伯语的彩色的小学,看到了他们的族人们静谧而安详的模样。尼罗河上,明月初升,我仿佛又听见了蝉声嘒嘒中月亮从玉环岛山后浦东边的九头山升起的声音,无法用象声词形容的一种声音。于是,我在尼罗河的汩汩水声里,侧耳捕捉着月亮升起的声音——像水鸟迅疾地掠过水面,河水从它洁白的羽翅上滑落,又回到河水里。

芒种·海上辞

一

晨曦点亮他的梦境，并未唤醒他，唤醒他的是玉环鸡山岛第一声渔船突突突的马达声，然后有了第二声第三声直至此起彼伏由远而近，灌满他的耳蜗和梦境。其实，比晨曦和马达声醒得更早的，是渔村一排排石头屋顶的一缕缕炊烟，比炊烟醒得更早的，是石头屋里的一盏盏油灯，比炊烟和油灯醒得更早的，是即将出海的渔夫们，比渔夫们醒得更早的，是他们的女人。暗夜里突然睁开的湿漉漉的眼睛，是只许告别不许永别的叮嘱，是迎他们回航的灯。

阿贵记忆里的渔船马达声一直回响在他漂泊异乡做网店时的无数个梦境里，他在梦的泥涂滩上抠沙蟹，钓弹涂鱼，手掌插入温暖细腻的海泥里，任望潮的须爪翻上来缠住他的手臂，有微微的让人兴奋的刺痛。

一个寂寞而焦虑的夜晚，他无意中在网络视频上看到了他的"梦境"和"自己"——和他年纪相仿的讨海人，面对手机镜头现场直播讨小海，钓鱼抓蟹，几万网友围观、打赏，刚出水的小海鲜供不应求。

我也可以直播啊！刚过而立之年的他回到了鸡山岛这个孤悬于东海之滨、玉环漩门湾之外、面积只有一点六平方公里的小岛上，一台直播设备、一条蓝色小船、一条叫小黑的大黑狗，伴随他开始了新的人生。

海上突然起雾，牢笼般关住了他，脚被礁石划伤，大冬天脱光衣服跳进海里捞回被风浪打下海的手机，修船碰到眼镜蛇权当加餐，洗地笼洗到天亮，船丢了只能在家陪老婆看电影，都是常态，阿贵黝黑的脸庞永远挂着笑，眼睛两旁很深的六道鱼尾纹看起来很喜庆，被海水浸过的手机居然会自动拨打110、119，他笑道："凡事不要慌，先发个朋友圈。"

最原始的大海气息，刚从海里捞起来的小海鲜，日出日落，春暖花开，惊涛骇浪，都通过他的实时视频分享给了天南地北的人们，开播仅一个月，人气便过十万。素昧平生的网友们喊他"海岛阿贵"，喜欢他的率真、诚信，喜欢他的海岛式幽默和口音很重的浙普话，信赖他的鱼干海螺野生黄鱼等海货。

　　回乡创业不仅赚了钱，还赚了天南地北的朋友们，其中一些朋友还找到了鸡山岛，请他带他们去海钓，去荒岛上捡海螺，抽潮水退去后礁石上的水坑，捡里面留下的鱼虾螃蟹，高兴得像个孩子。阿贵突然意识到，人们需要的，不是看风景，而是深度体验和深度治愈。

　　火车村沙滩旁一块岩石上，匍匐着一座孤独的白色平房，是阿贵租来准备开民宿的。出海回来后，他会慢慢走上山坡，推开插着钥匙的木门看看装修进度，站在洒满阳光的平台看向大海，他在海风里仿佛听见了自己小船马达的突突声，看见素不相识的朋友们上了他的小船去赶海，带着一船的欢声笑语回来。他看见自己很忙碌，给他们烧海鲜和自己种的土菜，看他们坐在沙滩上吹着海风大快朵颐。等生意好了，他还想着把和他年纪相仿的同村兄弟们一起拢过来做。

　　有那么几次，阿贵坐在海风拂动老婆儿子还未晾干的衣服的影子里，看见乱糟糟的石头屋里贴着五年级的儿子和老婆画的海滩、椰子树、马，心里突然涌起一阵孤独感，又很快消散。除了周末老婆儿子从岸上过来陪他，平时都是他一个人住在这里,和儿时一样,当渔船突突突的马达声灌满耳蜗,在外漂泊多年的焦虑感和压力感便荡然无存,他确信,"这就是我想要的生活,我很享受,我还要带远方的朋友们一起享受。"

午后,我在沙滩上等马泳贵驾船回来,看看他今天有什么收获。阿贵从小船上依次将零零散散的几只螃蟹、小梅鲷鱼、虾狗弹往岸上码,说今天收获很小。说话时,他黝黑的脸上漾起六道喜庆的鱼尾纹。

阿贵喊:"小黑!走,去兜一圈!"

小黑从沙滩上飞奔过去,跃进海水,跳上小船。一人一狗一船逆光驶入了明丽烂逸的粼粼波光里,让我想起岛上一面白墙上用蓝色笔写的一句话:"做一朵劲头十足的后浪。"

二

白色帐篷如茧,如蚌。他如蚕,如珠。虫鸣声从茧的缝隙里涌入耳蜗,贮满眼睛,幻化为视野里浩瀚的星空。躺在鸡山岛火车村草坡上的知野之也帐篷最高的那块营地上,白噪音带他回到了印度安曼的山上、海边和平原,野生动物在帐篷外走动,星空、日出和日落,陌生旅人的窃窃私语,微热的南太平洋的风，一起哄他秒睡。

麒宇的帐篷客人们告诉他，失眠如无穷无尽的翻山越岭，鸡山岛这块向海的草坡，洁净如茧的白色帐篷，连绵的天籁之声，给了他们久违的深度睡眠。

父亲打鱼很拼很狠，哪里都敢去，从小帆船到包下整条大船，整条渔业生产线一路开挂，在鸡山造了最高的房子。麒宇继承了父辈基因里的闯劲，大学毕业后在玉环一家医疗上市企业工作十年后，决定出国去拓展事业，增强人生阅历。然而，疫情来了，出不去了。

那段闲暇而迷茫的日子里，他在旅行中结识了几个投缘的设计师朋友，回到鸡山岛后，正好村里想建民宿，他便将朋友们请到了家乡，大家都很喜欢这个整洁安静的小岛，于是有了一宅一画、望福里等系列品质民宿，他忽然觉得，留在海岛上创业也挺好。于是，创办外贸公司的同时，他在岛上做起了当时全国第一批专业帐篷营地，取名为"知野之也"。

来，让心灵撒个野。自然、空灵、梦幻和舒适、安静、自在的场景美学，是他想要给予人们的。独特，而非简单复制，并且要超越。比如为了提供最好的住宿品质，他请不同身高、年龄层、性别的朋友反复试住，一个小个子女生说浴巾架放太高了，改。

第一年法式乡村，第二年海岛生活，第三年营地生活，之后升级帐篷装备，融入南美淘金部落等主题，他为帐篷营地描绘的五年蓝景，在时光流转里一一呈现。人们在鱼鲞的香味里沿着渔村的石阶徜徉，在沙滩上漫步，出海捕捞，围炉煮茶烤地瓜，看日出日落，亲手为家人做咖啡和蛋糕，在晚风里听小型篝火音乐会，听村民越剧票友的袅袅越音，静待银河从海面上升起。

时间仿佛慢了下来。

人们的美好时光和个人偏好也被他和他的小伙伴们一一用心记录。春节，人们收到了一份来自"乡下亲戚"的惊喜——帐篷营地小伙伴们亲手做的礼物：亲子活动时的瞬间记录相框，营地网红小狗布朗尼的照片和挂件，室内香氛，某个人特别喜欢喝的红酒，鸡山鱼干虾干，等等，味觉、视觉、嗅觉瞬间唤醒了几被现实生活磨砺光了的珍贵记忆。

"我们冷战很多天了，收到我们一家三口在帐篷营地的合影相框，很感慨，我主动给老公打了个电话，我们和好了。"

"我们已经很久没有像在鸡山那样牵着手在夕阳下散步了。"

"我觉得这是我近期几年来最舒服的一次旅行。"

曾经,在中东旅游时,他特别喜欢一位老奶奶画的三幅画,以为很贵,没想到只要 38 元钱。曾经在浙西山村里,喜欢当地人做的草帽、冰箱贴,都很便宜,乡村最让人流连最吸引人的永远是它的自然淳朴和浓浓的人情味,这也是中国乡村发展不能丢弃的核心生命力吧。

他问过自己,如果自己不是鸡山人,还会回来吗?可能不会。鸡山岛孤悬于玉环市东部洋面,古代为海防前哨,后为繁盛的渔港,鼎盛时期常住人口近万人,如今常住人口只有八百人,且大多为中老年人。鸡山岛的文旅项目占了他百分之七八十的时间,收益却不到百分之五。曾经得到过阿鹏、阿斌等乡干部们的大力扶持和村民们的帮助,也曾经一大早被不理解的村民骂到瘫软,很难,却丢不下热爱和责任。乡村的回归,关键是年轻人的回归,如今,他的团队小伙伴有的是玉环本土的,有的是外省的,有的是鸡山岛上辍学又没地方住的,他想给他们一个机会重新认识自己,就像当初他挖掘自己一样。股份不白给,要用钱买,这样他们才会更用心做事。也许有一天,鸡山岛会成为这些年轻人安身立命的地方,也是安放情感和心灵的地方。

暮色如期降临，营地帐篷上的整个天空呈现了奇异的粉红色，他闭上眼睛，让自己重新成为海岛的聆听者。虫鸣声渐次响起，一些海风在和风烛说话，一些海风在和刚刚生起的篝火共舞，无数生命在悄悄破土。他想起和小伙伴们第一次到这里垦荒时亲手做的第一杯咖啡，也是鸡山岛第一杯现磨咖啡，滋味醇厚而复杂，如同生命里的每一份小而美，如同那句诗"此心安处是吾乡"。

三

他的记忆里充盈着海鸥欧欧欧的鸣叫声以及与鸣叫声关联的一个画面：晨曦点亮海岛时，千万只海鸥在逆光中飞翔鸣叫，如太阳狂热的圣徒。石头屋的木窗外，会突然响起啪啦啦啪啦啦的扑翅声，他悄悄拉开窗帘，看见几只海鸥停到了窗台上，用鲜红的喙啄食着从海滩上叼来的鱼虾，天空澄明，海水澄净，看得清水底下的礁石。

此刻，相似的场景从童年记忆里回到了他眼前。岛上所有人都喊"80后"的陈毅为"宝宝"，包括他五岁的儿子小宝。曾经跟着父亲在北方做过地暖，曾经在县城里卖过阀门，曾经勇敢不羁的海岛少年丢失在喧嚣的人海中，记忆里海鸥的鸣叫声似乎无时无刻不在召唤他回家。鸡山岛码头的房子原来出租给人开店，没生意，不开了，放着可惜，正好儿子小宝在老家出生了，他便回来开起了海鲜餐馆。他告诉自己，不是心花爆溅，不是心血来潮，不能半途而废。头几年，海岛人气不旺，生意不好做，一些回乡创业的年轻人回来后又走了，而他留下来了，长住岛上，整整六年。

遗世独立般的鸡山岛让他的心静了下来，从前喜欢呼朋唤友喝酒热闹的他仿佛被眼前这片海水洗礼了一遍。哲人说，越有创新精神的人越喜欢孤独。一颗孤独安静的心，也给了他捕捉市场需求、创新菜品更敏锐的洞察力和更强的行动力。

一年一度的闯海节，吸引了成千上万天南海北的年轻人来到鸡山岛，他们的嗅觉和味蕾惊喜地挖到了宝宝餐馆里的美食宝藏——剁椒水潺鱼、椒盐皮皮虾、油焖大虾、酸汤花蛤肥牛等迥异于传统海岛烹饪口味的美食，让他们眉飞色舞。他们不知道，厨房里那个大汗淋漓的掌勺大厨，和他们一样年轻，这个海鲜烹饪界的新生代，每天都绞尽脑汁研究着迎合年轻人口味的新菜品，喊来同样年轻的洋洋婷婷、阿贵麒宇他们来试菜，一起琢磨出了名为"八仙过海"的一套海鲜盛宴，以吸引更多的年轻"吃货"。当油锅里哗地腾起烈火，宝宝仿佛看到了未来的鸡山岛已重现儿时记忆里的繁盛，重现无数比他更年轻的面孔。

得空时，宝宝有时叫上小宝妈一起去山上走走，摘点野菜野葱，有时坐在餐馆门前的木头椅上，静静看渔船归航后人们忙着挑拣鱼虾，有时他自己也去挑。阿婆阿婶们围坐在夕阳下剥红虾，不紧不慢地补网，或飞快地用小铲子从竹篾排上铲下刚晒干的小鱿鱼和虾干。天黑了，路灯亮了，女人们就着路灯补网，偶尔会抬头望望海平面。这方水土掩藏不住的内敛的美，给了他安宁，自在，也给了他力量，让他做回了那个勇敢不羁的海岛少年。

小宝，鸡山岛唯一一个幼儿园仅剩的四个孩子之一，下半年四个孩子都要去市里上学了，幼儿园就没人了。

"幼儿园小朋友都走了，我也想出去认识新的小朋友。"

"那爸爸一个人留在岛上怎么办呢？"

"爸爸要开酒店赚钱养家，将来送我读大学，去外国留学。"

小宝不知道的是，父亲的愿景里，已不止赚钱养家。人生似雪泥鸿爪，人生亦可雁过留声。多年后，某一天，小宝学成归来，回到这个被誉为"海上布达拉宫"的鸡山岛，开餐馆办民宿，或者办一个幼儿园、一所学校，让无数海岛的孩子做回被传说中的侏儒鬼怪哥布林偷换的孩子，这，也是他的父亲常常会想象的画面。

末班航船随着汽笛声在暮光里消逝后，小岛仿佛与世隔绝。鸡山岛总会让我想起一个古老的节气"芒种"，一个意味着争分夺秒抢收播种的节气，无论是否在休渔期，无论外面的世界怎样喧嚣，鸡山岛上总有人安静地忙碌着，每个人都认真地活着。

小宝静静坐在我身边，陪我看椭圆形的夕阳渐渐下沉，看千万只海鸥在逆光里飞翔。忽然，他问："阿姨，外国的夕阳美还是鸡山的夕阳美？"

我一时不知如何作答，沉默了一会儿，说："都美，等你长大了，也去外国看看吧。不过，我想等你老了，你会觉得还是鸡山岛的夕阳最美。"

夏至·海上来风　来风是我

在日本研究者的显微镜下，一滴水的结晶形状能鉴别人类对它的赞美或攻击，水能看，能听，水知道一切答案。在荷兰艺术家的镜头里，一滴泪水有属于它的喜怒哀乐，打哈欠时的泪水像随意躺在地上的藤蔓，悲伤的泪水是带刺的，激动开心的泪水仿佛下了一场浪漫的雪。

其实，风声也是有形状的。

夏至，正在接近午夜的济州岛。呜呜呜的风声，像一头巨龙，盘旋着缠绕着济州岛38层高的君悦酒店大楼，有时，呼啸声像巨龙锋利的巨齿撕裂着灰黑色的云层，有时，呼啸声挤进高楼某个极细微的缝隙，而后猛地张开巨嘴像要吞噬楼中的一切，有时，风声忽然弱下来，像一个受了委屈的孩子拽着母亲的衣角呜咽着不肯离去。

夜色随风声潜入所有。从38楼的酒吧望出去，能望见灰黑色云层笼罩下的黑色海面,岸边黑色的火山石,灯火阑珊的济州岛市区。我们几个收回目光,在酒吧的窗边次第落座。

酒吧里光线幽暗,用来点酒水的平板电脑屏幕的蓝光像一盏聚光灯打在他的脸上。他专注地点着酒水和茶。我发现他的头发剃得光光的,胡须也刮得很干净,脸上的表情很平静,就像五年前在他母亲葬礼上一样。今夜,我们在济州岛偶遇,几年未见,今年刚过知天命之年的阿闵比起同龄人显得年轻很多,甚至比他几年前年轻很多。

母亲走后,我再没有留过头发和胡须。其实,济州岛,是我的伤心地啊。他说。

阿闵是我曾经写过的越剧表演艺术家杨佩芳先生四十一岁结婚生子离异后相依为命的儿子,也是我先生二姑的干儿子。

十年前,阿闵和爱人阿华一起带母亲和一个小姐姐阿文来济州岛玩。当年他母亲从上海到玉环支援越剧发展时举目无亲,演出太忙,与我先生的二姑、同样是越剧演员的阿凤情同姐妹,阿闵便拜了无儿无女的二姑作干妈,二姑亲戚家的孩子们便也成了阿闵的兄弟姐妹。小姐姐阿文是干妈的外甥女,比他大几岁,性格开朗,从小带着他到处玩。事业有成的阿闵总想着要报答那些给过他和母亲温暖的人们,那次便把她们带到济州岛玩,爱人阿华陪阿文爬汉拿山,阿闵和母亲坐在山脚下喝了一下午咖啡。看着济州岛的蓝天白云,吹着济州岛的风,他想,以后,我还要带她们去更多更美的地方走走。

谁能料到呢?五年后,就在一年之内,阿闵母亲和阿文相继离开了人世,一个因病,一个因病轻生,去往了白云之上的某个虚空,那一年,他觉得自己成了和济州岛一样的孤岛。

他端起济州岛的白啤酒,我端起一杯水果茶,默默饮着,仿佛各自在饮着各自的往事。

幽暗的光线中,我仿佛又一次看见,杭州灵隐路九里松花苑阿闵一家的排屋里,一楼高朗的客厅里摆着很多杨佩芳先生和阿闵一家三口的合影。无数个季节在二楼的窗前轮回,耄耋之年的杨先生坐在一张旧藤椅里,伏在一架旧缝纫机前边和保姆聊天,边做棉拖鞋送人。周遭寂静,只有鸟鸣声在动,缝纫机齿轮声在动,桌上一杯咖啡袅袅的烟在动。

从越剧名伶到被诬陷、批斗、开除、到成为发电厂收电费的,命运似乎从未善待过她,而她依然眼神清亮,中气十足，身子骨硬朗，还烫着棕红色的短卷发。我想，有成就又特别孝顺的儿子一家便是她最大的福报了。

我仿佛看见最后一次，她、阿文、阿文姐姐阿燕和我，我们四个人一起在她的客厅陪她打玉环麻将的情景，她出牌速度很快。阿闵每周都会请几个小兄弟专门过来陪老太太打一次麻将，舒筋活血。她把麻将里的三索叫做小乌龟，带着浓重的绍兴口音。谁知道呢，转眼间，那一晚牌桌上的两个人已经不在了。

在母亲最后的日子里，阿闵把她从医院接回了家，按照他认为她喜欢的方式，安安静静地送她离开。母亲去世时眉头是皱着的，到了凌晨三点他再去看时，母亲的眉头已经舒展开了。

母亲去世后的一个月里，他没有掉过一滴眼泪，但什么事都做不了，只看得进经书。他第一次深切感受到无常和遗憾，他后悔自己脾气不够好，够孝但不够顺，因观念不同时而和母亲起冲突。他后悔为了方便照顾母亲非把她从温州接到杭州和自己一起住，可是他太忙了，有时住深圳、香港，有时在国外，常常留母亲孤身一人，其实母亲的患难之交都在温州。他后悔没有带她去更远的地方比如欧洲或南半球，哪怕母亲走不动，陪她坐在海边喝喝咖啡也是好的。总以为日子还很长很长，还能为她做很多很多事。

母亲去世一个月后，一次酒醉，泪水终于如决堤的悬河汹涌而至，后来的两三年时间里，他常在酒后号啕大哭，有时自己知道，有时自己不知道，也不记得了。

我记得，那幢房子朝北某个房间的某个柜子里，珍藏着他母亲从前的几套戏服帽冠，有小生的也有小旦的，还有演皇帝的龙袍、冕冠。曾有人出高价购买，她不卖，这是她最后的念想。

我问阿闵，你母亲的戏服和帽冠都还在吗？

他说，母亲生前已经寄给了最想要的人，也算物尽其用了。

我说，是啊，算是最好的归宿了。

他说，母亲爱串珠链，所有串好的珠链，我都留着。

他自小长大的玉环岛，于他已是陌生之地，但他一直想抽时间带着儿子回去看望刚做了大手术的干妈和她的亲戚们，陪她们打打牌，就像当年陪他母亲打牌一样。

阿闵说，假如现在母亲还活着，我不会再那么偏执了，哪怕少一点点遗憾也是好的。

济州岛这个曾经的流放之地，已然成了度假胜地和人们的疗伤地。夏至后小暑前是梅雨季，岛上终日云雾笼罩，无论多大的风都吹不散浓雾。我们跟着高尔夫球队来济州岛打几天球，在云雾和细雨中根本看不清十米以外的去路，看不清远处大海的真面目，像是在梦中打球，不知道沙坑水沟球道果岭在哪里。

球童 Timi 成了神一般的存在，她熟知这里的一切，带领我们在迷雾中前行。她特别爱学中文，跟我学了"风很大""左边右边前面后面"，在被云雾遮蔽的狭小空间里，她是济州岛离我最近的一个人，虽然我们于彼此而言都是匆匆过客。一只小鹿飞快从我们眼前掠过，隐没进林子深处，一只乌鸦将球车上的纸巾当作面包叼走了。人生如困迷雾，谁能预料十米之外会遇见沙坑水沟还是果岭在望？谁能预料下一秒潜伏着什么样的命运，会遇见谁，告别谁？

小暑将至，杭州比往年更加酷热，从济州岛回杭后我几乎闭门未出。大约一周后，我在阳台上突然发现，我养了五年零三个月的昙花树枝上居然有一朵枯萎了的昙花！因失去了真的会开花的期待，这第一次唯一的一朵昙花，我连一现都没看到。是几时结的花苞？是几时开的花？钟点工笑眯眯阿姨说，开了都一个星期了，就是你们刚回来那天晚上开的，我以为你看到了呢。

这朵花，是否像一滴水、一滴泪一样有过期待？是否感受到我一年一年的期待、一年一年的失望？是否一直熬到我回来那一晚才开？是否翘首以待过我从空调房里走到酷热的阳台上发现它，然后守候它的昙花一现？离它盛放已过了整整七天，它为何未在酷热中凋落，而是顽强地停留在枝叶上，等我最后看它一眼？

大概率，一切只是我一厢情愿的臆想而已。但我愿意这么想，就像我、就像无数人愿意在这薄情的人世间痴情地活着，所有的深情都指向同一个靶心：少一点遗憾。

我将它摘下来，夹进了一本正在读的书里。多年后，它会变得薄如蝉翼，轻轻翻开书，它会瞬间复活，像初生的蝴蝶般微微展翅，扇起一些尘封已久的时光。如同我自少年起夹进无数书本里的无数花朵一样。

小暑，我回到了玉环岛楚门镇山后浦15号的娘家小院，耄耋之年的父母刚吃过海鲜面，饮过我从上虞带回的杨梅酒，上楼午睡了。我和闺蜜电话闲聊了几句。

怎么办？老妈又催我安排女儿相亲。

哄哄她，顺着她，就说好的好的。

怎么办？老妈迷上珠宝直播间捡漏了，项链手镯一堆一堆地买。

她开心就好。

这个七月，我推掉了五六个采风和讲座邀约，就在老家安静地陪陪他们，我不知道他们更需要我，还是我更需要他们。七月底，我会带他们去杭州做白内障手术，再带他们去莫干山避避暑。

草地上粉色的风雨兰一夜间全开了，预示着海岛上空正酝酿着一场大风大雨。一只野猫从墙头跳进了院子，蹲在草地上有所期待地朝我张望着。我忍住不去开冰箱门，不去喂它逗它。母亲不喜欢猫，怕脏，她说，喂惯了，它老在草地上拉屎。

入耳式耳机阻隔了午后的风声和蝉鸣，循环播放着一首上古情歌：

  海上来风，来风是我。

  海上有雨，落雨是我。

  海上明月，明月知否。

执子之手,与子偕老。

执子之手,生死契阔。

……

子,是战友,是爱人,是家人。

夏至·尼泊尔李子

其实，海面上的一座座孤岛，在海面下紧紧相连。她、他、他们，和遥远的尼泊尔的孩子们，在"海面"下相遇了。

阿沁父亲将车子发动时，仍然没有说什么话。嗡嗡嗡的发动机轰鸣声，在午后空旷寂静的地下车库回荡。

阿沁穿了一件中国风短袖绿T恤、牛仔短裤，白色的球鞋，黑白两色的旅行帽，巨大的棕黄色背包，她低头站在车库通风口，等父亲将车子倒出来，也没有对我说什么。这是夏至时节，读大三的阿沁和几个同学一起出发去尼泊尔支教二十天。下了飞机后，他们要坐十几个小时颠簸不堪的长途汽车，再背着行囊爬两个多小时的大山才能到达支教的小学。夏至时分，北半球得到的阳光最多，会比南半球多将近一倍。此时，阳光正照着她身后的阔叶植物，那种植物一直被种在最暗的角落，此时难得被阳光照耀，让我想起那些与我们素昧平生的异国偏远山区的孩子们。

失联一天后，阿沁发来照片，三十多个黑眼睛黑皮肤、年龄参差不齐的孩子们，列着七扭八歪的队伍欢迎风尘仆仆的他们。一座两层砖木结构的老房子，就是他们的教室和住处。

又过了几天，阿沁发来和学生们的合影。只几天，她的肤色就和他们一样黑了。他们的食物基本就是辣椒拌米饭，洗澡要自己挑水。她给他们上地理课和生物课，教他们认二十四节气，阳光作用于植物后的奇妙变化，打雷时注意什么等。她说很想吃火锅，还想念古人诗句里"粽香筒竹嫩，炙脆子鹅鲜……每家皆有酒，无处不过船"的老家的夏至。

我转述给阿沁父亲听，他什么都没说。二十天的时间，我们都默默的，谁也不道破心里的担忧。阿沁会跟我说信仰，说她不想平庸地过一辈子，但她不会跟她父亲说。阿沁父亲会问我阿沁为什么这样想或那样想，自己却不太会去问她，就像我和我的父亲，就像天下很多儿女和父亲。对于此次无比艰苦并有安全隐患的支教活动，阿沁父亲的态度一直语焉不详。

漫长的二十天后，阿沁终于要回来了。她在微信朋友圈里发了一张照片：怀里抱着一袋鲜红欲滴的李子，是她身旁的尼泊尔孩子们要她带回来给我们吃的。每个孩子都没笑，只有阿沁在笑，阿沁说他们刚刚都哭了。她的微信签名是一句尼泊尔文：कहिल्यै नबिर्सनुहोस्，翻译成中文就是：永不忘却。

阿沁父亲开车接阿沁回来的路上，仍然没有问她什么，没有迫不及待地让又黑又瘦又困的阿沁细述她生命里这段不同寻常的经历，虽然他很想知道。

正是夏至时节的傍晚，一阵热雷雨刚过，雷雨骤来疾去，降雨范围小，正如唐代诗人刘禹锡写的"东边日出西边雨，道是无晴却有晴"，有时还会有彩虹。阿沁父亲开着车，想起了阿沁昨天发来的一张照片，她一身白衣、黑发披肩，额间被点上了一颗鲜红的朱砂，她刚从尼泊尔某小学校长手里接过一封感谢信，正羞涩地微笑着从坐着的孩子们中穿过，所有的目光都聚集在她一个人身上，像仰望一个天使。

发动机嗡嗡嗡的轰鸣声里，阿沁父亲说：妞，想吃啥？

夏至·百令铜钟

一

钟声一停,我眼前的桐花便落了一地。桐庐人小华让我将耳朵贴近铜钟壁再听一下,于是,耳朵捕捉到了它从未听到过的一种声音:铜钟嗡嗡的余音,来自铜钟内部,又仿佛来自洪荒,浑厚,凝重,如此近,又如此远。

这是庚子年夏至将至的清晨,大雨如注的桐君山上,只有我和小华两人穿着雨鞋拾级而行。山顶的百令铜钟上系满了祈福的红绸带,钟声带着人们的祈愿,响彻富春江两岸,涟漪般散向更远处。

此时的更远处,不再意味着诗和远方。全球八百多万人感染新冠肺炎病毒。姐姐一家三口已滞留美国西雅图半年,归期无望,留学美国的外甥女几乎不吃不喝转了三次机才回到父母的怀抱。

此时，雨雾将桐庐江南江北包裹在一个仙境般的结界里，静谧而美好。桐君祠前，满坡桐树盛开着淡粉色花朵，满坡花草匍匐在雨中闪闪发光，桐庐人小华说，都是中草药。

这些植物，沾满了江南闰四月的雨水，也沾染了我的目光。四千多年前，也曾沾染过一位老人的目光。

《严州府志》载："上古桐君，不知何许人，亦莫详其姓字。尝采药求道，止于桐庐县东隈桐树下……或有问其姓者，则指桐以示之。因名其人为桐君。"春秋时代的《世本》和后来的《本草纲目》《桐君采药录》《本草抄义》等，对"华夏中医药鼻祖"桐君均有记载。自古以来，华夏大地上几乎每一片土地都被瘟疫扫荡过，桐庐这样的世外桃源也未能幸免，桐君悬壶济世，"每乘绛云之车，唤诸药精，悉遣其功能"。百姓感恩，请教大名，他指桐为姓，指茅庐为名，便有了"桐庐"这个后来被镌刻进无数诗词的地名。

雨鞋踩在桐君山的石级上，踩到了一段雕刻着祥云的石柱残段。在桐君祠旁的茶室屋檐下避雨，茶室唯一的服务员桐庐女子小尹说，你们写在红绸带上的字真好看。她说，雨这么大，我请你们免费喝茶吧。天天一个人呆这儿，太冷清了。

我说，会好的，会好的。

二

雨鞋踩在石阶的水洼里，发出叽咕叽咕声，空山寂静。想，一千年前范仲淹爬桐君山时穿的什么鞋？带着什么样的心情？

从森森古木错落的缝隙望下去，范仲淹笔下的"潇洒桐庐郡"如一幅巨大的水墨画，漫天乌云和滔滔江水一齐朝我滚滚而来，与我昨日初到时细雨霏霏苍翠欲滴的桐庐反差极大。"奇山异水、天下独绝"的桐庐山水，留下过古今无数文人墨客的足迹，七千多首诗词日日夜夜在桐庐山山水水间荡漾着隽永的诗意。然而，山水有两面甚至N面，人亦如是，夜读范仲淹，我读出了他心与魂的分裂。

1034年春正月，四十六岁的范仲淹执拗地站在宫门外请求宋仁宗赐对，力谏皇帝不要无故废后，被贬睦州知州。才经朝堂之上的大风大浪，又经淮河"遇风""舟楫颠危甚"风波，范仲淹千里跋涉，终于抵达桐庐郡的州治所在地梅城时，绝美的山水、淳朴的民风瞬间暖透了他的心。在桐庐郡的短短十个月里,范仲淹迎来他人生的第一个诗词创作高峰,写就的《潇洒桐庐郡十咏》等诗词,在他一生所留的三百余首诗词中占到了六分之一。

潇洒桐庐郡,乌龙山霭中。使君无一事,心共白云空。

潇洒桐庐郡,开轩即解颜。劳生一何幸,日日面青山。

潇洒桐庐郡,公余午睡浓。人生安乐处,谁复问千钟。

……

他给恩师晏殊写信说"唯恐逢恩,一日移去"。让他深爱桐庐的,不仅是山水风物,还有时间深处一位富春江岸日日垂钓的老人。

东汉著名隐士严光(严子陵)少有高名,与光武帝刘秀是同学亦是好友,刘秀即位后,多次延聘严光,授谏议大夫,严光不肯屈意接受,隐姓埋名,退居富春山,渔樵躬耕,享年八十岁。范仲淹尊崇严光高风亮节,为他修复祠堂,撰《严先生祠堂记》曰"云山苍苍,江水泱泱。先生之风,山高水长"。那么,范仲淹为何不效仿严子陵从此隐居桐庐呢?清代康熙朝大臣李光地有句话我觉得很有道理:"古来高隐人,不尽是忘世,多是志愿极大,见不能然,遂决意不臣人。"

潇洒,本意是雨落的样子,形容景物凄清幽雅,人物自然大方、洒脱不拘。"志愿极大"的范仲淹,第一志愿当良相、第二志愿做良医的范仲淹,身在桐庐心在天下的范仲淹,其实一点儿也不潇洒——他的心很累,想要栖息在此,灵魂却不肯囿于一山一水间。他志不在朝堂权位,而在天下苍生。多年后,他第三次被贬谪,到鄱阳湖畔饶州就任时,北宋诗人梅尧臣写了一首《啄木》和一篇《灵乌赋》寄给他,劝他不要像啄木鸟一样啄了林中虫却招来杀身祸,劝他也不要当乌鸦,要学报喜鸟。范仲淹提笔挥就了同题《灵乌赋》寄给梅尧臣说:"宁鸣而死,不默而生。"

如同大雨如注中的富春江,注定是要奔向大海的。桐庐和范仲淹短短十个月的缘分,对于彼此意义深重,但他终究是要走的,他真正的生命底色从来不是温润闲逸,而是凝重阔远。被朱熹尊为"第一流人物"的范仲淹,被韩琦尊为"大忠伟节,充塞宇宙,照耀日月"的范仲淹,忧国忧民、勇往直前、俯仰无愧的范仲淹，怎么可能真的"唯恐逢恩，一日移去"呢？

十二年后，五十八岁的范仲淹在贬所邓州写下了名动天下的《岳阳楼记》，"先天下之忧而忧，后天下之乐而乐"，震撼人心，千古传唱。

这才是真潇洒。

三

从雨雾袅袅的桐君山下山，到曾经最热闹的东门码头吃午饭，人间烟火扑面而来。

我举着伞，隔着岁月般浓稠的雨幕，看见严子陵、谢灵运、吴均、李白、白居易、范仲淹、柳永、苏轼、陆游、杨万里、黄公望、袁枚、张大千、潘天寿、丰子恺、郁达夫、周恩来……还有当代桐庐乡贤叶浅予、沈图、陆春祥他们一一走下夜航船，侧耳聆听着风从远处送来的富春江渔歌"喔、嗬、吔、嗨、呦……"他们或来就任，或来游玩，或来隐居，或来避难，或来探亲会友。他们穿过一个个村庄，一片片暮春的茶园，我看不清是谁走进了一条古街一爿老店，谁对着始于南宋被誉为江南"满汉全席"的"十六回切"家宴咽了咽口水,谁拿起一双合村绣娘做的新绣花鞋凑近鼻尖,闻到了鞋垫散发出的纯棉布和深山竹笋壳淡淡的香味,谁捧起了一副著名的东门油条大饼泪流满面,谁在打听传承了千百年的"江南时节"始于何时终于何日。

雨声里,我听见桐庐小姑娘雨雾般软糯的声音说,农历八月初一到除夕前,每个村三天,所有亲戚朋友都可以到任何一户人家随意吃喝,越热闹越好,谁家过生日做寿都要凑这个时间呢。

我问,现在还有吗?

桐庐人小华说,每年都有,下次叫你。

东门码头一角的小饭馆里,桐庐人小俞递上了他刚刚买来的东门码头油条。油条入口酥脆,嚼起来有股韧劲。块头很大的店老板端上了一锅热气腾腾的富春江螺蛳青鱼,鱼肉特别鲜嫩,微微的辣吊出的滋味恰到好处。他说,螺蛳青好不好吃有讲究,要长在不深不浅的富春江水里,十二三斤的最好吃。让我想起小华说过的桐庐"四个不",离杭州不远不近,城不大不小,江不宽不窄,山不高不低,我想还有水不深不浅,人不温不火,除了"奇山异水、天下独绝",其他一切都刚刚好,在最舒服的度。中国优秀传统文化精髓渗透了桐庐，外化于我遇见的每一个桐庐人溢于言表的幸福感。

夏至将至，大雨中的富春江和黄公望、叶浅予的新旧《富春山居图》一样，美得像一个梦，桐庐未来城过于逼真的3D酷炫视频像另一个梦，让人眩晕。人类本性爱山爱水爱隐逸，当代人理想中的隐居地，山水要最原始的，房子要最古朴的，室内的家居用品却要功能最现代、审美最时尚的，还不能离城市太远。有什么不对呢？如果将地球历史换算成24小时，人类在倒数第三秒才出现，不知第多少秒又会消失，对于宇宙而言，如此短暂，如此毫无意义，但人类如此努力，无非想过得舒服点，留下点什么。

"夏至雨点值千金"，漫天大雨如火焰席卷着天地，滚滚乌云的后面，庚子年日环食即将上演。月亮的阴影只能遮挡太阳片刻，人类每一次都能披头散发挣脱瘟疫生生不息吗？没有答案。夏至自古有消夏避伏、祭祀祖先、祈求消灾年丰之俗，此刻，桐君山上又传来一声声悠远的钟声，是祈福，亦是警示。

大洋彼岸的姐姐发来一家三口在家包粽子的照片，说，提前过端午啦。我眼眶一热，她定是想家了。所谓"敦伦尽分，闲邪存诚"，范仲淹非人人能当，把自己管好，把家料理好,安常处顺,便是尽了老百姓的本分。我将钟声录了下来,发给姐姐听。

夏至已至,未来已来。

六月
June

荷月

小暑·小野一坨

猫发出的喵喵喵的叫声是只针对人类而非它们之间互相沟通的语言，但于我而言，是我即将"溺亡"时的岛屿，或稻草。

婴儿般的圆脸圆眼，粉红鼻唇，无邪眼神。它摇摇晃晃地奔到我脚跟前，清晰地叫了一声"哎"而不是"喵"。

小暑时节，江南闷在一场接一场的小雨里，像一锅即将沸腾的热水。古人在《喜夏》中写"小暑不足畏，深居如退藏……鸟语竹阴密，雨声荷叶香。晚凉无事，步屧到西厢"，这是个容易烦躁的时节，宜深居，宜闲藏，宜"撸猫"。

它来了，英国短毛猫，公，两个月大，毛灰白两色，眼琥珀色。女儿阿沁带它回来时说："等我去英国留学了，让它给你做个伴吧。据说，猫很高冷，无论你是贫穷还是富有，它都看不起你。但又据说，猫很治愈。"

我们叫它小野,因为小暑,也因为它活泼好动像个野孩子。后来它越来越胖,到哪儿都趴成一大坨,我们戏称它"小野一坨",此乃后话。

叫它,它或者不答应,或者叫一声"哎",再也不叫第二声。阿沁出国后,它一条蚕似的卧在床上和我一起看《寰宇地理》等纪录片。它躺在床头柜的台灯下打着呼噜,露着白白软软的毛肚皮,我写作时它叼来最心爱的破烂老鼠玩具窝在我脚边,我如厕时它跳上马桶水箱按冲水钮。我走到哪儿它跟到哪儿,安静时,基本与我保持一米左右的距离。两颗相隔一米的心脏一起静静跳动,似乎达成了某种深深的默契。它无辜的眼神,漫不经心的"哎",无条件的依赖,不经意做出的特别搞笑的动作和表情,让我时不时一个人笑出声来。在一些烦躁的日夜里,"搞笑担当"小野一坨变得无比巨大,而我一直窝在它脚边乘凉或取暖。

阿沁放假回来时,又带来了一只美国短毛猫COCO。阿沁的同学旅游去了,把它寄养在我们家。COCO是公猫,蓝眼睛,黑白花纹,比小野美,关键是比小野黏人。一开始,COCO躲进床底,小野在床沿下静静趴着,它们很友好,没有任何攻击的意思,于是我们放心了。事情在第二天有了出人意料的变化：COCO大摇大摆地从床底走出来，见小野就打、咬，小野只有东躲西藏的份。

问题是，COCO对人格外亲热，甚至谄媚，它会歪躺在床上，我们叫一声，它就会奶声奶气地回答一声"喵"。叫它过来，它就会乖乖过来，跟你亦步亦趋，时不时地用头蹭我们的腿。据说它是在一个有三只猫的家庭里长大的，有心机，有战斗经验。而小野没有生存压力，也就丧失了生存能力，甚至不会卖萌求欢。我和阿沁毫无原则地喜欢上了"别人家的猫"，对只会"哎"的小野各种嫌弃，而它似乎听懂了，那几天，它总是静静地躲在按摩椅下面一动不动。从香港回来过周末的先生说，COCO老欺负小野，我打COCO了。

十天后，COCO被接走了，我和阿沁毫无原则地恋恋不舍。可当我抱起小野时，忽然发现它的臀部有一个一元硬币那么大的洞，血肉模糊！是被COCO咬的！

小野做了手术，打了针，整整二十天才痊愈。COCO走后的几天里，小野似乎还不相信它已经走了，一有动静就条件反射地想躲起来，让我们看了心酸，也内疚。每次先生回家过周末，小野一定会窝在他脚边睡。阿沁说，它记得只有老爸是帮它的。

猫的江湖，人的江湖，惊人相似。不同的是，猫与猫之间的争斗是出于生存的本能，而不是贪婪。

后来，我们又领来一只性格特别好的布偶小母猫，给小野做伴。它的叫声不是"喵"而是婴儿般的"嗯啊"，它湛蓝的眼睛里仿佛藏着大海星辰，我们给它取名"银河"。希望小野从此拥有一个相对完整的猫江湖，与人江湖一样，有无穷无尽的明争暗斗，也有温暖与爱。

秋去冬来。清晨，一岁大的银河平生第一次看到雪，在阳台上好奇地跳来跳去，耳朵上沾着雪。银河会趁小野上厕所时躲在门口等它出来时跃出来吓它一跳。只要有一会儿找不到小野，就会冲着我"嗯啊嗯啊"叫，直到我帮它打开某个房门或柜门，找到小野为止。它们从不争抢食物，哪怕最爱的冻干或猫条。此刻，它们团在一个窝里睡得很香，窗外，雪在静静地落。

小暑·蓝色和声

坎门，一个在地图上几乎找不到的地名，位于故乡玉环岛最南端的一个角落，是我似曾相识却又陌生的一部分。跨越三十多年的时光，我从她们的声音里渐渐认出了它。

一

属于坎门的第一个音色，是花腔女高音，清脆、嘹亮、婉转，富有弹性的华彩曲调，如坎门女子美菜和艳华洒落在我两段记忆里的笑声。

三十多年前，小暑随着熹微的月光来到坎门后沙，十八岁的坎门女孩美菜伸出手，将十八岁的我拉上了一块巨大的、爬满藤壶的黑礁石。

中国的月亮从《诗经》中升起，坎门的月亮从和《诗经》一样幽渺绮丽的东海升起。大海、天空和月光构成的黑、白、银三色旷野，一直铺向遥远的天际，有一弯晶莹剔透的银月等在那里。黑色巨浪撞在礁石上。银色浪花们在空中愣了一秒，跌落回大海，也跌落在我们身上。和月光一样冰凉的液体，沁入年轻的肌肤，咸腥的味道留在纯洁的唇间，仿佛大海这个巨大的生命体正在拥抱亲吻我们，一种神秘又神圣的感觉瞬间攫住了我。

孤悬于东海之滨、玉环岛最南端的坎门，是真正的渔港渔村。清康熙年间福建崇武及温州一带的渔民迁移至此形成村落，属地里的钓艚岙与南排山门为海上要道，旧时无航标，以东山头大坎崖为标识，称为"大坎门"。随着商渔经济的日益发达，海洋文化日臻深厚，而我的出生地楚门镇为半岛，以农耕文化为主，因而有"绿楚门、蓝坎门"一说。我的楚门同乡木衣刀者说，某种意义上，因为坎门的存在，玉环人的市场意识、财富意识和技术进步意识在农耕时代就根深蒂固，所以玉环能够在改革开放以后，很轻松地转型为工业大市。

美菜的父亲是造渔船的，她皮肤黝黑，读书很用功，手指细细的翘翘的很好看，她沉默的时候多，但一笑起来咯咯咯的。和我们文科班里其他坎门女孩艳华、小青、招女等一样，她们离开父母来到楚门中学读书，要寄宿，要照顾自己，包括生活、学业以及心情，我无法理解但很羡慕她们说话声、笑声都那么爽脆嘹亮，那么团结。美菜和我同桌，她暑假带我去坎门玩，贫瘠的家里光线幽暗。

月光下，十八岁的我第一次如此零距离地接近真正的大海，心里唯有震撼。忘了我们说了什么，或什么也没说，我只记得美菜咯咯的笑声。波涛一遍遍拍打着礁石，一遍遍烙着我的心，我想的是：将来有一天，我要葬在故乡这片大海里。

三十多年后，小暑随着雨后越来越明亮的天光来到坎门后沙，坎门女子、当年坐在我和美菜后面的艳华伸出手，将我从一块礁石上一把拉起来。刚下过雨，已过知天命之年的我们玩心未改，一起去后沙捡海螺蛳，我脚下一滑，腰背着地，一阵剧痛。幸好礁石平坦圆润，我没有站起来，坐在那块礁石上愣了好一会儿，脑子一片空白。然后，耳边响起艳华哈哈哈的笑声"还好还好，没事没事"，视线里涌来阳光下绸缎般闪闪发亮的黑沙滩，灵药般迅速抚平了腰背的疼痛。

黑沙滩是一个神奇的地方，海蜈蚣、泥螺、螃蟹、跳跳鱼、文蛤、海螺、藤壶等都是讨海人的一份生计所在。每一次潮起潮落,黑沙滩上就会浮现一幅幅天然的"水墨画",退潮后,海浪在极细腻绵密的黑沙滩上留下流痕,在光线的作用下,有的像白桦林,有的像一棵白菜,有的像凡·高的星空,黑沙滩上的巨幅山水画,如大海这个巨大的生命体送给大地的礼物,深藏着千言万语。

渔民的女儿艳华把黑沙滩比喻为黑陶釉。"出海三分命",儿时的艳华总是坐在"黑陶釉"边,一边帮做裁缝的母亲缝纽扣和裤腿,一边翘首以盼出海的父亲平安归来。父亲归来,意味着她和母亲要忙着扒剥皮鱼、剥红虾,也意味着有享不完的口福和耳福。父亲会用坎门话和她说民谣,比如她哭时,他会笑说"爱哭爱笑,母鸡拉尿"。他会捧一本线装古书念给她听,等她沉睡,从摇椅里将她抱回大床,她便装睡,就想在团着酒味的怀抱里多待会儿。

父亲去过的更远的大海她没有去过,父亲从大海带回来的海鲜和故事滋养她慢慢长大,那时,渔民的女儿有很多理想,做老师,做科学家,做考古学家……她要带父亲去比大海更远的远方看一看绝世美景。

"人生短暂,长眠无期",多年后,她在我的朋友圈里看到一本书封面上的这句话。她二十岁那年,父亲去世了,病因是长期喝白酒。烈酒在讨海的日子里帮渔民赶走了寒冷和孤独，也断送了他尚年轻的生命，这仿佛是无数讨海人的宿命。四十五岁那年，车祸、大病接踵而至，炼狱般的煎熬不堪回首，幸而她学了太极，爱上了徒步，身体得以慢慢恢复。

"人生真是苦旅啊！"电话里传来她咯咯的笑声，我听出了笑声里闪闪发亮的泪光。

她在无数远方留下了徒步旅行的足迹，但最爱的，还是用双脚一寸一寸亲吻坎门这片生她、养她，留着父亲笑声、读书声和酒气的土地。一个人，随时随地出发，从海滩走到深山，从深山走到古村，在那些没有手机信号的地方，她与大海对视，与自然对视，与最宁静的、不随流年改变的美对视。

她在东沙海湾最凹处，看渔妇们聚在那里一边说笑一边补网、收拾渔具；看晚归的渔船进港后，女人们忙着挑选渔获，或送冷冻厂冷冻，或剖开晒成鱼鲞。

她在鹰东、后沙、里澳、黄门、渝汇大坝、小里黄、玉岙、后岙、钓艚岙、鹰捕岙、墨贼岙，沙滩或悬崖的某个角落，看薄雾茫茫，船帆点点，白鹭翔集，云聚云散，仿佛一幕幕人生；看发电厂的风车在清晨五点的云雾里摇曳，如同奇幻仙境。看挖沙虫的渔家女下手狠、准、快、深，每次退潮，都能挖到甚至多达八九斤的沙虫。

她在悬崖边放下蟹笼，在等待起笼的时光里，看书，静坐，听涛声。后沙海堤边，藏着她和朋友们的野炊基地。野路难开，海风大，海浪高，都不在话下，就地搭个锅灶，烤玉米、芋头、红薯，煮红虾、牡蛎、蛏子，任头发被海风吹得乱七八糟。

在小里黄悬崖绝壁上，她救过一个要跳海自杀的女子。她对那名女子说，你看，无论潮起潮落，大海总是不慌不忙，不卑不亢，不惊不惧，一直给予，从不索取。我们可是海的女儿，死都不怕，还怕啥？

小暑时节，我在艳华的笑声里像三十多年前一样爬上巨大的、布满藤壶的礁石，与天空和大海对视，我看见天边一双巨大的蓝色眼睛轻轻地一开一阖。

从不开口歌唱的故乡蓝，是母亲的摇篮曲，是最好的疗伤药。

二

属于坎门的第二个音色是女中音，深沉、厚笃，如小华沿着东沙渔村石阶一步步往东山头走的脚步声里，有海风和波涛的回响，有东海小海鲜醇厚的大海味道。

"正月梅鲖，二月鲻鱼，三鲳四鳓五马鲛，六月鲈鱼，七月虮蛄，八月望潮，九月黄鱼，十月乌鳞，十一月带鱼，十二月鳗鲞。"东海小海鲜和凝结着玉环民间智慧的民谣，被她一一码进电脑，变成了散落在东沙渔村的"二十四节气指路鱼牌"。

曾经讨厌鱼腥味的玉环二代气象人小华祖籍贵州，父亲自20世纪50年代气象学校毕业后来到坎门，成了第一代气象人，把毕生心血都献给了气象，母亲则是土生土长的坎门人。有一段时间，小华忽然变成了一个谦虚好学的"小学生"，到处请教家人、亲戚、朋友甚至陌生的渔民，关于海鲜的生长特性和加工吃法，以及大海上口口相传的民间谚语，然后在电脑里一一记下，整理出了一个极为详细的表格。

春天。立春的剥皮鱼长相难看，价廉物美，适合制成美味鱼松、鱼干。俗话说"大麦青、满口精"，蛏子冬至过后到清明前肥嫩饱满，口感最好。惊蛰的白虾最肥美也最便宜，多为野生，虾仁有"金钩虾米"之称。春分的马鲛鱼是每年春天海岛人翘首以盼的第一批鲜鱼，尾部的肉特别好。"三月三,辣螺爬满滩"。"三鲳四鳓",谷雨的鲳鱼最鲜美,"鲳鱼嘴"就像女人的樱桃小嘴。

夏天。立夏的鳓鱼最美味,但很少,用盐或酒糟稍微腌制一下后,蒸起来特别香,极下饭。"夏发东南风,乌贼靠山拢",小满的墨鱼最多。芒种的虾蛄雄的肥壮、雌的膏美。夏至的鮸鱼是做鱼丸、敲鱼面的上等原料。小暑"冷水梅鲷赛黄鱼",大暑的鲈鱼最"壮"。

秋天。立秋的水潺(龙头鱼、豆腐鱼)洁白滑嫩,和酸咸菜或者汤米线是绝配。处暑的舌鳎(龙利鱼)最多最肥。白露的梭子蟹大量上市,肉肥味甜,有"天下第一鲜"之美誉。秋分的望潮(小章鱼),诗意的名字源于小章鱼会在潮涨时爬出洞口张望,中秋大潮时最为肥大。寒露的金线鱼、霜降的虎头鱼不仅肉质鲜嫩,营养价值高,还有药疗作用。

冬天。立冬的海蜈蚣(沙蚕)长相古怪,却有"天然味精"之称,且富含氨基酸。小雪的带鱼到了捕捞旺季,俗话说"小雪小㧅、大雪大㧅、冬至旺㧅"。大雪的扇贝最肥美,冬至的鲻鱼腹背皆腴,有"千鱼万鱼,不如鲻鱼"之说,鲻鱼头最鲜。小寒的鳗鱼油滋滋的,大寒的黄鱼鲜嫩无比,入口即化,自古有"琐碎金鳞软玉膏"之誉。

她哒哒哒的打字声，变成了一块块图文并茂的指路鱼牌，让那些沿着东沙渔村前往东山头普安灯塔的脚步时时停驻。

这条路，也是她最熟悉的路。她常常会去古井旁往里张望那只并不存在的雨鸽。海岛重度缺水，从前只能靠天下雨或者自掘水井。传说坎门曾得水官赐水凿井，并在水井中养了一只雨鸽，青蛙模样，有翅膀，能潜水，能飞天，能呼风唤雨。久旱时，人们会在每个夜里侧耳倾听，如果听到它的叫声，不出三天，便有大雨。

她想，和她一样常年驻扎在东山头的气象人是不是就是雨鸽的化身呢？

继续往上走，会遇到一座座散发着古旧气息的石头屋和几个卖凉菜糕的小摊，会遇到史姓人家老房子边的一棵百年椰榆树，会在"渔海民俗馆"里看到东海渔场所有的鱼类模型、渔船模型和渔网、方向盘、船舵、铁锚等渔具，会听到土地公公救船老大的传说，会遇到花粉宫，听到花粉娘娘、天官托梦的传说，看到从海滩蜿蜒而上、镶嵌在红色礁石之间的"金砖路"，最后，会遇到默默守护在东山头的两个"卫士"。

最重要的，往往被安置在最高处，比如伤痕，比如勋章，比如坎门的灯塔和炮台，比如那些为保卫家乡英勇献身的先烈的名字。

古炮台默默遥望着大海。从明代至新中国成立初期，这片山海之间曾响彻着海岛军民誓死抗击外来侵略者、解放玉环岛的枪炮声和呐喊声，盘旋着海防前线曾经的战斗风云。

普安灯塔默默遥望着大海。这盏灯，是无数航船的救命灯。一百多年前，东沙人史火顺在东山头的简易小屋里用桅灯为往来船只发送信号，后经民众解囊建成灯塔，夜里用煤气灯照明，雾天以击钟为号，后来改为电池照明，常有工人冒着狂风暴雨爬上山顶更换电池。

小华也想成为这盏灯。

时间之镜中，她看见三十年前的那个春天，在浙江东部第一高峰临海括苍山气象站，她第一次在下着鹅毛大雪的深夜独自值班，第一次完成每小时一次的积雪加密观测发报，第一次身临其境地记录雷暴方位，第一次顶着12级大风冲进观测场。

时间之镜中，她看见三十年来的自己，无数个深夜被紧促的闹钟叫醒，起身步入寒夜；无数个工作日，她淋湿了数套外衣用烤炉烘干了再穿；无数次她梦见快到观测发报时间了，自己还艰难地爬行在半山腰；无数个节假日，她满怀歉意匆匆放下碗筷，独自前往静寂的观测场，与台风、暴雨和冰冻，与胃病、风湿关节炎等疾病，与孤独与内疚相伴。

台风天，山呼海啸，地动山摇，她把麻花大绳紧紧绑在腰间，沿着天桥一步步艰难地爬行到观测场内，和同事们一起"作战"。室外观测，能及时发送预警信息，为抗台抢险赢得宝贵时间，对于某个渔民来说，这盏灯也许就意味着"救命灯"，必须准点冲出去，一刻也不得延误。平时三分钟的观测，在台风天要用十分钟，回到值班室后要在不到五分钟时间内编报观测数据。那些经他们的手排列、发送出去的一串串阿拉伯数字电码，如同夜航灯，照亮了无数生命之舟。

她一次次努力睁开被风雨糊住的双眼眺望大海，看大鹿岛、小鹿岛、鸡山、南排山，看一望无垠的东海海面上，大潮卷起数十米的冲天巨浪，似万兽奔腾，呼啸着一波接一波扑向海岸，这个东海一隅的弹丸之地，仿佛要被天地抛弃，被大海席卷。

她在狂风暴雨中用脚死死钉住地面，牢牢稳住自己的身体，那一刻，她从没有如此强烈地想要默默守护好这个弥漫着海腥味的家园和那些毕生在大海上与风浪搏斗的家人。

三

属于坎门的第三个音色,是女低音,内敛、丰满、雄浑,如阿菲隐在大市中的二十八道创意菜,如阿青的手指落在电脑键盘上的哒哒声,把家乡的味道,经由美食和文字,传到了很远的地方。

鱼面、鱼皮馄饨、鱼丸、鱼饼、腌膏蟹、沙蒜豆面、黄鱼炒年糕、墨鱼汁流沙包等,这些坎门最地道的民间美食,出现在了阿菲杭州的家中,厨房日夜回荡着吱吱啦啦的声响、弥漫着食物的浓香。她在试菜,仿佛永远在试菜。

她儿时的记忆里,也一直回荡着一个声音:从早到晚敲鱼面"笃笃笃"的声音。晶莹剔透、雪白粉嫩的鱼肉,来自讨海人外公从大海上带回来的最新鲜的黄鱼或鳗鱼。刀刮去刺后,卷成团,撒上红薯粉,用特制的小木棒反复捶打,一敲就是一整天,直到敲打成一张团扇般大小、纸张般薄透的鱼面坯子。鱼面、鱼丸、鱼饼、鱼皮馄饨,无须更多调料,只要一锅清水,一点生姜,或氽,或蒸,鱼肉与淀粉由时间和力量成就的独特滋味,就能让人"鲜掉眉毛"。

外婆出身中医世家,笃信药食同源,她做的菜有别于其他坎门人家做的菜。腰痛了，用猪腰炖核桃；咳嗽了，用雪见草煎鸡蛋包红糖。

阿菲将儿时耳濡目染的手艺带到了杭州，白手起家做起了餐饮。她的厨房里有十几口锅，常年热闹非凡。她每天做的事就是买菜、试菜，请姐姐阿青或朋友们来尝。"妃子笑"是外形酷似鲜荔枝的虾球，"红袖添香"是山楂皮裹鹅肝，牛油果三文鱼外观和新鲜牛油果一模一样，白胡椒猪肚鸡是招牌暖胃汤，犹如坎门人的热情和贴心。每一道美食，都有极其丰富的层次。

她去老家采购最新鲜的海鲜，甚至酸咸菜，也去云南采购松茸、松露，对食材，她极其讲究，细心的食客会发现，藤椒鱼里的黑木耳异常肥厚，一朵是一朵而非粘连在一起，样子真的像一只只耳朵。所以，她隐于大市的创意菜餐厅每天都有一拨拨的年轻人排长队等候。

客人再尊贵，她似乎也不上心，总躲在家里默默试菜，把店交给店长和厨师，并不出来应酬。阿青觉得她对员工，比对自己这个亲姐姐还好，有一次她们在西安偶遇，见她正在一个批发市场里购买几千斤土特产，像平日出差或旅游一样，给所有员工带一份礼物。

坎门的美食，来自大海的馈赠，更得益于坎门人的巧手匠心。姐姐阿青将家乡的美食和匠心写到了她的文章里，关于鱼生，关于鱼皮馄饨、关于家乡三糕（松糕、碗糕、九层糕）、三圆（冬至圆、肉圆、番薯圆）、三饼（食饼、鱼饼、墨贼饼），等等，她写了十多万字的文章，写到的所有美食，都是她亲手做过的、吃过的。

每年农历四月中旬，外婆都会蹲在家门口水井边，把外公从船上挑回来的带鱼幼子盛放在宽大的圆形木箍桶里，仔细分拣，剔去海蜒之类的小杂鱼，拣掉断头断尾的小带鱼。我们想帮忙，她总说这活只能一手"插"到底，一蹲就是好几个时辰……每次洗净鱼生，外婆的手指上都会布满大大小小的伤口，若淌血不止，她就从针线蒲篮里找出布条捆扎手指，用线系紧止血。日子如熹光，温柔安详了我们的岁月，外婆腌鱼生时始终面带欢喜，一如她一生的隐忍。

做鱼饼是渔家人的一场盛宴。主妇们利索地剖出两片鱼肉，左手按着鱼片的一端，右手顺着鱼肉的纹路

"嚓嚓嚓"刮出一堆肉蓉，小小场景却有大画面。全家人动手刮鱼蓉，真有"喧呼万马争归路，落絮飞花半作泥"的气势。把剩下的带鱼皮切断剁碎，与鱼蓉搅拌均匀，用切成小米碎末样的姜蒜加料酒腌制，加入捏碎的豆腐、盐、番薯粉，顺着一个方向搅拌成团，直至鱼泥粉坯出现黏手的胶汁，再用手拍打。家里老少更替，双手冻得通红仍乐不可支……出锅的鱼饼芳香四溢，饼面色泽耀如琥珀。

姐妹俩长相和性格迥异，却像约好了一般，将做事做到极致的坎门性格，带到了异乡，带到了她们做的每一件事情里。

小暑时节，我在坎门后沙的礁石上摔了一跤，当先生从车上找出湿纸巾默默给我擦拭衣裤上的泥水时，我突然想起，坎门是他的出生地，他的祖父曾是坎门有名的糕饼师傅。他自小离开家乡在西安和成都长大，又辗转天津、杭州、香港、温州等地工作和生活，所有食物里，他最爱的是蛏子。他的父亲患阿尔兹海默症多年，几乎忘记了所有亲人的名字，却没有忘记他爱吃的家乡小海鲜的名字。

故乡的美食，对于游子而言，是最顽固的基因，没有哪一个游子真正离开过故乡。

四

属于坎门的第四个音色，是抒情女高音，优美、宽广而富有诗意。如一萍的画笔落在画布上的唰唰声，如她画笔下自古以来从未改变的渔家风情。

一萍将一个杯子递给我，杯子里并没有水，印着她蓝色调的渔民画，这种特别的清凉感里，仿佛有海风清冽的呼吸，有海鸥的鸣叫。

一个年轻的渔女屈腿抱膝，侧身仰头静静望着一轮圆月，身后堆满渔网和渔具，一只白猫窝在她的脚边。她给这幅少女时期的画作取名叫《盼》。

一个年轻的红衣渔家女跪在海滩上，双手合十，神情肃穆地祈祷着，她的身旁放着一只竹篮，竹篮里是香火蜡烛。她给这幅画作取名叫《祈》。

这些场景，一直刻在她五十年来的记忆里。儿时，她常常和画中人一样，坐在家门口的小竹凳上，翘望着大海，默默祈盼着亲人们平安归航。六岁那年的台风季节，海浪吞噬了十几个坎门渔民，无数坎门人跪在海滩上呼天抢地，却再也唤不回他们的亲人。面朝大海的东山头有很多衣冠冢，年年岁岁默默面朝大海，等待着它们的主人魂兮归来。渔村里，静静生活着他们的遗孀，为丈夫守着寡，把孩子拉扯大，再送他们出海。

丰收的喜悦和悲惨的海难，交织在渔村的宿命里，深深烙在她的记忆里。她本能地喜欢画喜庆丰收的场面，画渔民的笑颜。画到渔家院门时，她都会加上门神或一帆风顺等字样，是乡愁，是安慰，也是祝福。

渔网中的鱼虾栩栩如生，欢腾跳跃，呼之欲出。头戴蓑帽的孩童紧紧抱着大黄鱼，渔民一家三口晚归时的喜悦跃然纸上。一群渔家女子在一排排晒鲞间穿梭忙碌，鱼鲞画得比人还大……一幅幅既质朴写实而又富有浪漫气息的坎门渔民画，携带着故乡的名字和基因，携带着故乡的深情和对亲人的祝福，走出了坎门，去了很多地方，在坎门的街区、海滩、石屋墙壁、沿海围墙、公路沿侧，抬头都是她的画。

东沙花龙和灯塔鳌龙鱼灯，都是珍贵的坎门"非遗"，靠海吃海的东沙渔民世代以舞龙舞鱼灯来祈求亲人远洋平安，渔业丰产。正月十五闹龙灯，最精彩的是"龙绕柱"表演。

柱子有数十根，每根柱子都用红布包裹，举龙头的须是彪形大汉，举龙尾的则要小巧玲珑，中间的龙档操作者听从着龙头的指挥，在数十根龙柱间环绕跳跃，阵式奇诡，配合默契，鞭炮声、音乐声、锣鼓声、欢呼声、喝彩声不绝于耳。《化龙》画的是正月十八夜里十点"化龙"的时刻，人们将龙头、龙尾裁成小块，在鼓声和吆喝声里烧化，只将手柄存放起来，预备腊月糊龙时再用。

灯塔鳌龙鱼灯则洋溢着几百年来一如既往的原生态海洋气息。清《玉环厅志》记："制禽兽鳞鱼各种花灯入人家串演戏阵，笙歌达旦，环观如堵。"主要阵式有流水阵、跳龙门、走四角、五路梅花、十字交叉等，鱼灯舞的主潮是"衔珠"：即龙头将龙珠衔在口中，舞珠人卧地高举龙珠，众鱼灯环绕周围嬉闹，推波助澜。在她的画里，仿佛能听见围观人群一浪接一浪的喝彩声和鞭炮声。

一只搁浅在海滩上的废旧渔船，船头上栖息着一只孤独的海鸟。一萍这幅风格迥异的名为《岁月》的画作，让我想起东海渔场一种古老的延绳钓捕捞技艺。

渔民将钓鱼的鱼饵用钓钩穿好，隔一段距离挂在专用的绳子上，放入大海，让鱼来吞钩，成本低、耗能省，只钓大鱼，不伤小鱼，被公认为最佳生态捕捞方式之一，是海洋文化"活化石"。

从前的讨海，全靠"讨"，靠老天爷的恩赐。一条小舢板，只五米多长，没有船帆，全靠摇橹，风浪中如一片叶子般飘零，船老大时时刻刻得盯着天气、风向、潮水，一旦情况不妙，便立即返航。后来有了单帆船，动力仍靠风力和摇橹。《玉环县志》记载：每年立秋至舟山渔场主捕带鱼，俗称"钓秋带"；冬至南下大陈、披山等渔场钓捕，为"冬钓"；次年惊蛰起以捕鳗鱼为主，俗称"霉鳗"，兼捕带鱼、大黄鱼，至小满歇季。钓艚舂等地小钓船重上洋鞍、东福山渔场捕鳓鱼，称"钓夏鳓"，至大暑收汛（伏休）。

赶在钓带鱼的季节来临前，渔民便赶时间手工制作或修理钓具，干绳（绠线）、支绳（杂仔）、钓钩、浮球、沉灌和浮标旗等。出海前夜，全家老小一起熬个通宵，将新鲜的小带鱼切成斜条，用鱼钩钩住鱼饵绑在鱼绳上，第二天一早船开到渔场，先放下连着浮球的"花仔叉"，再慢慢将一圈一圈鱼绳放到大海里，待到渔船里的钓绳放尽，船就要摇回起点收钓。上钩的带鱼被拉出水面，鳞光闪闪，活蹦乱跳，如果运气好，一枚钩能钓上一连串带鱼，第一条带鱼上钩，第二条咬住第一条的尾巴，第三条又咬住第二条的尾巴，首尾相继，甚是神奇。

再后来，有了网艚、钓机、吃水量在一百吨左右的机帆船和围网作业，随着机械作业的兴起，东海传统钓业渔船仅存坎门的寥寥几艘，延绳钓作业日渐式微，就像搁浅在沙滩上的老渔船一样面临消亡，幸得政府重视扶持，凝聚着人类对自然资源取之有度、用之有节智慧的古老技术得以转型发展和传承。

在坎门海都文化中心的一间画室里，我看到了另一些坎门渔民画家画的画，静静立在墙角，简约粗犷、大气磅礴，散发着浓郁的海洋气息。一屋画，像一群性格豪迈的坎门男人。

小暑随着雨后越来越明亮的天光来到坎门后沙。东海像一个巨大的蓝色胸腔，所有或美好或悲壮的音色，都被它染成了或高亢或深沉的蓝色，在海岛上空激起了一次次和鸣，仿佛这里的万物每时每刻都在喃喃祈盼着什么。

海风吹乱了我和一萍的头发，黑沙滩——收留了两个游子的脚印。此刻，曾经的渔村变成了如今的渔港，时尚、靓丽、热闹，渔民后人的安全系数和幸福指数逐年攀升。对于坎门和故乡玉环,曾经的我一直囿于以偏概全的"晕轮效应",其实,坎门的海水比我记忆里的更蓝,我的出生地——楚门的颜色也并非只有绿。故乡,并非游子用回忆之刀雕刻的模样。跨越三十多年的时光,我在一个个海岛女儿的音色里,认出了一个立体的、真实的、完整的故乡。

海岛的精神图谱由时光雕刻,刻刀是海风、海浪、笛鸣,时间和命运,以及每一个爱它的人。

小暑·春晖犹怜草木青

小暑，上虞白马湖畔绿影婆娑，蝉声嘒嘒。百年名校春晖中学仰山楼校史馆内，我的目光落在一本学生旧名册的一个名字上——夏弘琰。被珍藏在玻璃柜里的旧名册已残旧不堪，是上虞县私立春晖中学1949年度第一学期高三学生名册。夏弘琰，性别：女，籍贯：浙江上虞，成分：小资产（后面括号内的两个字已模糊不清），家庭人口：8人，经济状况：收支相抵，下学期是否能继续求学：微困难。

发黄的旧纸张上，我仿佛看见年轮正在倒转，看见1949年的初春，一个秀发及肩的江南女孩，挎着粗布书包，正独自穿行在上虞白马湖畔的丛丛绿影间，粼粼波光映入了她无比清亮的眼眸里。她抬腿走进了古意盎然的春晖中学，那个曾经走进过她的祖父夏丏尊和朱自清、丰子恺、李叔同、蔡元培、黄炎培、叶圣陶、张闻天、胡愈之、何香凝、俞平伯、柳亚子、黄宾虹、张大千等无数文化精英的神话般的名校，走出过无数优秀学子的春晖中学。那么，1949年秋天，新中国成立的金色季节，"微困难"的她继续求学了吗？半个多世纪的风风雨雨里，她都经历过什么？如今，她还健在吗？

当我的目光继续停留在这个名字上，发黄的纸张上浮现了另一个江南女学生的身影，二十年前，一个我素未谋面的小读者、春晖中学的高中生"慧"。我仿佛看见，仰山楼拱形青砖长廊中，阳光斑驳，立柱的影子被一一投在长廊地面上，一直延伸至长廊尽头，秀发及肩、眼神清亮、笑容羞涩的慧从长廊尽头向我款款走来，手里捧着一封她刚刚伏在课桌前用最朴实真挚的语言写给我的长信。我仿佛听见，长廊里回荡着她轻轻的呼唤——苏老师，让我不由想象属于她的另一些声音——她坐在白马湖畔一棵垂柳下轻声诵读《诗经·小雅》之"高山仰止，景行行止"；砖木结构的教室窗口传出她的语文老师对她作文的赞许；她的钢笔落在信纸上发出轻微的沙沙声……她说，苏老师，我马上读高三了，我想报考中文系，将来当一个作家，或者当一个母校前辈们那样的老师。

于是，在小暑蒸腾的热浪里，我仿佛听见四周回响起更多的声音,来自20世纪20年代的无数声音,清亮,温和,也铿锵,也昂扬。

"人生好比一碗清水,教育的目的是培养健全的人格,以便使这碗清水发挥各种作用;而职业教育,乃是有了味的水;无论什么味的水,都是有了局限性……"这是春晖中学首任校长、曾提出著名的"人格教育"的经亨颐的声音,他誓要"一洗从来铸型教育之积弊"的声音穿越时空而来,依然振聋发聩。

"那我给你15万元。"这是来自1919年春天八十三岁的浙江商界巨擘陈春澜的声音。早年失学、做学徒、当"跑街"的他,立志在故里横山创办一座学堂,旨在建立平民教育,发展国民健全的人格。他出资15万元后又捐资5万元,委托乡贤王佐和闻名遐迩的教育家经亨颐在上虞白马湖畔建造了后来蜚声海内外、有"北南开,南春晖"美誉的春晖中学。"春晖"之名出自孟郊的《游子吟》。

陈春澜给了春晖骨血,经亨颐、夏丏尊、朱自清、丰子恺、李叔同等教育家、艺术家则给了春晖以灵魂。

"当我移居的时候,还是一片荒野。春晖中学的新建筑巍然矗立于湖的那一面……此外两三里内没有人烟……那里的风，差不多日日有的，呼呼作响，好像虎吼。"这是著名教育家夏丏尊在他的《白马湖之冬》里的感叹。1922年3月，春晖校舍竣工在即，经亨颐向上虞同乡、浙江一师同事、老朋友、中国最早提倡语文教学革新的夏丏尊发出了英雄帖，夏丏尊欣然应允。在白马湖畔夏丏尊自己设计的"平屋"一角一张小小的木桌上，他翻译完成了后来风行全国、深入人心的《爱的教育》。

"教育上的水是什么？就是情，就是爱。教育没有了情爱，就成了无水的池，任你四方形也罢，圆形也罢，总逃不了一个空虚。"这是丰子恺在夏丏尊《爱的教育》序言中的真挚心声。在丰子恺眼里，夏丏尊对学生是一种"妈妈的教育"，学生逗狗吃酒他要管，生病失业他也要管，但凡看见世间任何不真不美不善的事，他都要发愁，那种不可推卸的责任感使他忧愁了一辈子。

"我看不出什么界线，因而也用不着什么防备，什么顾忌……无论何时，都可自由说话……学生因无须矫情饰伪，故甚活泼有意思。又因能顺全天性，不适压抑；加以自然界的陶冶；故趣味比较纯正。"这是二十六岁的朱自清的声音，他在春晖中学和宁波一所中学兼职，两地奔波，无怨无悔。

在他看来,"教育有改善人心的使命",如果太"重视学业,忽略了做人",教育就成了"跛的教育",而"跛的教育是不能行远的,正如跛的人不能行远一样"。学生王福茂写了篇作文《可笑的朱先生》,绘声绘色地将朱自清写成一个身材矮胖、面色蜡黄、走路滑稽的人。朱自清读后非但不生气,还在课堂上念出来,夸奖说,我平时教大家怎样写作,王福茂给了大家一个好榜样,描写人要让人读后如见其人,最好还应如临其境、如闻其声。

白马湖畔的"小杨柳屋"总是传出最多的欢笑声,还有歌声和琴声。这是丰子恺在春晖中学任教时的家,也是白马湖作家群的一个"据点",夏丏尊、朱自清、丰子恺、俞平伯、朱光潜和来春晖讲学的蔡元培、叶圣陶、张闻天等怀着教育救国理想的文化精英们常"酒聚"在此,云集畅谈。丰子恺被称为中国第一幅"漫画"的作品《人散后,一钩新月天如水》,是白马湖黄金时代的印记,又像是后来同道者们各奔东西、流离失所的谶语。

"小杨柳屋"旁弘一法师李叔同的"晚晴山房",终日里静默如月夜。"晴秋的午前的时光在恬然的静默中经过,觉得有难言的美。"这是叶圣陶第一次去功德林拜会弘一法师时

"永不能忘"的记忆。偏居白马湖畔的弘一法师整日静坐于山房，研习佛学或书画金石。几个精神气质相似的人，常静坐默对，"已胜于十年的晤谈"。在那些恬然的时光里，叶圣陶和夏丏尊合著了《文心》，全书以讲故事的方式，囊括了"关于国文的全部知识"，书中讨论的语文教学问题在当今依然具有深刻的现实意义。

"丁零零丁零零——"小暑空旷的校园里，仿佛还回荡着当年手动的绳摇铃声。我仿佛看见，从长廊尽头，从教室里，从四面八方，从阳光斑驳中，应声涌出了一群群学子，向着学校广场迅速聚拢。20世纪20年代的中国风雨飘摇，民族危亡，质朴古雅的文化名流们偏居白马湖畔推行新教育、传播新文化，不仅以教育"曲线救国"，更带领师生们同仇敌忾、呕心沥血，投身爱国运动。上海"五卅惨案"发生后，春晖中学组织了"五卅惨案后援会"，全校师生近一个月每日三餐茹素，省下菜金，捐资捐款。一个世纪以来，夏丏尊、朱自清、杨贤江、叶天底、何香凝、黄源、谢晋等无数春晖师生投身中国革命和新中国建设发展的伟大事业，他们中有政治家、科学家、艺术家、文学家、企业家，有院士、将军、英雄，更多的是默默无闻的建设者，他们在春晖中学的灵魂乃至中国的血脉里注入了浓墨重彩的风采和风骨，壮丽如朝暾夕月，星奔川骛。

白马湖畔的子夜时分，半轮明月如同从湖水中重新出生，天地异常澄明。一间三百岁的老屋里，大学同学文卫给我沏了一杯上虞红茶，茶香与老屋内的木头香气融合，人如坐草木之间。这个20世纪80年代末春晖中学的学子，像从丰子恺的漫画上走下来一般，就职机关、年过半百却依然保持着孩童般的率真、热情，保持着对大自然和古老物件亲人般的热爱。我想，春晖中学给了多少像他这样的学子如此充沛的心魂啊。他们夫妻和两个妹妹一起买下了这座三百年的乡下老屋，装修成童年记忆中外婆家的模样。每到周末，老屋里就会响起三户人家三个孩子叽叽喳喳的欢叫声和老人们的呵呵笑声，一大家子人扛着各种农具去一里外租的田地里种瓜收菜摸鱼。

"地里几十种瓜果蔬菜，你想得到的都种了，水塘里几十种鱼虾蟹，你想得到的都养了，除了海产品，哈哈哈。"文卫笑说。从地里满载而归后，他们各显厨艺，忙碌一番，家人闲坐、灯火可亲的慢时光，如同从丰子恺的漫画中拓下来一般温馨和美。三个孩子暂时远离题海，远离排名，远离"卷"和焦虑，在被用心营造的另一个古老的、原生态的时空里，一起长大，亲密无间。

文卫说，将来，这老房子就留给他们三个，老了也能相互照应。

木楼板上传来几声脚步声和嬉闹声，孩子们被母亲们催着放下手机早点睡，明早起来去地里摘西瓜甜瓜玉米。忽然想起曾令我无限感慨的两个小视频：

一对父母为了用最温柔的方式而非简单粗暴地让宝宝和成瘾的奶嘴告别，想了一个办法。他们当着孩子的面，将几个奶嘴放在一个小袋子里带去草坪，种到地里，说奶嘴明天会长成小熊玩具继续陪伴他。当晚，孩子不哭不闹，充满期待。第二天，他们带着孩子来到草坪，果然看到奶嘴长成了几个小熊玩具（当然是父母偷偷放的），把它们带回了家。晚上孩子抱着这些小熊安然入睡。他相信爱从未离开。我相信未来他也会如此这般善待孩子，善待他人。

三个视觉传媒设计系的女大学生，花了整整一年时间，收集了一百个被污染的水源，用百分之百的污水和同一个模具，制作出了无数根表面看上去色彩艳丽且可口的棒冰，将它们整齐陈列。当人们走近细看，才发现棒冰里全是令人作呕的油污、烟蒂、塑料、微生物等各种污染物，无不深感震撼。他们看到的是污水做的棒冰，想到的是被污染的生命之源，是浊世间不再清澈的自己。

"只有受过一种合适的教育之后，人才能成为一个人。"这是来自四个世纪前西方近代教育理论奠基者、"教育学之父"夸美纽斯的声音。

"救救孩子！"一个世纪前一代文豪、绍兴人鲁迅先生的呐喊声依然如阵阵滚雷。

"已识乾坤大，犹怜草木青。"半个多世纪前一代儒宗、上虞人马一浮先生在旷怡亭随口吟诵的诗句依然令人闻之沉吟。

有人说，河水之所以清澈，是每天从晨雾里重新出生一次。站在白马湖畔的半轮明月下，我在心里默默祈愿天下所有的孩子都如河水般清澈、舒展，每一颗赤子之心，都如河水之上每天浴水重生的朝阳。

大暑·银河从山谷升起

　　大约是午后一点多,大约是半醒半梦时,喳喳的蝉鸣声和呼呼的风声,会忽然被一双手悄悄抹去,世界一下子安静下来。

　　突如其来的安静,反而惊醒了年少的我,瞥见父亲猫一般轻巧的身影——他轻手轻脚地将我面山朝南的阳台门关上,又轻手轻脚地将薄毯盖住我的双脚。他常说,脚底心最容易着凉了。

　　我从未告诉父亲,楚门山后浦15号那幢依山而建的三层白色楼房二楼朝南的房间,无数个盛夏的午后,我知道他悄悄为我关掉了多少次蝉鸣和风声。

　　大暑时节,是孩子们放假撒欢的时节。放假前,父亲总会被我的中学历史老师——他的同事叫到办公室,给他看我惨不忍睹的答卷,让他回家好好批评批评我,为什么问答题老是用自己的话而不是课本上的话来回答。

父亲不批评我,父亲笑着说,老师说你喜欢自己编故事哈哈哈。夜凉如水,父亲带母亲和我们姐弟三个,坐在面山朝南的阳台上看天。没有月光,空气通透,深蓝色的天空静谧异常,一整条银河正从东边的山谷冉冉升起,像一座巨大的蓝水晶拱桥,横跨整个天空。

父亲说,我们脚下这个叫"玉环"的小岛,就是沧海变成的桑田。五千年前,玉环三合潭先民在此创建了他们独特的海洋文明,五千年后,山水、饮食、秉性、文化都随着飞速发展的时代而沧海桑田,这是人间正道,无可厚非,就像你的名字"沧桑"一样。你出生后的第二年,据说美国人登上了月球。世界很大,很美,很神秘,很匪夷所思,很遥不可及,如同头上的星空,我们明知穷其一生无法抵达,但古往今来,依然有无数人和我们一样,喜欢仰望星空,追逐梦想。

父亲还给我们念了一首关于夏天的诗:"毕竟西湖六月中,风光不与四时同。接天莲叶无穷碧,映日荷花别样红。"他说,有一个叫杭州的地方,很美,他也没有去过。至于美国,太遥不可及了。

"小暑大暑，上蒸下煮"，这是大地上最热的时节，也是农作物们生长速度最快的时节。父亲的眼神、说的话，浇灌着三个孩子的梦想，在蝉鸣声和风声里野蛮成长。多年后，他的三个孩子都安居在他说起过的美国和杭州，但是再也没有一起看过整条银河从山谷升起。

大暑·日月桥

站在桥上听到的风声,和岸边听到的风声不同。风声并非以直线运动方式刮过来,而是漩涡般环绕,巨大的轰鸣声像要将人拽入海里。

桥是一座索桥,连接着玉环的大鹿岛和小鹿岛。

大鹿岛孤悬于烟波浩瀚的东海,海天辽阔,森林茂密,清泉细流,如一只碧绿的花鹿昂首于海面。传说,天庭有一只六瑶花神鹿,为将盗来的绿色种子播撒人间而遭霹雳击顶,坠入海中,化为海岛,大鹿岛因此得名。其实,大鹿岛并非一岛,而是由大鹿、小鹿两岛组成,互以浅滩相接,如同一对母子。潮来时,它们便分开,潮退后,它们便合为一体。

索桥连起了大、小鹿岛,实实在在是善心人的创意,既方便了人,又增添了新的景致。但也少了些自然的味道,失去了若即若离的浪漫。

然而，索桥上日月同升的壮丽景象，瞬间改变了我的想法。

西边的落日收尽了余光，由令人无法直视的金盘变成了一个玫瑰色的圆润球体，恬静地悬浮在深蓝的海平面上。无意间回头，只见黛青色的天际，正冉冉升起一轮浅黄色的圆月！

左手月亮，右手太阳，脚下惊涛骇浪！就在须臾之间，夕阳沉没，皓月当空，人间又是另一番景象，令人如在梦醒后的茫然中。

字典里，有一个最残酷的词语，叫"时过境迁"。

人世间，有一条最短的路，是"桥"。

桥意味着邂逅和紧接着的分离，也意味着今生的擦肩而过，只能在彼岸苦苦等待来生。所以，世上最凄美的爱情绝唱，都与桥有关。所以，桥上的故事总是充满泪水。所以，传说中的阳间和阴间，也由忘川河上的一座奈何桥相连。

生活中，我们忽视了多少座"桥"啊，稍纵即逝的一个眼神，一句话，一个人，一件小事……也许，它们才是命运赐予我们最珍贵的缘分。

与大鹿岛隔海相望的披山岛,是玉环最偏远的离岛之一。披山在明代曾沦为倭寇出没之地,戚继光部将胡震率水师剿寇后,明代末叶始有人上岛定居。新中国成立初期,国民党残部退踞披山,1955年2月9日,岛上驻军及一百九十户九百余名居民随"大陈撤退"迁往台湾。之后,披山岛便几无居民定居。

2016年初夏,玉环赴台探亲团的车子满载着五十多名台属缓缓驶入了台湾屏东万隆村的"玉环新村",这里居住着很多老弱的第一代、第二代台胞,以披山籍台胞为主。台胞们很激动,有位九十多岁卧床的老台胞执意起床相迎,有的台胞早一天就准备了很多凤梨,提前削好放在冰箱里用来招待他们。探亲团离开时,台胞们集聚在村口燃放鞭炮欢送,车子驶出了很远,他们仍站在路口挥手。

2016年仲夏时节,三十余位玉环披山籍台胞开启了寻根探亲之旅。三岁离开披山后来定居美国的台胞吴梅花女士转了两次机,从美国赶回中国台湾,又和家人一起来到了祖籍地披山岛,就为看一眼自己出生的地方,看一眼祖先生活过的地方。

2018年暮春,来自台湾各地的五十三名玉环籍台胞,搭乘"中远之星"来到玉环寻根问祖。七十岁的台胞傅梅红踏上披山岛的那一刻，喜极而泣，她冲着海岛上空高喊"爷爷奶奶，我回来了！我看你们来了！"凭着儿时的记忆，她与发小在故乡的土地上一步一个脚印地寻觅着回家的路。七十五岁的台胞詹世连此前已两次来到披山寻找父母的安葬地，这次终于在返航前的半小时觅得父母的归处，将坟前的两块石头带回台湾留个念想。

"文章写不尽，悠悠沧桑史，悲欢岁月尽无情。长江长千里，黄河水不停，江山依旧，人事已非，只剩古月照今尘……"返程的航船上，数十位台胞深情歌唱，满含无尽惆怅。他们年事已高，也许此生再无缘回到故土，但一座座横跨两岸的心之桥，坚不可摧。

站在日月桥上，我仿佛看见，多年前一批青年拓荒者登上大鹿岛，风餐露宿，斩荆撬石，默默地奋斗了二十多个春秋，使海上荒岛遍洒绿荫。如果他们心里没有那座理想的桥，就不会有今天郁郁葱葱的大鹿岛。多年前，中国美术学院教授洪世清来到大鹿岛，根据被海浪撞击和被海水腐蚀的岩礁块石的各种自然形态，雕琢出具有秦汉绘画构图风格的海生动物岩雕近百座。如果他心里没有那座执着的"桥"，就不会有今天这个令世界赞叹的石雕艺术岛。

而我,如果不是千方百计地从外地赶回来参加在家乡举行的闯海节,就错过了这壮丽的日月同辉,错过了久违的故乡中秋月、娘家的桂花香……

想对所有的桥说,谢谢。想对自己和所有的人说,珍惜啊,桥上擦肩而过的那一刻。

七月上秋

●

八月清秋

●

九月桑落

秋吟

七月
July

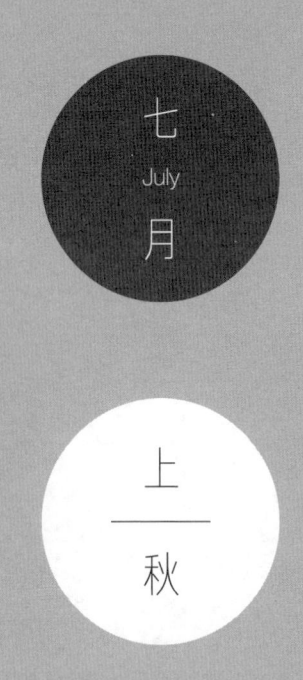

上秋

立秋·枣子穿过树叶

在杭州建国北路603-1号VR Family体验馆，一副特制的VR眼镜将我带进了一个虚拟的宇宙空间。万籁俱寂，我一个人孤悬在太空中，前后左右都是浩瀚的星空和巨大的星球。当我伸出手时，我的左手上方突然出现了缓缓转动着的月球，无比逼真。一阵巨大的恐惧袭来，我心跳加速，胸闷气喘，连忙说："我害怕，快退出来吧。"

退出虚拟空间的一刹，我听到了一个声音，是四十多年前的立秋，一颗枣子缓缓落地的声音。

"一候凉风至，二候白露生，三候寒蝉鸣"，宋时立秋这天，宫内要把栽在盆里的梧桐移入殿内。"立秋"时辰一到，太史官便高声奏："秋来了。"梧桐树应声落下一两片叶子，以寓报秋之意。而故乡玉环岛的立秋时节并没有梧桐叶落，孩子们吃了一年里最后一个西瓜，秋便来了。

"孤独"是被用得很滥的一个词,可每次看到这个词,就会想起一个叫作山外张的小山岙,有关那里的记忆疼痛而新鲜,就像刚刚被撕开的伤处。

翻过山后浦后山的金鸡岭,穿过一条长长的山谷,再翻过一座山,就到了文旦柚长势最盛的山外张。几十年前,那儿只零星地住着三五户人家,他们过着几乎自给自足的生活,我的姨婆家就是其中一户。那是个很美很干净的地方,黛色的山和海,满山满坡的桃树、竹子和文旦树,大多是野生的,也有几棵是种的。文旦花开时,几座矮房就像落进了白云里,花落时,万籁俱寂,只有花雨无声地飘落。

姨公是当时少有的读书人,是那种海水一样的男人,早出晚归,沉默深邃,不可捉摸。姨婆只能远远地看他,欣赏他,承受他,却不可能真正懂他。唯一的邻居是阿庄家,本来两家很要好,只用篱笆简单隔了个矮墙,后来不知为何起了矛盾,篱笆墙这边垒起了一面石头墙。

姨婆接连生了三个女儿,没有为姨公生个儿子,她感到无比内疚,便更死心塌地地伺候一家大小。在所有人的印象里,她从没有停止过劳作,种果子、种菜、打扫三间屋子、挑水、烧火、做饭、洗衣、养鸡、养鸭。秋天到了,她到镇上卖果子，换来一年的柴米油盐。在长期孤独的劳作中，她不知不觉养成了一个习惯，那就是一干活就不停地自言自语，直到睡着。

当流年的痕迹刻上姨婆的脸，女儿也一个个长大了，出嫁了。忙忙碌碌一场后，家里就剩下一个半人——姨婆和偶尔回来一次的姨公。

我七岁那年立秋，一个人跟着姨婆到她家小住。我喜欢桃树和文旦树，喜欢她屋后的小松鼠，喜欢上山捡柴，喜欢她给我炒的小葱土豆，可是那里什么都好，就是没有人，没有人！有风吹竹叶的哗哗声，有暗夜的虫鸣声，就是没有别的人声。

姨婆总是干着干不完的活，就像上了发条的机械人。无论在做什么，嘴里都在自言自语，直到入睡。我想，她大概是太孤单了。

煤油灯闪烁着弱光，只照见一小块地方，鸟儿突然扑啦啦地飞过屋顶，我觉得整个世界就剩了我一个人，巨大的孤独感包围着我，我迫不及待地要逃离这个地方，可我不好意思对她说。

一个午后，我醒来叫不应姨婆，无边的寂静如湖水一般慢慢浸透我。每分每秒,我都侧耳倾听着姨婆平时未进家门就会响起的自言自语,可是没有,一直没有。无边的寂静变成无边的孤独,像湖水一样即将漫过我头顶的时候,一颗枣子穿过树叶,落在了门前的石板上,发出了不易察觉的"噔"的一声。我如雷贯耳,疯了一般冲出门,冲出山坳,冲到了空旷无人的山路上,我奔跑着,哭喊着,仿佛被一个恶魔追赶。

我迷路了。这时山雨欲来,天色发黑,我被巨大的恐惧吞噬了,正想放声大哭时,山谷里响起了姨婆凄厉的喊声:"桑桑——你在哪儿——你快回来——"泪水和雨水弥漫了双眼,我声嘶力竭地喊:"姨婆——"

终于我们看到了彼此。姨婆冲过来,哭着说:"你怎么就走了?你把我吓死了!"我说:"你那儿太冷清,我怕。"姨婆愣了一下,好像第一次听到别人对她呆了大半辈子的地方有这样的评价,一路再没有说话,送我回了家。

后来我一直很同情那些有怪异行为的人,就像姨婆,如果她不自言自语,不拼命干活,她怎样坐对每一个漫长的日子?不知道有没有人可怜姨婆,可听说姨婆一直在可怜门前那棵空了心的桃树。树老了,空了,她拿些布和针去补。她在树下边说话边纳鞋底,鞋底很多,没有人会用它们。桃花开时,阳光和花瓣一往情深地往她身上飘洒,姨婆微微张着嘴,像看着自己亲人般笑了。

相信那是一幅只属于世外桃源的画面。可真的有世外桃源吗?如果有,那儿的人最好永远不知道外面的世界,这样,他们就永远不懂孤独是什么,就真的像人们想象的那么快乐了。

世上的人也就不会失去最后一个向往的所在了。

儿时最刻骨铭心的关于孤独的这段记忆,后来不断被新的记忆覆盖:独自唱着歌走在空旷无人的上学路上时;独自躺在床上胃痛吐血等待家人回来时;独自在异乡过节时;守着令人心痛的秘密时;被在意的人误解时……也慢慢知道,人生来孤独,无论你是书上的伟人,还是天桥上眼神空洞的乞丐……

细想,VR体验击倒我的,正是一种无边无际的孤独感。这似乎有悖常理,如同鲸把幼鲸托出水面,让人类抚摸。VR Family体验也告诉我一个真相:你感到孤独,是因为你以为外界是巨大的一体,而你是孤零零的一个。其实,你之外的每一个人,都像你一样孤独,你和同样孤独的每一个人是一体的,有着同频的心跳。

这么想也许有用。但更难也更可贵的,不是对抗孤独,而是宁愿忍受孤独也要拒绝某些声音。姨婆拒绝了邻居的声音,也许那户人家并无过错。有多少人孤独到绝望时,能拒绝自己厌恶的热闹声,坦然地尾随着立秋步入萧索清寒的季节?

立秋·消失这个词

踏上威尼斯的一霎，我感觉到了脚下的摇晃，仿佛听到了冰川轰然倒塌时巨大的隆隆声。

脚下，有千千万万根森林一样的木桩，支撑着威尼斯用石头堆成的土地。453年，威尼斯的农民和渔民，为了逃避酷嗜刀兵的游牧民族，转而避往亚德里亚海中的这个小岛。他们在水底下的泥上打下一个一个大木桩，铺上石块、木板，盖上房子。来自意大利北部森林的木头坚硬如铁，在水里永远不会腐烂，当考古者挖掘马可·波罗的故居时，挖出的木头出水后遇到氧气才会腐朽。

然而，威尼斯仍然难逃一个厄运——再过几十年，这个一度欧洲最优雅的城市，可能就要从地球上完全消失了。

它以水闻名，以水为生，以水为美，如同一个漂浮在大海上最浪漫的梦。如今，水却正慢慢吞没它。

我坐在被叫做"贡多拉"的小船里,游走在这个世界上唯一一座没有汽车的城市。真美啊,一百多条蛛网般密布的运河,一百多座风光旖旎的小岛,沿岸散落着近两百栋美得令人叹息的宫殿、豪宅和教堂,遍地碎金般散落的初秋的阳光,和阳光映照下当地人一张张同样灿烂的笑脸。

两个一前一后划着小船的小伙子,居然都会说中国话,我下船时,他们说:"欢迎你们再来!"

这些人,真的欢迎一波波像潮水一样侵蚀的游客吗?他们知道他们的威尼斯会因我们的到来而消失得更快吗?

想起在巴黎参观时,感觉一个一个宫殿都以拒绝的姿势面对着我们。阳光从卢浮宫的金字塔穹顶射下来,落在我的脚趾上。瞬间,我有些头晕。都是人,都是声音,都是人类的体味。如果我是宫殿,绝不会真心欢迎日复一日年复一年的臭气熏天。我们戴着耳机,跟着导游,像一排排幼儿园孩子一样鱼贯而入。然后,我看到了无数眼睛。

蒙娜丽莎的眼睛,一直盯着我,我从大厅左边挤到右边,又挤到中间,无论从哪个角度,那双眼睛都盯着我,眨着。油彩细微的裂痕,让她的笑容变得更加诡秘。她的微笑里,我没有看到美,而是一种森冷,一种鬼魅。

到处都是眼睛。

游客的眼睛，游离，散乱，匆忙，像一只只张大的口袋，虔诚地，贪婪地，想把目光所及包括蒙娜丽莎、胜利女神、维纳斯等三十七万件最珍贵的艺术品都装入其中。

还有一双眼睛，无处不在，一直在盯着我们，冷眼看着我们的热闹。不是画里或雕塑里的瞳孔，而是这个古老宫殿的灵魂——1204年出生，历经几个世纪的沧桑至今没有死去的灵魂。

这个灵魂，因喧哗而即将疯狂。

眼前的威尼斯，假如有灵魂，它在想什么？大陆板块漂移、地球变暖海平面上升、大量开采地下水、自然生态的破坏导致洪涝越来越多，诸多因素，使得威尼斯沉入水中的速度比预期的还要快五倍。也就是说，2050年，它可能就会消失。

在一个琉璃商店里，我亲眼看到琉璃从一个火塘里出炉的震撼画面，然后心甘情愿地买下了几个晶莹剔透的吊坠，很贵。我想，几十年后，也许我和威尼斯都消失了，这个吊坠，会留下来。

消失，一个有点痛的词。这些年，我们越来越多地听到。

痛在不是突然，而是不知不觉；痛在不是暂时，而是永远。

一些物种慢慢消失，绝种了。

森林从沙漠慢慢消失。

珊瑚从海洋慢慢消失。

冰山从南北极慢慢消失。

臭氧从大气层慢慢消失。

威尼斯从水里慢慢消失。

正品从赝品的泡沫中慢慢消失。

真诚的劳作的香味，从食物里慢慢消失。

纸书慢慢从生活里消失。

天真与纯朴慢慢从人心里消失。

健康慢慢从身体消失。

生命慢慢从漠视中消失……

所有的消失，如同此时，一波海浪侵蚀过沙滩，不见了。一拨一拨的游客侵蚀过威尼斯，走了，只有寂寞的海鸥仍在飞。

那么多的消失，抓得住吗？

处暑·无心绿

一

十年前,处暑,马尔代夫芙花芬岛。涛声以海浪轻吻沙滩的力度打破了我的梦境。清晨与我们一起呼吸着同一片空气、踩着同一个慢节奏的,是一群精灵。

院子的洗漱台上,一只蚂蚁卡在梳齿上,头歪来歪去地挣扎。这里的蚂蚁有平时见过的三只那么大,淡黄色的。我拿起梳子走到露天游泳池边,轻轻敲了敲梳子,让它落回了沙地,爬走了。

除了蚂蚁,经常与我们狭路相逢的是蜥蜴。有一次看到两只蜥蜴在路边打架,看我们走近,停下来,瞪着我们,并不怕我们。大家都呆住不动,过了好一会儿,它们又开始打架,我们也挪到它们跟前想仔细看看,它们又迅速和解,一前一后，从容不迫地钻进了灌木丛，阳光在它们身后默默铺上一层寂寥。

另一群生灵是珊瑚与鱼。浮潜，看海底珊瑚礁和游鱼，于不会游泳的人而言，是一种挑战。套上救生衣、浮潜蹼，戴上呼吸面罩，将脸浸入海水的一刹那，恐惧，新奇，变成了无声的惊叹。人变成了一条大鱼，和大大小小色彩纷呈的鱼一起，在珊瑚礁之间游弋。

日落时分，在一大片沙滩上，有一场"人鱼鸟"的约会。六七条巨大的魔鬼鱼（鲼鲽）每天傍晚六点半会如期而至。它们随着海浪一次次扑上沙滩，扑到人们脚下，翻腾起肉肉的软软的翼。它们和喂鱼人特别亲热，攀爬上他的肩膀，跳舞一般盘旋，扑腾，乐此不疲，仿佛是一群孩子，很温顺，很调皮。我斗胆将光脚轻轻踩在它肉肉的脑门上，它翻着两只白眼，神情却好像是高兴的。这片沙滩上，一直站立着一只孤独的水鸟，仅此一只。它也会吃到喂鱼人丢给它的肉，冷眼看人们与鱼的忘情嬉戏。一小时后，魔鬼鱼和晚霞一起消失，奇怪的是，那只鸟也一起消失了。

在这个陌生的南印度洋岛国，你会惊叹，人与自然与动物怎会如此亲密，这仿佛已经是远古时候的事了。

芙花芬岛的深夜来临时，大海像一个累了一天的男人倒头睡去，涛声阵阵，呼噜声如同人的，人们和着它的呼吸也沉沉睡去。

假如此时从天空俯瞰南太平洋，一个人，一只鸟，一群精灵，都像婴儿睡在巨人的怀里，把所有的生老病死、忧愁烦恼都交给了宇宙间这一滴最大的水滴去稀释。

二

十年后，玉环鸡山岛。处暑。

涛声以海浪轻吻沙滩的力度打破了我的梦境，我睁眼看见昨晚忘记拉上窗帘的落地玻璃窗外，一轮红日正在海面上升起，静谧而盛大。

昨晚，于我个人而言，是生命中特别不愿回首的一个夜晚，我一直祈盼也一直担心的一件要事，真的验证了墨菲定律，更让人心灰意冷的，是得失背后潜藏的一些更深层、更复杂的东西，让人心寒。那一刻，我很想喝一杯酒，最烈的酒。

盛大的海上日出扑面而来，我没有起身，像环尾狐猴那样，摊开双臂和双腿拥抱这圣洁的阳光。当红日冉冉上升，渐渐隐进了云层，忽然，丁达尔效应让亿万道立体的、圣洁的光柱呈扇状洒向海面，无数种璀璨的渐变色的云层下，是无数种璀璨的渐变色的光柱。光柱下，是深蓝色的、藏蓝色的、灰蓝色的、蔚蓝色的以及无数种渐变蓝色的波浪。波浪之上，是一层粉白色的薄雾，波涛和薄雾之间，隐约浮现了两只小船，从这片无比博大的天地间，驶向更加不可目测的远方。

万籁俱寂，唯有惊涛拍岸，也惊醒了我。

忽然想，我是多么容易流泪的一个人，多么容易失眠的一个人啊，那件事情对于我是多么重要，可为什么我没有为此流过一滴眼泪也没有失眠呢？原来，这份得失在我的内心深处，并没有我想象的那么重要。

"小舟从此逝，江海寄余生"，这句诗通往的并非我曾在字面上理解的颓然隐世。继续爱我所爱，无怨无悔，迎面而来的不是江湖，而是江海。

十年前，马尔代夫，一艘船带着我们驶向一个孤岛——一个离芙花芬岛半小时远的白色沙洲。沙洲像湛蓝海水中一只雪白的巨碗，中间却盛满一大片粉绿色的海水，纯粹宁静得像一张寄自远古的明信片。中国传统色谱中，这种绿叫做"无心绿"。

处暑·脉动

一切静止后,地上的那摊血还在"尖叫"。

这是一个十七岁男孩的血。刚才,它还在他的身体里,和他一起,站在七楼的阳台上。

是的,高三了,怎么还可以悄悄溜出去玩得那么晚?作业呢?试卷呢?分数呢?高考呢?前途呢?都不要了吗?是不是早恋了?是不是不想读了?怎么讲了那么多遍都不听?我们为了你,都操碎了心了。

一个耳光,随着父亲的咆哮,打在他脸上。他感觉不到疼痛,就是觉得好累,好累,怎么会那么累?

窗台离天空很近,处暑时节,空气黏稠、湿热,吹在少年的肌肤上,有隐隐的灼痛感。这个城市一定也累了,整天蓬头垢面的,童年记忆里伸手可以摘到的星星,早已忘了是什么样子。高考,读书,作业,考试、排名……于他,是一道道刑罚，没完没了，不知什么时候是尽头。

脚下，是一片黑暗。他知道，柔软的树叶下面，就是坚硬的水泥地，按物理课上说的，如果有什么落下，会比它本身重量多很多倍，会有东西陷进地里，也会有东西弹起来。假如，他坠入漆黑，他的肉体会陷进去，他的灵魂会弹起来，能弹多高？会一直升，升到天堂吗？

母亲呢？睡了吗？睡了吧。那么，我也睡吧。

他抬起一只脚，再抬起一只脚，他带着十七岁奔涌的血一跃而下，然后，抛弃了它。

一切静止后，血的主人已经被搬离。初升的阳光挣脱了树叶的束缚，用手抚上了那摊鲜血。它曾经多么热，流淌在一个少年的梦想里，它曾经不仅仅属于他，也属于他的父母，一对曾经年轻的恩爱夫妻。而此时，他们因他的离去，瞬间痛到白头。

无数人至今想起时，眼前仍然是他小时候漂亮的眉眼，楼道里遇见，他会轻轻地叫一声"叔叔阿姨好"。

那滴血从指尖涌出来的时候，她看到了自己心脏的搏动。

这是同一个楼里另一个十七岁的女孩。削铅笔的时候，她不小心把手指割破了。

她瞪大眼,紧紧盯着流出的鲜血,指尖传来一种奇异的温暖,温暖里,有一跳一跳的脉动。

她一动不动,享受着一份突如其来的奇妙。爱的护翼下,这居然是她的身体第一次受伤流血。她想,反正手指已经破了,就好好体会吧,这从未有过的人生经验。

两年前,也是第一次,她体会到了初恋的滋味。他们一起用黑色胶片做眼镜,去楼顶上看日食。食甚时,太阳只剩下一圈光环,人们在欢呼,世界一片漆黑,夜灯轰然绽放。他们手拉着手,屏住了呼吸。突然,天空冒出一颗灿烂夺目的钻石,无比的美好。

后来,她的初恋,像那颗钻石般转瞬即逝,无疾而终。

她想,如同脉动,如同日食,如同初恋,生命,就是无数的可遇不可求。既然遇到了,无论美好,或是痛楚,受着吧,这就是生命的过程。否则,人来世间一趟,尝到的全是甜,或全是苦,都是亏的。

血仍在无声翻涌,仿佛是她头顶上那座高考的大山在无形中施压。作业,试卷,唠叨,拼搏,劳累,茫然,重复。

妈妈睡了吗?睡了吧?我也好累,好想睡啊。如果这血一直流下去，我会永远睡过去吗？那就不会这么累了吧？可是，妈妈说，人活着，不是为自己，是为了爱你和你爱的人。所以，再难，都要挨过去。

是啊，有什么大不了的？就像，这一个伤口，不要把它当作一个伤口，不要当作一次受伤，当作老天随意丢给你的一粒咖啡糖吧。

她找了个创可贴贴上，止住了血，开始写作业。然后，她挨过了高三最黑暗的那段日子，如愿上了大学。

无数人至今想起时，眼前仍然是她小时候漂亮的眉眼，楼道里遇见，也会轻轻地叫一声"叔叔阿姨好"。

夜深人静时，小心啊，有无数孩子，一脚在阳台内，一脚在阳台外。

八月
August

清秋

白露·开普

夕阳西下时,摩梭阿婆将我们从里格半岛摆渡到泸沽湖北岸。从猪槽船跳下来时,脚刚沾上青石板路,身后响起了一个声音,一个女孩的声音:

"我家的苹果很甜的,买两个啦,买两个啦。"

这个声音并不甜美,声线却极干净,让我骤然想起那些漂浮在泸沽湖水面上的水性杨花,那是我见过的最干净的花。白露的傍晚,泸沽湖仿佛璀璨星空,将世间所有最纯粹的事物都聚集在了一起——湖水清澈见底,流水的蓝色波纹,是琉璃的质地,水草清晰的叶脉,是玉的质地,白色的茎随水波弯曲缠绕,千万朵玉白色的三瓣小花,沿着同一个方向微微斜靠在琉璃般的水波之上,如一只只飞鸟依偎着云朵,鹅黄色的花蕊像精巧的喙,带着暗纹的花瓣像一双双白色翅膀展翅欲飞。摩梭人叫它"开普",其实,它是如此决绝的一种花——只生长在温暖而干净的水中,水体稍有污染,就会成片死去,直至绝迹。在没有阳光的雨天或黑夜,花朵便会收拢,潜入水底,像一个受了伤的女孩。

循着声音,我回头看见一个女孩,十二三岁,扎着一根马尾辫,脸上有两块高原红,额头汗津津的,她穿着汉族服装,脚上穿一双沾满泥土的旧运动鞋,肩上背一个比她瘦小的身材粗壮很多的旧书包。是一个很普通的女孩,唯一的出彩之处是一双丹凤眼,黑亮的眸子,眼神分外干净。

她从书包里掏出两袋分别装着七八个小苹果的尼龙袋子,递给我说:"很甜的,阿姨你尝尝。"

我摆摆手说:"谢谢,不用了。"她很快从尼龙袋里掏出一个苹果塞到我手里,说:"你尝尝,我家里树上刚摘的,真的很甜的。"

在摆渡阿婆湖水般纯净忧伤的歌声里,我用纸巾擦了擦苹果递给女儿,让她先尝尝,我们继续着之前船上的说笑,没有注意到女孩一直看着我们。然后我把钱递给了她。

转身的时候,身后传来女孩的声音——

"你真幸福。我没有妈妈。"

她是对着我女儿说的,说完,眼睛一红,然后脸一红,低下头，笑了一笑，转身就去找别的下船的游客了。

彼时，我忘了女儿说了一句什么，只记得心里涌起了说不出的难过。泸沽湖之行，是我们母女二十年来第一次结伴出行，虽偶有分歧，但基本默契，这份幸福感甚至被一个素昧平生的女孩一眼看了出来。对于一个从小失去母亲的女孩，会惹起多少艳羡和心酸呢？我似乎看见，黑夜里，女孩将瘦小的双肩缩起来，用双臂将自己包裹起来，像一朵藏进湖底的小白花。

离开泸沽湖的那个清晨，在路边等车时，我又碰到了那个卖苹果的女孩。因行李太多，无法再买她的苹果了，她看上去有点失望，但很快就笑了。十分钟过去了，车还没到，她却一直没走，坐在旁边一块石头上看我们一眼，又看我们一眼。忽然，她从书包里掏出一袋已经打开的虾条之类的膨化食品递给我，说："阿姨，你吃。"

我一时反应不过来，本能地连说："不用不用，谢谢，你自己吃。"

她怯怯地收回了手，并没有吃，塞回了书包。等她离去，我突然醒悟过来，这包零食，她平时肯定舍不得吃，却要送给我吃，是当做送给自己的妈妈吃的吗？

这样一想，眼底猛然一热。记得抵达泸沽湖的第二天，一个摩梭姑娘给我们讲述她的祖母与银腰带的故事，突然，她指了指我们身后一个正方形的木门洞，说，那里就是"生死门"，所有的摩梭人都在门里出生，产妇进去后，没有任何人帮她，关上门，生死全靠她自己一个人撑。

那么，卖苹果的女孩家的生死门，她的母亲走出来了吗？还是，只抱出了一个婴儿？

我被汽车喇叭惊醒，急忙和女儿一起将行李搬上车。清晨的泸沽湖波平如镜，而我的心里内疚翻涌。我后悔没有接过她的零食，没有当她的面吃，没有和她多聊几句，没有摸摸她的头，对她说一声："乖。"

世外桃源，亦有不为人知的悲伤。白露时节的清晨，中国南方大地上的每一片叶子都会停满露珠，是谁的泪？

白露·闻风起

一

他向我递过来一饼刚从篾席上收回的粉干,像递过来一团盘得很细致的纱线。白露时节的暮光,为它涂上一层介于金色和银色之间的颜色。他递过粉干时,也递过来他身后炉火的红光和"轰轰轰"的轰鸣声,连同夕阳的金光,以及光笼罩下的一片深绿色菜地。

我接过米线。视线最前端变得模糊,景深里最清晰的部分,是那团粉干后一个男子赤裸的上身,黝黑发亮、肌肉紧实、轮廓分明的胸肌和腹肌上,密布的汗珠随着他急促的一呼一吸,汇聚、滚落、流淌。在炉火的轰鸣声和火光的映照里,刚从锅炉前直起腰来的这个五旬男子,美如一尊古希腊雕塑。

他转身回到巨大的锅炉前，将一大块木柴塞进炉膛，并捅了捅里面的柴火。熊熊火焰烤灼着他的脸，他眯着眼睛，皱着眉头，像是眼睛被火光灼痛，又像被额上淌下来的汗水渍痛。

东海边温州龙港余家慕村的白露时节，离寒起霜凝还很早，三十六摄氏度的气温里，他在锅炉和蒸炉之间穿梭，从凌晨三四点到夜里十点。

那时，我不知道他就是盛余粉干的当家人余德情，改良传统古法蒸笼粉干，独创余氏制作新流程的人。那时，他也不知道我是谁，我偶然来到龙港，偶然听说余家慕盛产我从小最爱吃的粉干，临时起意请两位当地朋友美红和海哨陪我到村里看看，偶然路过他家门口，便踱进去东看看、西问问。对于我们这三位不速之客，他毫不防备、毫无保留地回答着我们的盘问，比如，粉干哪里都有，为什么余家慕粉干特别有名？刚听说你家粉干尤其有名，为什么呢？

"米第一要紧，如果用陈年米，最多也不能超过2年的。别家可能用一种米，我用三种米搭配，其中有稻花香米。"

"水也要紧，用山泉水。"

"火也要紧，烧柴火，不烧煤炭。"

"做工也要紧,我家的是双蒸,米粉蒸一道,压出的鲜粉干再蒸一道。余家慕的粉干吃了不伤胃,不口渴,不反酸,从前温州人坐月子不吃粉干只吃面,现在也能吃粉干了。"

在蒸腾的热汽和锅炉的轰鸣声里,时光回到了五十二年前,离此地十二公里的温州平阳南坡老街,一位母亲轻轻夹起一根浸透海鲜汤、细滑白皙、绵软柔韧的汤米线,放进了四个月大的女婴嘴里——吃了四个月奶水和米糊的我开荤了,人生第一顿正餐就是海鲜汤米线。四个月大的婴儿必然记不住她在人间尝到的第一口荤腥,味蕾却替她永远记住了汤米线的美味。米线,也就是我的老家玉环人说的"米面",温州人说的"粉干",从此成为我最喜欢的主食,没有之一。

早在北宋初年,温州粉干就已享盛名。先人们将米用水磨磨成水粉,煮至半熟后用白舂捣蒸,用水碓反复研捣,再将粉团压成细如纱线的米粉,放在竹匾上晾晒至干。余家粉干由北宋工部尚书余靖公晚年归隐创制,余北、余南两村粉干传统技艺四百多年来经久不衰,近百个粉干家庭作坊及工厂日夜流淌着粉干瀑布,将这些美味带向全国各地乃至海外。

在蒸腾的热汽和锅炉的轰鸣声里,时光回到了二十年前。余德情的二十年,是一天一天、一夜一夜熬过来的。当时,他生意亏本，家里一分钱都没有了，儿子和女儿连吃饭都成问题。他东拼西借了两千元钱打算去菜市场卖菜，可摊位费远远超出他的想象。走投无路之下，他去买了米和简陋的粉干加工机器，夫妻二人边学边做，开始一天做二百斤，后来一天做三百斤、五百斤，一天一天做，一天一天熬，直到如今一天能做三千斤。

老祖宗留下来的蒸笼做法虽然好，但数量做不起来。他一边做一边改，最大的改动就是将米粉做好后挂在杆子上再用锅炉蒸，质量和数量都有所提升，村里人甚至外地人都来跟他学。这几天，宁波和舟山的米粉厂天天电话催他过去当师傅，可他没空，就连下雨天也没空。别人下雨天休息，但他买了烘干机，天气不好就用烘干机，一天也舍不得休息。

那时我不知道，这个在锅炉和蒸炉之间穿梭着的男人是一个老板。我问他什么时候不用自己亲自动手烧锅炉，他说，再做十年吧，十年后再请工人来做吧。

这意味着，这个五十岁的身体，还要在锅炉和蒸炉前再流十年汗水，来回穿梭千百万次。我想，哪怕到了花甲，甚至古稀之年，这个人也是不肯歇下来的。我仿佛看见，多年后，他依然身手矫健地穿梭在锅炉与蒸炉之间，继续着他一个人孤独的狂奔。

　　从余德情家出来,我们路过一幅"画":老屋幽深的门洞内,一个女人正用一把巨大的剪刀将米粉机里吐出来的湿粉干剪断,顺手晾到架子上,然后用双手将米粉团归拢到米粉机孔里。在她身后,一个赤裸着上身,看不清眉眼的男人,正用肩膀扛起一桶刚出锅的米粉往米粉机里倒。弥漫的蒸汽和夕阳的光影将他们定格成一幅油画。

　　闻不到炊烟和饭菜的味道,暮色中的余家慕村每一家敞开着的门洞里都喷着米粉干的味道,每一个人,包括老人都在忙碌着。一个刚学会走路的女童突然从粉干竹帘后仰起脸,踉踉跄跄地走到我跟前,冲我露出向日葵般明亮的笑容。

　　多年后,镌刻在这个"粉干后代"生命里异常勤劳的基因会让她成为谁呢?

二

　　潮水未涨时,海风蹑手蹑脚地穿行在龙港的肥艚村,发出了轻柔的、断断续续的呼啦声。海风携带着两种味道,一种是它经过黑滩涂往岸上走时,自身的味道和泥涂的味道,是海洋和大地拥抱过后的味道;一种是干燥温暖的诱人香味,是晾晒在向晚的渔村里那些油鳗、鱿鱼、虾的味道。它们的主人们一直在等待着秋后更猛烈的海风,能迅速地带走那些海货里的水分,那么,海货极致的鲜味就会被快速锁定,令远方的人们能更直接地触到东海的味道。

这是九月的渔村,白露即将到来。海货的主人阿芬掰开一块油亮亮的蒸油鳗,一缕热气从一丝丝洁白的鱼肉间溢出来,钻进人的鼻孔里,令舌尖瞬间涌起口水。油鳗微咸,极鲜,韧韧的,油滋滋的,吃完一块,还想再吃一块。

阿芬的丈夫将晒在门口的虾干扫拢后,海风就将虾干的香味吹进了沿街的屋内。我和美红、海哨围坐在矮竹椅上,将一颗又一颗虾米、一片又一片油鳗干、一块又一块鱿鱼干送进嘴里,根本腾不出手去捋一捋被海风吹乱的头发。

阿芬从早晨三点多起来忙到现在,剖鳗、煮虾、晾晒、收摊,还兼着售卖。五六个巨大的冰柜里,装着她和丈夫日夜辛劳积攒下来的海货干,没空吃饭时,便随手剥一颗虾米、喝点水。她烫了头发,文了眉,脖颈上戴着细细的金项链,和所有温州女人一样打扮时尚,笑起来牙齿整齐洁白。

通往渔船码头的街巷寥无行人,偶尔有电动车飞速穿过。两个男人在渔需店门口将船缆绳拉成直线钉入地面,叮叮当当的声音仿佛在山谷里回响。其实沿街每家每户的门洞里都有人，他们只是默默忙碌着，补网、做编织袋、缝礼品袋、做小吃等。一个三十多岁的微胖女人，扎着高高的马尾，穿着时髦的黑色T恤和牛仔裤，肩膀两侧露着碗大的洞，坐在一堆绿色的渔网中间，旁若无人地织着渔网。

海风传递着的，都是各种活计的声音。

白露过后每一个晴冷天，对于精于美食的温州人来说都是黄金时节，他们开始晒酱油肉、酱油鸭、酱油鸡和鳗鲞。龙港人也晒鱼干、虾干和鳗鲞，为的不是自己的口福，而是生计。女人们翘首等候秋风乍起之时，将鳗鱼、黄鱼、虾等晒满房前屋后，将海洋的馈赠贮存得久一些、更久一些。

海风从未带走过深入渔村骨髓的海腥味，也带不走东海岸人深入骨髓的勤劳和智慧。五十二年前，离肥艚十二公里的平阳坡南老街上，母亲将四个月大的我背在背上，趴在床上学做裁缝。在报纸上画画剪剪了无数次后，她决定放手一搏：她将父亲唯一一件呢大衣一针一针拆下来，用报纸画好样子，记住整件衣服的结构，然后到一家裁缝店里，等缝纫机空出来时，将整件大衣缝合如初。在往后的岁月中，母亲无师自通学会的裁缝手艺和父亲微薄的薪水，养育了三个孩子,并将我们一一送入大学。

"露从今夜白,月是故乡明。"白露时节的海风吹拂着舶艚村,也吹拂着一湾之隔的玉环岛。离舶艚村一百五十公里的玉环岛山后浦村中,母亲仰头看见桂花树一夜间爆出了米粒般的花芽。桂花开的头一天,年近八十的她会矫健地跨过二楼阳台栏杆,站在平台上,找几枝从树下往上看不易被看见的桂花枝,将桂花撸到篮子里,刚好够一篮子,她便停手,舍不得撸多了。然后,她静静坐在午后斑驳的光影里,用一根牙签将桂花里的小花梗等杂物一一剔除,将一半鲜桂花直接拌进白糖里,一半桂花晾干后,洒在她刚学会做的开花馒头上。当阳光渐渐变成越来越温柔的淡金色时,她会筹谋着让父亲去菜场买最好的排骨、猪肉、虾、鲳鱼,她要做很多酱排骨、香肠、酱油肉、虾干、鱼干,给三个远方的儿女寄过去。

离山后浦一点五公里的楚门南门街上,住着母亲最小的妹妹、我的小姨妈晓芳。她家开着楚门最著名的冷饮店,最著名的一道冷饮是花生汤,花生酥烂软糯入口即化,用老家话说很"霉",汤很浓稠,且有浓郁的牛奶味和猪油香。暮春起她便每日凌晨四点左右起床,准备做冷饮所需的所有配料,蒸糯米、煮花生绿豆、做杏仁片、做冰块等。她做生意很"拽",每天午后三点准时开门,不管门口早已等着多少老顾客,冷饮就做那么多,宁愿少卖一点,样样都要做好。这个外婆家最小也最受宠的女儿,不知何时无师自通地学会了各种美食的做法,每天汗水一抹一大把,夜里只睡短短的几小时,勤快得让家里人匪夷所思。白露过后,天气转凉,生意淡了,她也就"懒得卖了",她的"懒"字里有一丝丝不甘,如同千年前的那个卖炭翁"心忧炭贱愿天寒"。

染上秋阳的每一寸时光,都微微沉了一点,仿佛真是金子做的。白露三候中一候为"群鸟养羞",即百鸟开始忙着贮存干果。此时百姓也开始忙着"抢秋""晒秋"。一只蜜蜂久久停留在它喜欢的那朵花上,据科学家研究,蜜蜂在访花时有很强的恒定性,它们对颜色的敏感度远胜于对花朵形状的敏感度,当它偶尔在某种颜色的花里寻到它喜欢的花蜜,就会一直去寻找这种颜色的花。大地之上,无穷远方,无数人们,蜜蜂般飞翔着寻觅着自己喜欢的某一朵花,一心一意专注于某一朵花。那朵花不只是花,更是一条生路;带他们飞的风不是风,是"穷不失义、达不离道"的信念。

龙港余家慕村,余德情全家和毛小张夫妇等着秋风起时,晒出一年里最好的米粉干。

龙港肥艚村，阿芬等着秋风起时，晒出一年里最鲜美的鱼干。

玉环岛楚门镇山后浦，菊香在静静等待桂花开放，她最小的妹妹晓芳在等待秋风起时，终于可以歇一歇，骑着电瓶车到姐姐家赏桂花。

玉环岛坎门镇，每一个渔村、每一个海滩上都将铺满竹帘，晒满虾干、鱿鱼干、墨鱼干、鳗鱼干、鲳鱼干、带鱼干。

秋风一路吟唱，将无数晒满海鲜的岛屿变成一朵朵巨大的粉色莲花，在东海蓝灰色的波涛间怒放，其实，那是果实。

白露·廊上耳语

从江南到河西走廊，从东海边到祁连山下，地势渐渐升腾，水汽渐渐稀薄，渐渐稀薄的还有人间烟火。江南人面对广袤，轻微缺氧的头脑有点混沌，耳朵却变得灵敏，或并非灵敏，是混沌中生出的幻听。

先听见九月的风里响起一声驼铃。白露时节，正午时分，一匹灰白色骆驼驮着我，穿行在张掖丹霞地貌的壮丽中，如同行走在一个外星球。骆驼停留在一棵蓬蓬草前，打了一个响鼻，我听见脚下古老的土地响起了流水声，叮叮咚咚，像一声声泉的耳语，从骆驼刺和蓬蓬草的叶尖涌出地面，汇集成浩瀚的绿意，幻化成远古时代的无垠汪洋。光阴煮海，时间将曾经的汪洋大海煮了几亿年，熬成了这一片集雄险奇幽美于一身的地貌，蜜般柔软，糖果般多彩，极地冰川般肃穆，母亲额头般沧桑。

经过峡谷某个拐角处时，骆驼和我一起向上仰望，我顺着它的视线伸出手，在红色崖壁的沙砾中摸到了一颗极小的贝壳。亿万年来，这颗小小的贝壳经历了些什么？陨石雨，伽马线辐射，沸腾的岩浆，汹涌的海水，生命诞生，人类进化，国家纷争，政权交替，金戈铁马，烽火连天……直到此刻，它和大海一起，被时间定格成无边的静美，唯有一场雨或雪，才能让所有的色彩醒来，像一次次回忆，一次次短暂的重生。

站在彩色丘陵的某个高处俯瞰，我听到猎猎风声里响起一个苍凉悠远的乐声，嘟嘟克笛孤独的音色，如游刃穿行于风，引领着长号、提琴、竖琴、定音鼓等，如泣如诉的旋律渐渐恢宏。眼前一层一层的山浪向着同一个方向倾斜，天上一层一层的白云也向着同一个方向倾斜，像一支支队伍在雄浑的音乐里行进，时光之河浩浩汤汤穿过河西走廊。我看见光线急速变幻中一张张年轻的脸，年轻的张骞带着比他更年轻的汉武帝刘彻的嘱托，开启了出使西域的凿空之旅，年轻的骠骑将军霍去病策马扬鞭剑指匈奴，年轻的僧人玄奘独自踏上了五万里西行的生死之旅，年轻的一行行驼队掠过地平线上的落日，足印迅速被风沙吹老。历史与今天、东方与西方、古典与现代激烈碰撞，璀璨的文明之光闪耀苍穹。

时间深处，一条古时称为"弱水"的黑河之上，日夜萦绕着一曲曲动人的音律。"张国臂腋，以通西域"，古为河西四郡（金张掖、银武威、酒泉、敦煌）重中之重的张掖，是丝绸之路重镇、兵家必争之地，作为河西走廊的一部分，在历史长河中对华夏文明产生了极其深远的影响。张掖四万平方公里的土地南枕祁连山，北依合黎山、龙首山，荒漠与绿洲共存，南国风韵与塞上风情共生，东西方文化在此交融，没有国界的音乐语言，成了亲和力最强的使者。张骞带回胡乐"横吹"传入西京，细君公主"携琵琶下嫁"乌孙王昆莫，"灵帝好胡服、胡帐、胡床、胡坐、胡饭、胡箜篌、胡笛、胡舞，京都贵族皆竞为之。"北魏时，当地音乐与龟兹乐相结合的《秦汉伎》传入中原，被称为《西凉乐》，佛教音乐传入中原，被称为《西凉州呗》，成为佛寺法乐。唐代，丝绸之路音乐文化交流达至巅峰，孕育出了响彻世界的"唐乐"高峰，《十部乐》涵盖了丝路沿线各民族的音乐。唐太宗李世民有言："朕闻人和则乐和。隋末丧乱，虽改音律而乐不和。若百姓安乐，金石自谐矣。"著名的《霓裳羽衣舞曲》便由唐玄宗改编自甘州音乐，甘州边塞曲流入中原后，成为教坊大曲，《八声甘州》《甘州曲》等词牌、曲牌流传至今……上下两千年、纵横近万里的时空里，河西走廊成为一个音乐的长廊。时间来到21世纪，在全世界书写了无数音乐奇迹的希腊音乐大师雅尼与中国再续前缘，继《夜莺》之后，创作了充盈着史诗情怀的《河西走廊之梦》，嘟嘟克笛引领的恢宏旋律，美得让人流泪。

"凡音之起，由人心生也。"音乐的交流，是人心的交流。人类文明的进程中，冲突无所不在，而音乐很大程度上缓解了冲突。如果说，张掖以一个母亲之温柔腋窝的意象，成为热爱和平的民族的心头痣，那么，河西走廊上古往今来的一曲曲乐音，则是一只只白鸽，环绕成母亲至绵至柔的臂膀，拦断了铁蹄、战火和隔阂，驱赶着死亡和离散。

科学告诉我们，时间的箭头永远指向无序，沙丘城堡会被风吹走，丹霞地貌最终会坍塌，冰川正在消融，月亮正在远去，太阳会变成白矮星，所有的星系星球都会灭亡，宇宙最终会陷入一片死寂。物质经过漫长的轮回循环无限组合，才产生了生命，地球经历了四十多亿年的沧海桑田，才产生了人类。人类文明于无垠的时间，只有千兆亿分之一那么短暂，那么，人与人之间为何还要相残？而非争分夺秒去爱？

焉支山下，山丹军马场，我不知道一匹解甲归田的军马，是否愿意和我聊聊祖先辉煌的曾经。它是一头漂亮极了的汗血宝马，通身黝黑发亮，偶尔抖一下耳朵，眨着长睫毛，安静地承受着人类好奇的抚摸，却不知从哪里透着一副不羁的神情。在它的附近，两匹棕红色大马在隔着栏杆亲吻，一匹粉红色的阿拉伯马一刻不停地走来走去。

我学着英国小说《马语者》中的男主人公，试图去识别一匹马的耳语。我轻轻从它的侧面摸上它的脸颊，如果摸向它的正面，它的眼睛看不见，会受惊，可能还会咬人踢人。我将脸贴近它的脸，蹭到了粗糙而柔软的鬃毛，看到了长睫毛下瞳孔里浮现祖先们奔驰在辽阔草原上的画面，听到了它的耳蜗里响彻金戈铁马之声。公元前121年，霍去病击败盘踞在焉支山、大马营草原的匈奴各部后，全线打通了河西走廊，在此创建了山丹皇家军马场，山丹马从此伴随着汉家将士驰骋搏杀，保家卫国，在漫长的岁月中几经沉浮。北魏统一北方后，十数年养马高达200万匹。隋炀帝西巡张掖，在此会见突厥及西域二十七国王公使者。唐朝养马极盛时逾七万匹。晚清时局动荡，马场只剩数百匹马，民国时更沦为军阀的私人牧场，直至新中国正式接管山丹军马场，如今成为我国乃至亚洲最大的军马繁育基地。两千年来，这个世界上最大最古老的军马场，也见证了一个东方古国的再度崛起。

九月的焉支山下,大马营草原上万马奔腾,一道道马脊如一望无垠的麦浪起起伏伏,传递着李白的朗声吟诵:"虽居燕支山,不道朔雪寒。妇女马上笑,颜如赪玉盘。翻飞射野兽,花月醉雕鞍……名将古是谁,疲兵良可叹。何时天狼灭?父子得安闲。"群山偃旗息鼓,人们放马归山,解甲归田,马和诗歌的耳语里有一个相同的暗号:"回家"。

在离军马场一百多公里的民乐,夕阳斜照进一个酒库,一个个巨大的棕色酒缸上,覆盖着一块块异常鲜亮的红缎子,像盖着红盖头的新娘。一个小勺伸进了酒缸,睡了三十年的酒醒了,叹了一口气,吐出一串咕咚咕咚的耳语,浓郁的香味瞬间弥漫开来。在汉代"九酝春酒法"的基础上,张掖人用高粱玉米大麦小麦大米豌豆等九种粮食酿制了独具一方风味的美酒。三十年陈的白酒在玻璃酒壶里,呈现夕阳一样的淡淡金黄。我与金黄对视,看见清澈的酒里凝结着浓稠的历史,是与江南的黄酒截然不同的另一种风骨,似凌厉眼神,似铿锵之音,又似温软的炉边夜话。我想,从前,它一定是出征酒,万马嘶鸣,尘土飞扬,一碗一碗烈酒被仰脖喝尽,一只一只酒碗被摔得粉碎;它也是庆功酒,团圆酒,被劫后余生的人群痛饮,化作眼泪飘飞,化作一场场思念的雪。此刻，它只是一杯民间的酒，沁入了寻常百姓日子的酒，像一个静坐于喜宴主桌的老人，微笑着，眼神安详。

朋友们拎起一壶酒干杯，一位本地学者说，在我们刚刚经过的马蹄乡，他年轻时去玩过，裕固族的朋友们听说来了他这个从来不会醉的年轻人，消息波浪式地传遍了草原，所有人都跑到帐篷里请他喝酒看他喝酒，他两斤白酒的量，一直喝却一直不醉，七天七夜没出过帐篷。

处处岁月静好，这是"张掖"这个名字的福报吗？如果不是，也一定是张掖的祈祷词。

我浅尝几口酒便醉了，歪在飞驰的面包车里，半梦半醒间，听两位朋友高一声低一声的对话，像一声声耳语。车窗外，夜色已经降临，耳蜗里响起东海边一声熟悉的耳语。江南被桂花树覆盖的娘家小院里，想必七旬母亲正双手合十，喃喃祈祷，每一个晨昏，她祈祷的第一句话总是：国泰民安。

世界安宁，我们才能听得见亲人们的耳语。母亲的耳语是一个涟漪，传给了千万里之外的我，从耳蜗传到心脏，传向四肢，传到脚底，传给车轮，通过车胎与地面的摩擦，传给了我脚下这片古老的土地，并得到了它的回应。于是，我听见整个河西走廊上，响彻悠长的声声驼铃。

白露·明月山北

红豆杉

  白露。当花甲之年的严家骏坐在明月山北麓的漫天晚霞里，一次又一次回想六年前那个仲夏的午后，他独自一人躺在千年红豆杉树下，像幼时躺在祖母的身旁，竟熟睡了整整两个小时，依然在心里感叹缘分的奇妙。谁会想到呢，宜春，明月山，水口村，这片依山面水的坡地，会是他梦寐以求的桃花源，他的叶落归根处。谁会想到呢，他与这些素昧平生的山里人，会有如此深的渊源。

  滥觞，缘起，一念，一瞬，皆成命运。浮沉商海几十年，从老家上海出发，地球上无数个人迹罕至的地方包括珠峰大本营，都留下过他的足迹，唯独中国地图上这一抹最苍莽的绿意揳入了他的灵魂。宜春，这座世界上唯一给月亮过节的浪漫之城、禅宗圣地、温泉之乡，以白雪皑皑的明月山、白发千丈般的云谷冰瀑、世上独一无二的富硒温泉给了他莫大震撼，站在传说中嫦娥奔月的青云崖绝壁上眺望，他想，史书上记载的"山上有石，夜如月光"的明月山在月光下会是怎样一番绝妙意境呢？

那个仲夏的晌午，明月山北麓水口古村山坡上几棵参天古树牵引着他的脚步来到了一家农家乐，两棵千年红豆杉、两棵百年樟树掩映着几间破旧的土屋，几个沉默寡言的山里人招待他吃了农家菜、喝了自酿米酒。微醺的他向主人借了一张破躺椅摆在红豆杉树下，向来睡眠质量很差的他，居然熟睡了两个小时。梦里，似有风声雨声、日影月影，似有山里人的说笑声，还有仰山寺传来的梵音阵阵。

睁开眼睛，巨大的红豆杉树冠像祖母一样温柔地俯瞰着他。云朵，群山，云雾，溪流，虫鸣，像儿时的小伙伴们环绕着他。泪水突然涌上了他的眼眶。祖父很早过世，祖母含辛茹苦，也最溺爱他这个孙子，父亲有老年慢性支气管炎，他后悔没早点想到在海南给他买一套房子。没有让祖辈父辈享受到好生活，是他一想起就会落泪的事。

此刻，心如此安宁，如月栖山谷，倦鸟归林。一个念头如月光般越来越明朗：我要留下来，建一个家园、造一个民宿，让全家人过上向往的生活，让远方的客人住下来慢下来，让当地山里人的日子跟着好起来。

先是租了坡上叔伯兄弟两栋破败不堪的土屋。村里说，旁边土屋住的是特困特贫户，有残疾，老婆也跑掉了，一人带两个小孩很苦，一起租了吧？

他说，好。

当他说"好"的时候，不曾料到，未来六年，苦夏般的打造历程等着他，寒冬般的疫情等着他。

水稻田

她的泪夺眶而出，沿着她凝结了一层细密汗珠的双颊滚落。她抬起皮肤粗糙的双手，用食指飞快地将泪水往两边划去。混合着泪滴汗滴的水珠落入了傍晚金色光线里，映入了她身后绵延的金色水稻梯田，映入了一排排对着夕阳颔首肃立的金色稻穗。

这是2023年白露，我第一次走进明月山，感觉走进了人间仙境。向来以为，只有人与自然特别和谐的地方，才算真正的人间仙境。南惹村、水口村、田心村、丹溪村等二十多个唯美的古村，一座座古朴的百年老屋，一家家雅致的民宿和客栈，散落在中国地图上最深沉的绿意中。每一个生长在此或偶尔驻足于此的生命，诗意地栖息在千年银杏和红豆杉、百年樟树和桂花树下，在遍野的富硒山泉飞瀑和全世界负氧离子最高的云雾间，所吸所饮所食所见，皆得天独厚，堪比神仙。

当我无意中踱进明月山北麓一家叫"旧雨新知"的民宿，绕过一棵千年雄红豆杉，沿着木栈道走向另一棵千年雌红豆杉，闻到了越来越浓郁的稻香，如同闻到了家乡玉环岛向晚的炊烟。七幢高低错落的木石结构房子安静地匍匐在明月山北麓白云生处、层峦叠嶂、粼粼波光、层层梯田之间，匍匐在两棵千年红豆杉和两棵百年樟树之下，匍匐在稻香和鸟鸣蛩声里。树蛙贴在窗玻璃上傻傻地瞪着我，边牧七月、小猫可乐一声不响窝在我脚下，结满瓜果的菜地和稻田里，三只黑山羊和我抢道，水塘里两只白鸭顾自扑着蜻蜓。闭上眼睛，静默两分钟，能听到由一声低低的虫鸣而逐渐恢宏的田园交响曲……无处不在的"渔、樵、耕、读"田园气息，让我瞬间感受到一种难以言表的安宁和愉悦。

旧土屋与新建筑，传统文化与新生活，原生态原材料与高端国际乡村休闲度假酒店元素相融合,老友与新朋,于此相识相聚相知,寻得自我,回归本真,这就是严家骏卖掉上海房产呕心沥血打造的宜春唯一的甲级民宿"旧雨新知"。

忽然,我听见一个柔和的声音说,为了这两棵红豆杉和两棵樟树,我们特意做了木栈道。不知为什么,我仿佛听见了家乡玉环岛邻家妹妹的声音,我问发出这个柔和声音、一身淡绿色亚麻衣裤的中年女子,你是江浙人吗?她诧异地回头看我,说是啊,老家温州苍南的。

严家骏的妻子陈乙苇,这个和她名字一样秀丽俊逸的女人、旧雨新知的女主人,刚刚从云南抢到高铁票赶回来,刚刚放下行李,于是我们相遇,于是我对同伴们说,我想留下来,看看明月山的月亮。

此时,陈乙苇领我走在他们自己种的梯田稻田里。通往山坡上彩虹瀑布的小径,是他们夫妇俩用定制的防滑石板一块一块铺上去的。曾经住在上海别墅里每天瑜伽古琴旗袍插花的"女神",而今素面朝天、肤色黝黑、手上皮肤皲裂、一身粗布衣裤的"女汉子",却想让都市里来的女客人们能穿着高跟鞋和旗袍走在稻田间美美地拍照。听我说出"心疼"两个字时,她瞬间泪流满面。

老照片

  三年前，旧雨新知民宿终于开业，需要做一个回顾小视频。当她翻看三年来的一幅幅老照片，整整哭了一个星期。

  每一幅老照片，都是那段呕心沥血打造历程的见证——

  戴着安全帽、近视眼镜，穿着工装、书生模样的严家骏站在层层垒砌的几块巨石之上，将吊着一块巨石的钢索拉向自己，指挥着吊车驾驶员将巨石落在他脚边的另一块巨石上。民宿的设计、选材、施工，和当地的协调，他全部事必躬亲。

  他裹着一床毛毯靠坐在椅子上，头发凌乱，额头和双手上有十几处擦伤和瘀血，右脚腕肿成两个那么大。工地上摔的。

  他就着一碗黑乎乎的笋片烧肉吃着他自己摆在露天的煤气灶上烧的米饭。

  一群骡子驮着他从苏州觅得的 12 万片百年旧瓦片、他去宜春老城觅得的百年旧青砖，一步一步往山腰上挪。整整六大卡车瓦片经过三次搬运后破损了三分之二。

  他背对着镜头，亲手教保洁阿姨如何擦拭竹编抽屉隔板的灰尘，后背衣服全湿了。

他将榻榻米草席的多余部分切割后，亲手用粗线将一条条包边缝好。

他和她一起摔在泥水里，哈哈大笑。连续大雨使靠山几间即将完工的房子出现漏雨和墙体塌陷。眼看近两年的心血近乎白费，她蹲在墙角默默流泪，他停下手里的活拉起她的手拍拍裤袋笑说都怪我没经验，好在我们卖了别墅，还有钱，再来。不料一不小心踩到一个水坑，她慌忙站起来扶，两人一起摔在泥水里，看着对方的傻样忍不住大笑。

美洲、欧洲、日本、泰国，云南、上海、南通、义乌等地，都留下过他们寻找老物件、游学、体验、禅修的身影。

究竟是什么样的终点，才值得一路风餐露宿？究竟是什么样的愿景，才值得年过半百的他们如此殚精竭虑？当"旧雨新知"像一个婴儿从无到有、成形长大，她渐渐认识了一个不一样的他，也渐渐认识了一个不一样的自己。这里仿佛注定是他们的人生道场，修炼自己，造福自己，也造福当地和他人。从此，"共生"两个字，融入了生命的每分每秒。

与自然共生。吃虫子鸟儿们吃剩的水稻、瓜果和蔬菜，与草木虫鸟兽为邻，清晨在菜地里捡到一只老了的葫芦晒干插一束野花，也是欢喜。

与山民共生。为房东们修缮房子供他们安居,高薪雇用他们和其他村民,三年疫情期间从未解雇一个人、少发一分钱工资;在民宿外造公厕、埋电线、建观光平台;聘请外地老师给全村的农家乐服务员上礼仪课,把不同消费需求的客人推荐给其他民宿或农家乐。很快,曾经荒凉闭塞、靠天吃饭的水口村被旧雨新知等民宿带来的旅游新业态"活化"了,雨后春笋般"长出"了近四十家各具特色的民宿客栈,老屋流转、安置就业、环境改造,为当地乡村振兴注入了新活力,水口村名闻遐迩。

与客人共生。好的客栈,就像明月山上的大碗茶,成分是竹叶、草根、黄栀子果、橘子皮、夏枯草等,既暖心,又清凉,且治愈。即使有过无数憧憬,严家骏和陈乙苇也没有想到后半辈子会在这里遇见如此多的旧雨新知、良师益友,给彼此的生活甚至人生以如此深刻的影响。特别神奇的是,这里对婚姻或亲密关系仿佛有着天然的疗愈作用。无数客人的赞誉和祝福,无数寄自远方的美食和礼物,让他俩觉得,再苦再累,值。

当她坐在稻田边的平台上,轻奏她最爱的古琴曲《秋风词》,嘴角会不由自主向上弯起,层层梯田仿佛一幅金色画卷徐徐展开，稻香浓郁悠远，万物生生不息。

当然，最困难的，是与困难共生。

星空下

用字典里哪个象声词才能准确形容我此刻听到的声音呢？用哪个动词才能准确描述它进入我耳蜗的动态呢？

我们躺在明月山北的星空下，头顶朝着声音的来处——章小琴盘腿而坐，为我们做颂钵音疗。深沉悠远的铿锵之声仿佛在远方一声声呼唤着我的名字，而后，是雨棍奏出的雨声，而后，是海浪鼓奏出的海潮声，像长着轻盈的翅膀，靠近我，环绕我，深入我，最靠近松果体的那一声，犹如神谕。与此同时，秋蝉、蟋蟀、蝈蝈、纺织娘、树蟋、黑金钟、宝塔蛉等，用亿万种语言在天地间编织着如水的天籁地籁，我们如仰面漂浮在虫鸣之水域里、繁星之河流里。

章小琴磨钵发出的声音如雷声从左耳滚动到右耳，低频、稳定、悠长的颂钵声深入人体内核，慑服着内心的纷扰。她苦练多年的颂钵技艺和小姑子陈乙苇的古琴插花技艺一样，都在这深山里派上了用场。此时，她的眼前又一次浮现刚才杭州家里的两个孩子和她视频时恋恋不舍道晚安的样子，眼眶又一次发热。油菜花漫山遍野时，她曾带着孩子们来此小住，瞬间迷上了这里。近几年她家的电商生意不尽如人意，而旧雨新知目前最大的困扰是团队建设和人才培养。于是，她留了下来。

子时将近，我和严家骏、陈乙苇以及他们从香港回来度假怀着宝宝的女儿俐琳一起坐在露台上，等待下弦月升起。

陈乙苇喃喃地说，你看那朵白朵像什么？

我说，像牛角，又像元宝。

黑暗中传来严家骏的声音：这还是第一次女儿陪我们一起看星星呢。

我听到了他感叹里的幸福，如同几个小时前我和他们一家坐在夕阳里用晚餐时感受到的幸福。他特意两次下山去买番茄汁给女儿做她最爱的罗宋汤，抿嘴微笑享受着女儿惊喜的欢叫声，还叫厨房伙计拿来几个大碗，他亲手打给员工们喝。

坐在亭子里静静看远山、云雾、夕阳和晚霞，是严家骏的幸福时刻。初春清晨覆盖着一半湖水的云雾，夏日里特别好看的落日，偶尔出现的佛光，秋夜里的满月，梯田里飘来的稻香，咸鲜的西瓜，甜鲜的卷心菜，冬日红豆杉落下的红果子,邻里的说笑或鸡飞狗跳声,小伙伴们晒富硒菊花、打糍粑、烤茶的欢笑声,深沉的睡眠,都让他笃定,这就是他梦寐以求的生活,他要分享给更多人。他也深知,每一个这样的日子,都离不开"呵护"二字,人与大自然之间,人与人之间。

当他坐在红豆杉下,将目光一次次投向远山,会看到多年后白发苍苍的自己和更年轻、更富足、更彬彬有礼的山民们,会看到自己一年一年种下的每一棵树都已长大,那么,从对面山上望过来的游人们,就会看到色彩更绚丽、层次更丰富的这片山林,如果还能看到山林间走着两位健步如飞的白发老人,身边雀跃着他们的小外孙和一只叫七月的边牧,就更好了。

秋分·天空岛

"呜——"一辆红色的火车驶出黄叶森林，出现在我们的视线里时，正是秋分的午后，日光直射点又回到赤道，昼夜平分。全球无极昼极夜现象。中国南方的双季晚稻正抽穗扬花，螃蟹也开始黄肥肉满。

此时我不在中国南方，我站在英国苏格兰高地的一个小山坡上，凝视着那辆传说中的哈利·波特乘坐的火车，身边是我的家人。火车呜呜呜叫着，喷着白色的蒸汽，缓缓从对面的山腰穿过，又慢慢消失在森林深处。

这不期而遇的童话，就像苏格兰高地之行里，那不期而遇的一道道触手可及的彩虹，它们就静静停在水上，路边，那么随意，那么近。但即便如此，此地的秋分时节比记忆中的南方更早进入萧索。让我又一次想起一个特别美、特别忧伤的梦：我和他走在海边，石头海堤随着我们的脚步绽放出一朵朵巨大的蓝色花朵。下雪了，我站在高处，他将一条毛线围巾围上了我的脖子，像在跟我道别。天黑了，深蓝色的海平面上，无数星光在水里闪烁，小时候的女儿和一群孩子在海平面上玩轮滑，像一个个小精灵。然后，响起一个我很熟悉的音乐，单调的钢琴声奏出的音乐，很慢，很忧伤，海面上的一切渐渐消散，他们父女俩也不见了，只留下我一个人。

我从梦里哭泣着醒来。梦里的音乐，是我车上常常播放的《绿野仙踪》的插曲《飞跃彩虹》。那时，我刚做了一个小手术，在等待一个也许会关系到生死的化验结果。那时，我不知道英国是彩虹之国。我想，是我要离开他们俩了吗？

据说，古人的悲秋是一种普遍心理，从现代医学来看，悲秋并不是文人墨客们吃饱了撑的，为赋新词强说愁，它其实是每个人都有的一种精神卫生问题。对温度的敏感，体燥的不适，又目睹自然界满目萧索，容易有迟暮、悲伤的情绪。

所幸的是，化验结果正常，雨过天晴。但我常常会突然想起这个梦，然后一阵心悸。

秋分时节的苏格兰高地，群山巍峨，植被稀疏，大地苍凉，天空碧蓝。云朵呈千奇百怪的形状，倒像热闹的人群，地上却几乎见不到一个人，大片大片的枯草间，会突然出现一棵特别红艳的果子树，如一个孤独的女子，绝世独立。车子行进在广袤的原野上，我们不时停下，与其说被它的美丽羁绊，不如说被一份孤独感羁绊，仿佛多前进一步，我们就会被带出地球。

即使是火车的呜呜声，也是苍凉的。就像此时耳边响起的风笛声，其实是错觉，《勇敢的心》里的那些苏格兰高地上悲壮的场景不停地在眼前闪过。

天快全黑时，在天空岛波特里湾海边小径旁，我们终于找到了女儿订的 House，它孤零零地趴在刚刚退潮的海岸边，门前停着一只独木舟，如同一大一小两只等了我们很久的狗。灯光打开的时候，我们像三个流浪已久的人，回到了自己的家。当我放下窗帘时，发现白色丝绳是 S 形交叉着绕上去的，一圈又一圈，有始有终。我仿佛看到中世纪戴着白色帽子的仆人，恭敬地站在窗前认真干活的样子；我也仿佛看到，那个不曾谋面的房主人，站在窗边细细缠绕的样子。最后一绕，有一个弧形的结，像一首诗的结尾。我分明看到一种古老的文明正传递给来自万里之外的我们。同时，我又一次强烈感觉到，这儿不像旅馆，而是一个家。

在这个"家"里，我们做了来到英国后最丰盛的一顿晚饭，超市里什么都有，甚至有我玉环老家的细米线、绿豆芽。我们将盆盆罐罐搬到露台上，坐在海风里用刀叉吃米线和鸡腿，我试图回想故乡的秋分时节是怎样的情景，也是这样，我陪着父母在小院里吃米线，就像此刻女儿陪着我们坐在海边吃饭一样吗？可是一切都那么模糊。离家三十年，几乎所有的秋分时节，我都不在家乡。

而其实，在这个"家"里，我们三个也是难得的团聚。我们一直分居三地，一个在香港，一个在宁波，一个在杭州，这次旅行之后，女儿将留在英国读书，与我们万里之隔。这是无数中国家庭的现状，包括我的姐姐，他们三口人一个在北京，一个在美国东部，一个在美国西部。全球化了，许多孩子到了国外或进城后，便留下了许多空巢老人。为什么会这样呢？人类追求的终极目标是幸福，而孤独、分离显然与幸福无关……

在天空岛短短两天里，我们一次次遇见彩虹，也一次次遇见羊群。在荒无人烟的大自然里，羊群让我感觉到除我们三个人之外的心跳。而凝望彩虹时，我不是在看彩虹，而是在看我做过的那个忧伤的梦，我在心里问彩虹，会有另一个时空吗？生命中渐渐失散的亲人终会重聚？

秋分·月空来信

藏香燃起。一缕烟,无声地沿月光冉冉而上,像一支笔,对着月空深情书写着一封长信。于是,整个月空充盈着月光深情的朗读。

一

苍鹰的右翅轻掠过四川阿坝壤塘觉囊非遗传习所的屋檐一角时,看见窗下端坐着二十六岁的色青拉姆,她右手的拇指和食指紧捏着一根极细的画笔,为一幅绿度母唐卡施色,画笔接触画布时,发出只有她能听见的、比她的呼吸更微弱的唰唰声。

午后的光影衬托出她微微前倾的侧影,白色的藏袍、黄色的竖领镶着暗红的云纹,乌黑的长发梳成一根辫子,发丝反射着午后的阳光,和她的睫毛一样根根明亮。她鼻尖、唇、耳朵和脸颊上有两颗很小的痣，都一如眼眸深处的端庄。

最明亮的不是阳光，是那幅即将完成的和她的头一般大小的绿度母唐卡，深邃的藏青色，璀璨夺目，紧紧聚吸着她所有的专注。

隐藏在川西北高原的悬天净土壤巴拉，山高路遥，地广人稀，贫穷落后。出生于牧民之家的色青拉姆有四个哥哥和两个姐姐，上学曾是她难以企及的梦想。八年前，壤塘县建立了觉囊非遗传习所，她做梦般成了传习所的第一批学员，和那些以为早已被命运抛弃的壤塘少男少女一样，懵懵懂懂地拿起了用黄鼠狼尾巴上的一小撮毛做成的画笔。

相传7世纪，松赞干布用自己的血液绘制了一幅吉祥天母女神像，这是传说中的第一张唐卡。唐卡被誉为"藏文化百科全书"，其题材内容以宗教为主，涉及历史、政治、经济、文化、民间传说、世俗生活、建筑、医学、天文、历算等领域。壤塘的觉囊唐卡历史悠久、独成一宗、弥足珍贵，被列入我国第一批非物质文化遗产名录。唐卡的绘制要求极为严苛、程序极为复杂，必须按照经书中的仪轨及上师的要求进行，不得有丝毫僭越。唐卡的工艺程序包括绘前仪式、制作画布、构图起稿、着色染色、勾线定型、铺金描银、开眼、缝裱、开光等。一幅觉囊唐卡的绘制时间，短则半年，长则十余年，是画师的一场心灵修行。

施色的顺序是从冷色到暖色，浅色到深色。眼前这一幅唐卡，已经经过了色青拉姆上亿次的上色，此刻，她进行的是分染施色，即用笔蘸取很淡的矿物色浆，再把笔放在舌尖上舔一舔，蘸着唾液在画面上间错着点染出均匀细腻的层次。这幅画采用金、银、珍珠、玛瑙、珊瑚、松石、孔雀石、朱砂等珍贵矿物宝石和藏红花、大黄、蓝靛、檀木等植物合成的一百六十多种颜料，连同她的心意一起，在漫长的岁月里历久弥新。

师徒相承、口耳相传是觉囊唐卡技艺的传承之道。色青拉姆的耳边时常回响着传授他们唐卡技艺的国家级"非遗"传承人嘉阳乐住的话：善良、仁慈、虔诚、清净、平和，心身合一，才能画出举世无双的唐卡。通过它进入到自己的内在，然后把自己内在的东西，通过无障碍的身心表达出来。传递爱，这是它的价值所在。

色青拉姆常对自己说，必须一笔一画细心画，必须保持指尖的运动和呼吸心跳一致，再难都要坚持画下去。

一向淡定从容的嘉阳乐住拍着桌子说：你们不放弃自己，

我绝不放弃你们。

于是，第一批六十个学员，一个都没落下，一个都不离开，直至亲如家人。汉族老师来讲课，感叹一件不可思议的事：孩子们大多听不懂汉语，但如果有两个孩子完全听懂了，第二天，所有的孩子居然就都懂了。

整整八年，心无旁骛，从壤塘的传习所到传习所的上海金泽基地，色青拉姆从一个普通的牧民家女孩蜕变成了令国内外艺术家赞叹不已的唐卡画师，从沉默、胆小变得自信、开朗，用德庆旺姆等姐妹的话说，她变成了一个勇气和智慧兼具的姑娘。从早晨六点半到夜里九点，除了休息时间一直枯坐在唐卡前一笔一笔、一点一点画着唐卡的兄弟姐妹们也是如此，画唐卡不仅改善了他们的生活，还改变了他们的内心。他们的作品进入了各大美术馆、各大高校、国际论坛峰会等诸多有影响力的学术和艺术交流活动，赢得了学者和艺术家的由衷赞叹。一位意大利艺术家感叹道，年轻画师们的作品庄重、深邃、细致、神秘，是"离神最近"的艺术作品，让人震撼。故宫博物院与传习所签订了合作协议，来自"老少边穷"地区的色青拉姆们将与顶尖专家学者共同进行故宫的精品唐卡复制与研发。

苍鹰再次掠过屋檐时，它看见另一个窗口前端坐着年轻的母亲萨伊，她随意挽着的发髻有点散乱。之前，她已用竹竿、木框、白色黏土、牛胶、毛刷、石头等工具将一块细密的白棉布处理成了一块厚度适中、平滑柔顺、富有弹性、容易上色的唐卡画布，现在她正专注地为一张十八罗汉唐卡进行线描起稿。

九个月大的婴儿躺在她身边的摇篮里，嘴里叼着一只奶嘴，无比纯净的眼眸里，映着窗外湛蓝的天宇。

苍鹰还看见另一个窗口内的防火栓前静静伫立着一幅一人高、尚未开脸的水月观音唐卡。它的主人是三十六岁沉默寡言的泽木滚，他正骑着电动车飞驰在离传习所几公里外的小镇上，帮我不慎被摔坏的手机寻找小镇唯一能修手机的人。再过几个小时，月亮升起时，他的同伴们会在更滚家的火塘前唱起古老的歌谣，更滚会为我们展示他的巨幅千手千眼观音唐卡；他们的同伴僧智忙完传习所繁杂的管理事务后，又忙着给学员们上汉语课；他们的同伴才让嘉会踏着月色，继续帮我寻找小镇唯一能修手机的人。

月空下，色青拉姆和她的同伴们依然静静地画着唐卡。画笔落在洒满月光的唐卡上，像对着月光默默书写着一封长信，书写着壤塘人自创的幸福秘笈，也书写着对远方的祝福。

二

雪域异常洁净的泉水，是海拔四千五百多米的海子山除湖光山色、奇花异草和珍贵药材之外的又一馈赠。三十六岁的吴吉将长发盘起，袖子卷起，将藏袍紧紧扎在腰间，将海子山上采的草药和鲜花依次浸入泉水里清洗，整个人像浸入了叮叮咚咚的流水声里。

藏香传承人马角玛师父说，泉水清明洁净，能去除药中毒性，增加药材和花草的功效。

觉囊藏香的原料集天地之灵，有三百六十多种，春天采花，夏天采果，秋天采叶，冬天采根茎，采药要根据时轮天文历算，严格按医书及传承的记载，顺应不同时节、不同时间上山采摘，还要熟悉每种药物的生长环境，包括海拔、山的阳面或阴面等。人们从清晨四点出发，一采就是大半天。

藏香厂某个最为僻静的角落，日夜弥漫着最复杂又最纯净的芳香，古老的时轮藏香工艺正在被还原。贝壳、宝石类的硬质原料需要在此经过制香人七天七夜的静坐研磨，为藏香注入心念力量。

千年传承的时轮藏香源于觉囊藏医药,在壤塘保留了完整的传承体系,被列入第二批国家级非物质文化遗产名录。时轮藏香有财宝天王、黄财神、时轮、绿度母四种香,每种香的配比都遵循《时轮根本续》以及乔列南杰的注释,从原料的采摘、研磨、配伍、搅拌、成形到晾制、窖藏、包装,均恪守古律。传承人马角玛掌握着最重要的核心技术也就是藏香的配比工作,每一个步骤都有仪轨,就连将香粉调和成香泥的"特制的水"都需要提前七天备好。壤塘觉囊非遗传习所成立后,马角玛师父他们无偿地将"秘方"送给了壤塘最贫穷的人们。

在藏香厂一楼弥漫着干草和花香气息的厅堂里,经泉水洗涤的野生药材已被他们带回、晒干,并用小石凸手工捣碎。此刻,吴吉跪坐在木地板上,她用木勺将药材舀进一个石磨的孔洞里,握着石磨上的木把手顺时针方向静静研磨着。她乌黑油亮的辫子、黑色的藏袍、蓝紫色的上衣、红色的腰带和头绳、瘦削而黑红的脸上那双羊羔般低垂温顺的眼睛,看着我绽开了灿烂而羞涩的笑,如同花草间突然绽放的蓝色鸢尾花。

她身后两个年轻的姑娘,正用方桌大小的滤网过滤着已被研磨过一次又一次的香料,往复三次直至药材细如尘土。她们穿着同样的白色上衣和浅棕色藏袍,跪坐在地毡上,像两朵盛开的雪莲。

离她们不远的角落,还有几位同伴在静静地捣磨着药材。亘古般的静默里,他们的专心、耐心、恒心和美好心意像"特制的水"一般融入了香料,植入了每一根藏香。

隔着一层楼板,二楼宽阔的房间里,香泥在此被制成藏香。女人们将油润的香泥挤进牦牛角,然后从牦牛角尖的小孔里挤出一根完整的、笔直的藏香。藏香是否笔直,考验的是制香人的坚毅与耐性,须身体端坐,气息稳定,意念专注,就像画唐卡一样,笔尖的行云流水,不只是依靠手臂和手指的力量,还要有恰到好处的气息。

我学着她们的样子,用拇指将香泥压入牦牛角,用力挤在香盘上,发现想要使它成为笔直的一条香线几乎不可能。我挤出的那根香,躺在她挤出的五六根藏香旁,就像我坐在她们中间一样。

午后的阳光从窗外漏进来,未去打扰木架上一排一排晾着的藏香,像不忍打扰沉睡的老人。它们将在静谧时光里静静晾干,七天七夜或更长一些。然后,这些外貌朴实无华的藏香，将带着全世界最纯净的阳光、空气、水和四季芳香，带着不可思议的超然力量，开启跋山涉水的旅程，抵达远方。它是香，亦是有益身心健康的良药，让享用它的人在一缕神秘的芳香里安宁自在，如一朵朵祥云。而人们为它支付的每一笔款项都将回到此地，改善着制香人和更多藏民的生活。古老的藏香散发着一种新的味道，幸福的味道。

在壤巴拉，非遗产业园和唐卡、藏香、梵音古乐、石刻、陶艺、刺绣等四十多个非遗传习所为一千多名青少年和贫困户提供了就业岗位。技艺的传授不是核心，更大的意义在于，它引领人们找到了自身的价值，往更宽、更深的生命智慧里行走。如同壤巴拉的梵音古乐，歌者一个一个紧挨着歌唱，每一个人像一朵浪花被一起推着走，形成了一个海洋般巨大的能量场。

生命往往是翻越千山万水之后，才与最真的自己相见。

庚子年中秋夜，东海边，母亲燃起我给她带的时轮藏香。一缕烟，像一支笔，对着月空深情书写着一封长信。亿万道月光将这封信化成亿万封信送回人间，于是，悬天净土壤巴拉最朴素的故事和最真挚的祝福，抵达了世界的无数个远方。

秋分·向荒野

> 要彻底觉察活着的每一天,深刻感受自己所在的这个世界以及身处其中的自己。
>
> ——巡山员蓝迪日志

流沙

那粒沙的位置是:宇宙—拉尼亚凯亚超星系团—室女超星系团—本星系群—银河系—猎户座旋臂—古尔德带—本地泡—本星际云—奥尔特云—太阳系—地球—北半球—亚欧大陆—亚洲—中国—内蒙古阿拉善—巴丹吉林沙漠——座无名沙丘。

我的位置是:宇宙—拉尼亚凯亚超星系团—室女超星系团—本星系群—银河系—猎户座旋臂—古尔德带—本地泡—

本星际云—奥尔特云—太阳系—地球—北半球—亚欧大陆—亚洲—中国—内蒙古阿拉善—巴丹吉林沙漠— 一座无名沙丘。

穹庐般的苍天，罩着无垠的沙漠，它和我被包裹其中，它是一粒沙，我是俯瞰着它的另一粒"沙"。

雷鸣般的劲风将它带到我眼前，这粒沙一定不知道自己是"浩瀚"这个词的组成部分，这一秒，它落在我眼前，下一秒，它会被风扬起，也许会落在另一座沙丘的最顶端，最接近苍穹的位置，再下一秒，它又会落到何处？这些问题对于它没有意义，就像它的存在对于宇宙没有任何意义，除非它有灵魂。但如果一粒沙有灵魂，它无比漫长的一生不会只取决于风的方向。

这是我和它的区别。此时，我不听从风撕心裂肺般的呐喊，我在与风对抗。

他们在沙丘顶端喊我爬上去，只有我一个人落在最后。沙丘很高很陡，他们说沙丘后面是更浩大的荒野，有更壮丽的景色。巴丹吉林沙漠和中国其他沙漠地貌不同，沙丘格外陡峭险峻，连骆驼都会畏惧，它们汗津津地、气喘吁吁地在之字形的"路"上攀爬。这条"路"上没有路标，只有风干了的发白的驼粪,还有卧倒后再也站不起来的一堆堆白骨。我猫着腰努力攀爬,但爬一步退一步,一站起来就被劲风刮倒,它们咆哮着将我按倒在沙丘的腰部。我盯着那粒随风逐流的沙,纠结了大概十秒钟,听见风刮过来我苏氏老本家的那句"此间有甚么歇不得处",于是我干脆将身子歪倒,甩脱鞋子,将脚埋进沙里。吸饱了正午阳光的沙们以干燥的温暖迅速裹住我酸疼的脚踝,我感受到一股来自宇宙深处的能量直抵心窝。

风在我耳边发出雷鸣般连绵不断的巨响,广袤的天地只有蓝和黄两种颜色,极其单调,极其干净,极其宁静,可我知道,这看似静默的世界并非我想象的那样毫无生机。

沙丘下有一汪和天一样蓝的湖水,风推动着一轮一轮波浪,循环往复,时针一样轮回。

一群骆驼如一群蚂蚁一样在地平线上蜿蜒,几个牧民像更小的蚂蚁跟随其后。

诗人恩克哈达曾看见,沙窝里有兔子或是什么动物的粪蛋,一只小黑虫正匍匐着爬向驼队灰色的帐篷,身后留下一道细纹。小海子里有鱼儿在游戏,蜃霭中的芦苇头在水声中凝固,几颗野果在孤独生长,沉默无语。

阳光为每一粒沙裹上金色，风为每一粒沙制造辉煌的眩晕。沙漠，每时每刻都向苍天供奉着巨幅流沙画，那千千万万条世间最流畅、最美的 S 形金色线条，比流水更美，比流云更美。亿万粒渺小的、没有生命的个体组成的博大和灵动，向天地展现了一种生命哲学：摊开手脚，目空一切，无忧无惧，任意东西。假如有永恒的物质，沙尘算一种吧？它们已粉身碎骨，死无可死，它们不与风对抗，不与世间一切抵抗，不与命运对抗，它们在天地间呈现出来的姿态，像一种死心塌地的、极致的爱情。

在遥远的地方，一些沙会成为摩天大楼的一部分，直抵天空，受着人们的仰望；一些沙会成为沙尘暴，受着人们的嫌恶，怨恨它占据了土地，导致了饥饿和贫穷；有一些雪白的沙或黑色的沙，会成为沙滩的一部分，接受着人们脚底的亲吻。而我眼前的沙，守着永恒的博大和安宁。人类的爱与恨，与它何干？一粒沙，不会告诉你它去过多少地方，藏着多少秘密。一粒沙，不会告诉你它有一千岁还是一万岁。一粒沙看着我时，像一位亘古老人看着一个婴幼儿，看着一个会转瞬即逝的生命，因此，它的眼神里充满悲悯和慈爱。

我躺下来，看见一朵巨大的白云中间，露出了一只巨大的、温柔的蓝色眼睛,俯瞰着远处身披阳光正在晚归的骆驼群,照拂着茫茫荒漠上所有的呼吸和心跳。

他在万里之外的荒野深处说:"我怎么能自认为比高山野花还重要,比这里所生长的一切,甚至比终将成为沃土孕育万物的岩石还重要?是因为人有灵魂吗?然而谁能告诉我,灵魂不会寄居在植物和动物体内,甚至溪水和山峰里?"

胡杨

低调的橄榄色,是内蒙古高原最西端额济纳胡杨林秋季的底色,极致的翠绿和金黄之间的过渡色,令人想起休憩、停顿,想起戏曲唱段之间的过门。

一大片倒伏在沙地上的枯胡杨,在青灰色的天色里,像古希腊残缺的人体雕塑群。一棵巨大的枯胡杨横陈在我脚边,让我想起一尊深藏在欧洲某个教堂幽暗地下室的垂死者雕塑,他被从头到脚覆盖着"薄纱","薄纱"亦是雕塑家用大理石雕琢而成的,与胴体的质感一样,无与伦比的真实,那层薄纱仿佛随着垂死者的呼吸一起一伏。

我的手不由自主向它摸去,被千年风沙捶打过的树皮,和它身下的沙尘一样洁白,和戈壁滩一样粗粝。关于这个千年不死、千年不倒、千年不朽的神奇树种，它的传说总是与凤凰和鲜血紧密相连。它将树身掏空，将根极力扎进沙漠深处，在最干旱的季节用身体里储存的水活命。生物的多样性和神奇总是令人匪夷所思，对于胡杨而言，这只是一种本能，它拼尽全力活着，站着，在大地上留下自己和后代，不管有没有所谓的意义，也并不知道，弱水河畔的几十万亩胡杨林，阻止着巴丹吉林沙漠向北扩散。

我在死去的胡杨林间穿行，像在一座城郭之中穿行，生者和死者的幻影在我身旁呼啸而过，还有薄纱下倔强生命最后的喘息声。

一位内蒙古小说家在小说里写道："是啊，老奶奶把那棵树奉封成了神树了嘛，怎么能随便砍倒呢……我的儿子，你将来应该把所有的树木全部奉封成神树呀！"

在我视线不远的地方，一片橄榄色的、风华正茂的胡杨林静静立在一湖碧水前，它们身后是正在逼近、像要吞没它们的沙丘。树们看起来像是一群母亲，张开双臂护着一湖碧水不被沙丘吞没，像奋力护着身后的孩子一样。

另一个九月，在印度洋上的马尔代夫，当地人驾船带我们去一个很远很远的孤岛浮潜。孤岛像一个遗世独立的存在，沙滩上空无一物。突然，我看见一根一尺来长的白色枯树枝静静搁在沙滩上，与阳光将它在沙滩上投下的阴影相伴。是胡杨的枯枝吗？它在大海上漂了多少年来到这里？在此搁了多少年？还会继续搁多少年？

地球之上，苍穹之下，"高级"的我们总有一天会离开，"低级"的它们永远在。

他在万里之外的荒野深处说："就算我人在山里，只要心情不好或心有旁骛，就听不见山的声音，感觉不到山的存在和力量。"

魔域

是什么魔力让两个女人突然放声歌唱？

我抬头寻找鹰的身影时，一座欲倾之城，像崩塌的山体，像海啸的浪墙，向我俯身压来。

断壁、残垣、佛塔、蓝天、阳光，它们从黑水古城废墟的四面八方灌满我们的视线，沙灌满鞋子，风灌满我的红裙和披肩，关于黑城的千年传奇灌满耳朵。鹰从黑城上空掠过，看见千百年前无数人从阿拉善的历史画轴里穿过，从阿拉善高原曼德拉山岩画的画廊里穿过，他们分属羌、月氏、匈奴、鲜卑、回纥、党项、蒙古等各民族，他们在此狩猎、放牧、战斗、舞蹈、竞技、游乐。如果鹰真能活千年，它会想念千年前和它一样年轻的西夏城郭黑水城。这条丝绸之路干线上南北交通的交接点，穿行着熙熙攘攘的驻军、商人、百姓。它目睹人们用马鞭、弓箭、猎枪、马头琴和长调将繁华喧嚣与波澜壮阔反复书写，也目睹黑水城在主权更替和烽火狼烟中灰飞烟灭，成为一座孤城，一片废墟，灌满隔世的荒凉。

鹰见过这片古战场上无数场战争和无数次死亡，沙丘下突然冒出的枯骨，是谁的枕边人？谁的儿子？鹰用利爪掠杀猎物，却不懂人类的自相残杀到底为了什么。

歌声突然响起。

穿着绿袍的斯日古冷摇晃着头，放声歌唱，她将合十的双手一下一下用力地挤向心窝，像在用力地倾诉、祈祷。风撕扯着她的绿袍和长发，撕扯着她有点沙哑低沉的歌声，歌声犹如脱缰的马，在我们头顶上空驰骋。

我问穿着蓝袍的苏布道歌词大意是什么，她回过头脸红红地笑着说，意思是想念他。

斯日古冷呵呵笑说，对，梦里老是醒来。

穿红长裙的我唱起"十五的月亮升上了天空呀，为什么旁边没有云彩"时,耳边响起了另一句歌词"苦海泛起爱恨,在世间难逃避命运"。

我回头见穿粉色衣服的居延女子海霞在我们身后正随着歌声手舞足蹈。刚才她跟我说,她有一个喜欢写作的好朋友,现在一个人在胡杨林里牧羊,她很想去看看她。我看着她真挚的眼神说,我也很想去看看她,我还想和她一起放羊。

沙漠上,烈日下,四个女人踩着沙子,走在黑水古城峡谷般的古土墩之间,旁若无人地唱着歌跳着舞,是因为黑城太过死寂,鲜活的人们忍不住想打破它吗?江南女子和蒙古女子原生态的音色反差很大,也许并不美妙,也许各有所妙。鹰从天上看,看到茫茫荒漠中四个艳丽的点,它觉得自己更喜欢大地上这动人的生命乐章。

他在万里之外的荒野深处说:"山上没有风,阳光映着白雪射在我们身上,很热很暖。茱蒂脱下毛衣和衬衫,裸体滑雪。好美的裸体。我本来也应该卸下衣物、沉浸在晨光里,却选择爬上湖穴丘,让茱蒂一个人在滑雪道上晒太阳。"

野骆驼

我觉得,它的姿态带着点挑衅的味道。

小雨将荒漠唯一一条窄小的公路打湿后，公路在傍晚时分云层间泻下的斜线天光里，像一个闪闪发亮的走秀 T 台。

三只双峰野骆驼从路基下慢慢悠悠地走上公路。最健壮的一只走到我们车头前，侧身停下，转头亮相，嘴角上扬，然后像舞蹈演员转身留头一样，优雅地侧转臀部，转过身，点点头，才将脸转了回去，慢慢走下路基，向着荒漠走去。

它带着嘲讽的微笑告诉我，这个天地是它们的，自始至终都是它们的。漫漫丝绸之路上，人类已经用飞机、汽车和火车取代了它们，它们依然没有获得自由，所谓的野骆驼都是放养的。尽管如此，它们也依然认为，这个天地是它们的。它告诉我，此番走秀并非示好，而是示威。

我跳下车去追它，想闻一闻它冲着天空的鼻孔里喷出的高傲气息，摸一摸它结着团的、已被小雨淋湿的驼峰上狼狈的毛。它不逃跑，只是躲闪着，抬起一条前腿，似乎想去掩住鼻子，仿佛在说，它讨厌陌生人类不属于这片土地的气息。

那么，它喜欢主人的气息吗？它回到牧民家里，会用湿漉漉的嘴唇碰碰主人吗？并告诉他（她）它们今天去了哪里，遇见了哪些牛羊马兔鹰虫。哦，还有野兽般凶猛的难听的汽车喇叭声，远不如驼铃声动听。

我想起另一个九月，在青海可可西里的公路上，我遇见一只一惊一乍的小藏羚羊。它四肢纤细得像一个影子，在离我约五十米的地方，突然狂奔，突然停下，又突然狂奔，放眼四野并没有一个可供它归宿的群体。大概两百米外，一群野驴，有五六只，正在战战兢兢地穿越马路，它们已然看到了汽车，闻到了异类的气味，感受到了某种冒犯。

我站在原地，看到云层伸手可触，不由自主跳起来去够，听见有人喊："不要跳，不要跑，高反！"我才想起，在可可西里的长途跋涉中，我完全忘了对高反的担忧。心跳加剧时，血流加快时，我感觉离高原上蓬勃的生命更近。那些羊，那些马，那些驴，那些草，还有那些脸上有两团高原红的人们，他们的背影总是微微有点驼，因为沉重的肉身，也因为谦逊的灵魂。

无家可归的小藏羚羊又出现了，我慢慢靠近它，希望从世界上最纯真的眼眸里，看到最静谧的落日。至今，它依然流浪在我的记忆里。

画家兴安曾送我一幅画，画上三匹马依偎在月下，从容安详，是我想象中动物们最幸福的模样。那幅画让我相信蓝色星球上仍有另一个世界，一切都敞开着大门，苍穹、月空、荒野、湖泊、河流，如果宇宙有一颗心，也一定不会关门。

他在万里之外的荒野深处说："给自己一次机会，什么都不要做，别在一定时间抵达某个地方，别朝着某一个特定的方向。在这里，你可以随心所欲。这是你的机会，可以迷路、掉进溪里或发现一个美丽的地方。"

鸥

我清晰地看见了一只飞鸟的眼神。它黑色的眼珠如一粒海洋黑珍珠填满整个眼眶，上眼睑是双眼皮，下眼睑有卧蚕，上下都画了半根眼线，像一位化妆得特别精致的少女。它全身雪白滚圆，除了脖颈和翅膀尖是时尚的雾霾灰，喙和脚爪是鲜艳的橘红色，这些色彩的搭配，使它看上去像一个在雪地里玩雪的少女，阳光洒满她的笑脸，眸子时时刻刻透着惊喜。

我至今不知它的种类，是海鸥，或是鸽子。它栖在居延海岸边的一根木桩上，和众多的同类一起，它们看起来长得一模一样，就像这里所有的沙子长得一模一样，所有的芦苇长得一模一样。在苍天般的阿拉善，天地都简化成简洁的线条、单纯的色彩，构成最朴素却最摄人心魄的意境。

当我异类的气味逼近它的嗅觉时,它腾空而起,巨大的白色翅膀掠过我的右额,扬起我的头发,我们彼此的眼睛离得如此之近,它的眼神里没有丝毫恐惧。

也许人类的喂养,已成功诱导它们在这片水域停留,甚至将这里当成了永久的家,将人类当成了家人。我想,有一些动物其实是通人性的,就像我养的斗鱼,它把自己藏进水草,每天早晨当我靠近鱼缸,它会兴奋地从水草里钻出来,摆动着粉红色透明的圆形鱼尾,迅速往水面游,拍动着鱼鳍和鱼尾,翘首以待着我打开鱼食袋子,舀出十来粒鱼食。我无法理解隔着水和一尺远的距离,它是如何知道来的是我,我是来喂食的,而不是偶尔路过它的笑眯眯阿姨,或来觊觎它的什么,比如猫小野和猫银河。

鸟们拍动着翅膀腾空而起,落到芦苇丛上,也落到水汽弥漫的居延海水面上。它们落的时候并不轻盈,重重的,沉沉的,仿佛水下有巨大的引力。它们浮在湖面上时,看起来圆圆的,笨笨的,萌萌的,像我老家玉环岛漩门湾滩涂上珍贵的遗鸥。如果它们都不怕人,多好。

"幽隐之地"居延,茫茫戈壁、草原和沙漠绵延不尽。祁连山雪水孕育了众多河流,其中的弱水(额济纳河)自南向北而至居延，形成了居延海等众多湖泊，水草丰美，碧波万顷，也孕育了两千多年璀璨的居延文明。这里曾经响起过的金戈铁马之声，响起过的"大漠孤烟直，长河落日圆"的吟诵，早已被漫漫风沙和声声鸟鸣淹没。遗鸥，野鸭，黑鹳，疣鼻天鹅，白琵鹭，凤头麦鸡，黑鸢，鹗，蓑羽鹤，卷羽鹈鹕，乌雕等，在此栖息繁衍。除了气候和天敌，再没有什么能伤害到它们，比如战火，比如捕杀，它们活成了大漠戈壁无数动物甚至人类向往的样子。

很多年前一个日落时分，我在澳大利亚南端的菲利普岛看企鹅晚归。夕阳下，雪白的浪花丛里不知什么时候突然冒出了几十个黑白相间、亮晶晶的小东西，弱不禁风地随着波浪摇曳着，就像雪地里忽然绽放的"黑玫瑰"。紧接着，另一处浪花丛里又浮出了一堆"黑玫瑰"。随着人群一阵一阵的惊叫声，雪白的浪花里不断绽放开一丛一丛"黑玫瑰"，慢慢涌向沙滩。一个浪头打过来，它们中的大部分又被海浪卷了回去，过了一会儿，它们又聚集起来，奋力游向沙滩。这些"黑玫瑰"，就是世界上最小的、已濒临绝种的袖珍企鹅。

从沙滩到它们的洞穴大约几百米，经过它们长年累月的跋涉，已经形成了固定的几条小路。对于我们仅几十步之遥，对于它们却如千山万水。几十只企鹅排成纵队摇摆着向着家园挺进,足足花了三个多小时。回到停车场,我看见告示牌上有一行英文,大意是:车子发动前,请看看车子底下,有没有企鹅,防止压着它。几乎每一个准备上车的游客,都弯下腰,往车子底下张望一圈后再上车。

人类看似很友好。但是人类真的友好吗?在离它们很远的地方,人类复杂的生活形态,已经使得冰山加速融化,海平面加速上升,气候极度反常,濒临绝种的袖珍企鹅们并不知道,死亡已悄悄逼近。

他在万里之外的荒野深处说:"在这里,日常生活非常简单。在荒野漫游,感觉自然而真实,另一个世界反而犹如小说,与我所了解的真实完全无关。"

天籁

金达来微微闭上眼睛,将屏住呼吸聆听的我们和人间烟火隔绝在低垂的眼睑之外,独自进入了他的世界。

低沉的马头琴声是一匹老马,随之而起的呼麦声,是另一匹老马,将我带出了蒙古包,走向旷野,进入了一个神奇的、神秘的世界。

金色阳光从云层间瀑布般倾泻。

亿万棵草一起仰起了脸。

雪水在融化。

瀑布从高崖奔涌而下。

羊羔子的唇终于够着了母羊的乳房。

布谷鸟在鸣叫。

牛群循声而来。

黑走熊在攀树。

四岁的海骝马在奔跑。

草原狼在月光下长嚎。

风撕扯芨芨草和炊烟。

胡杨林落叶纷纷。

一个蒙古女人背着羊奶桶,走进草原深处。

马奶酒的芳香里流传着英雄的传说。

大地凝神聆听着草原人久远往事里的柔肠百转。

呼麦,这古老而神秘的声音引领着我的心与生灵说话,与风聊天,与月光对饮。呼麦源于匈奴时期,是草原人狩猎和游牧时虔诚模仿大自然的奇妙和声。他们靠口腔和舌头的变化,能一个人同时唱出两个以上声部的旋律,高如登苍穹之巅，低如下瀚海之底。

他在唱什么，我一个字都听不懂，我跟着这个声音去了很多地方，那些地方人与万物和谐共生，灵魂与灵魂窃窃低语，不分种类。他半眯着眼睛，不像是唱给我们听，而像是唱给自然里的神听，唱给沙漠，唱给草原，他一定也听到了他们的回应。

呼麦声和马头琴声一起，像苍老的骏马驮着我，晃晃悠悠，将我的身体和我的心完全交付于这摇篮般的节奏。人类是否天生喜欢这种晃晃悠悠的感觉？否则，婴儿为什么喜欢摇篮？孩子为什么喜欢荡秋千？人们为什么喜欢骑马、喝酒？是因为生命之初源于大海吗？

达日玛悠远而又高亢的长调，将我带回了蒙古包里。狂欢的人群，烤着羊排，喝着奶酒，眼神里溢满天真和好奇，我的手里还抓着啃了一半的牛骨。

我想起另一个九月，在青海一个蒙古包里，主人们载歌载舞为我们敬酒，我席地靠坐在一只画着艳丽彩画的柜子前，听到一个苍凉的歌声：

鸿雁，天空上，

对对排成行，

江水长，秋草黄，

草原上琴声忧伤……

那一刻，我按在毡毯上的右手在和地面做着一种力量对抗——主人下意识叫它用力将她的身体撑起来，跳《鸿雁》这支舞蹈，可主人意识里羞涩的力量又在阻止它用力，最后，它只能端起一盏奶酒，让主人一饮而尽。

我终究没好意思站起来和他们一起跳舞，这个遗憾让我做了一个梦：我追不上他们的脚步，听不懂他们的语言，我猜测着他们嘴里吐出的每一个字的意思，很累很累。然后，他们中一个耄耋之年、很邋遢却很美的女子，突然跑到舞台上，做了一些舞蹈动作，最后亮相的时候，脸上是带泪的笑。她扭曲腿部，脚底朝天，这对于年迈的她，似乎是不可能完成的动作。在梦里，我突然发现，她就是我，那个被自己拘禁、从未真正洒脱如奔马的自己。

他在万里之外的荒野深处说："某种伟大没有边际的东西，将我吸纳进去、包围着我，我只能微微感觉到它，却无法理解它是什么。"

鲸落

蓝迪·摩根森（Randy Morgenson）是美国巨杉和国王峡谷国家公园的传奇巡山员，他在山谷中出生长大，做过二十八年夏季山野巡山员、十多年冬季越野巡山员，救助过身陷困境的登山者，指引过游客领略山野之美，他是一个热爱山野到骨子里的人，是"行走在园区步道上最和善的灵魂"。蓝迪带新婚妻子茱蒂旅行时，夜里就在路旁的沙漠扎营，只靠一桶冷水洗澡，因为他不想夺走沙漠生物无比需要的养分，连枯木也不拿来生火。

1996 年 7 月 21 日，五十四岁的蓝迪在巡逻途中失踪，园方出动一百名人力、五架直升机、八组搜救犬，展开前所未有的地毯式搜救，结果一无所获。五年之后，有人在国家公园的偏僻角落发现了一只残留着脚骨的登山鞋……

致敬蓝迪的悼词是这样的：

蓝迪最后的旅程结束在一道狭窄的山沟，在一处偏远的高山盆地。久远的小溪流经山沟，虽然总是仰望天际，却始终深藏在严寒的晨光中。峭壁上传来岩鹨质问似的叫声，远方则是隐士夜鸫缥缈的呼喊，一面注视着缓缓穿越峡谷的暗影。天黑了，潺潺的溪水流经岩石，水花飞溅直奔遥远的星辰，再落入静谧的高山湖泊，不停往下流、往下流，和国王河的轰隆声响合而为一，接着迅速汇入汹涌的急流，经过一千七百米高的悬崖和依傍在陡坡的沉睡树木，梦想温暖春日里有熊搔抓树干的时光。

最后，他悄悄流进中央山谷大平原，群星和深邃的夜空将他接去。从第一滴融雪直到无边的寂静，欢愉的内华达高山之歌不曾停歇。蓝迪的声音也在歌里，只要我们安静倾听，永远都能听见。

2021年小雪时节，当我一边回望一年多前的阿拉善之行，一边捧读埃里克·布雷姆的《山中最后一季》——和我同龄的、将生命、灵魂与激情融入山野的山野之子蓝迪的人生传奇时，有两股巨大的、相似的力量裹挟着我在不同的时空穿越，让我常含泪水。

2021年小雪时节，4名中国地质科考人员在哀牢山失联，山把他们吞了进去，多日后又把他们吐了出来。山说，不要打扰我,不要打扰我,不要打扰我。山不知道,有些人是来打扰它的,有些人是来考察、保护它的,比如帮它清理垃圾、警示游人不要在野地生火、营救失联者,或者搬出他们的遗体。

1966年,二十四岁的蓝迪写道:"为什么花草树木、万事万物要存在?因为少了这一切,宇宙就不再完整。"

也许,这句话已经道尽一切。

鲸死去的时候,会慢慢沉入海底,人们为它取了一个美丽的名字——鲸落。我看过一个视频,母鲸被人类射中,正在慢慢坠向海底,鲸宝宝在母鲸身旁惊慌而又徒劳地游动着,甚至游到母鲸身下试图把它托起来。那是一段真实的、令人心碎的视频。

我们只是隔着屏幕的观众吗?是大自然的主宰吗?不,如果长梦不醒,总有一天,我们就是那头幼鲸。

秋分·古村的心跳

一

鹅从溪边一丛芦苇后露出橘红的冠,再露出雪白的颈,再露出滚圆的整个身子,然后扑腾着湿漉漉的翅膀,一摇一摆地向我走来,水珠在初秋上午的阳光下,如一道道弧形闪电,裹住了它的叫声。

六十五岁的福珠站在我身后说,鹅每天上午自己去溪里洗澡。我还有一只鸡。

福珠带着我,转身穿过一道柴门,让我看鸡。鸡是乌骨鸡,有暗紫色的冠,正吃着玉米。

这是秋分时节的松阳。千百年来,孟子、吕不韦、陈霸先、包拯、刘基、宋濂等英杰的后裔及闽南族群先后落户于浙南山区的松古平原和高山深谷,一个个格局完整、建筑精美的村落像一片片叶子，匍匐在大地之上、云端之下，成为江南的一个奇观。此刻，我也像一片叶子，匍匐在松阳一个个古老的村落之间，在一段段长久的静谧中聆听一些声音。

鹅的叫声，显然只是千百年来古村里众多的声音之一。遥远的时光里，还有犬吠鸡鸣、柴门呀呀，以及香火堂前谁轻轻插上一炷香后，双膝跪地的扑通声。

福珠住的敦睦堂外面，有一个指示牌，写着"江南客乡水墨石仓"。指示牌是给慕名而来的摄影师、画家以及像我这样偶尔驻足的游人看的，凝结着当地保护古村落的人们的心血，他们用中医针灸、推拿般的手法修缮、改造、复活了一座座老屋，让古村的脉搏更强健，血液更新鲜，至少，一直活着。

柴火灶上有几个新鲜板栗，很脆很甜。福珠指指脚下的箩筐说，你看，刚采的，很多，拿去吃吧。她又拿起茶叶罐说，我给你泡点茶喝吧？我家自己采的茶叶。我连声说谢谢、不用。捻起一片茶叶放入嘴里，嚼了嚼，有点苦，很香。

她对鹅对鸡对我的热情，大概缘于淳朴的民风。

白墙黑瓦，翘角飞檐，曾经流光溢彩的建筑里，曾浮动着先人们的呼吸，此刻仍继续着朴素的日常。七八个南瓜依次从楼梯的第一级台阶一个个堆到楼上,楼上是儿女们的屋子,平日里空着。不久以后的中秋节,福珠在城里的两儿一女会带着孩子们回来,寂寥的老屋里,会响起年轻的心跳声。

二

无声,是古村的另一种声音。

猫就这样四仰八叉地躺在"酉田花开"客栈长廊外的一张椅子上酣睡,肚皮上的花纹均匀起伏。客栈仿佛建在云端,窗外有一朵巨大的白云正俯身向着山巅,另一朵更巨大的白云正俯身向着它,两朵云像一条船和它的倒影,停在静谧的时空。某个刹那,我的耳朵跌入了那个静谧的时空,似乎听不到任何声音。

因为着迷于松阳的蓝天白云,客栈的男主人把家从杭州迁到了这里。在松阳,有许多像他一样年轻的都市人,有的来了,有的正在来的路上。

我端了杯端午茶坐到窗台边,窗玻璃外的一丛狗尾巴草朝我点了点头。清凉的端午茶,是生于斯葬于斯的唐代道教宗师叶法善发明的,他天人合一、辅国功成的修身养性之道,千百年后依然如端午茶的药理,在人们的唇齿间和内心里流转。

去一家叫"云里听蛙"的客栈吃饭,路遇另一只猫。它斜着身子半躺在矮墙旁一张晒着番薯干的篾帘下,一动不动地遥望远山。篾帘漏下细碎的阳光,洒在它橘色的身上,像一只孤独的金钱豹,这就是我自己常常幻想的隐居山乡、物我两忘的模样。番薯干是嫩黄色的,老屋的瓦片是砖红色的,夹杂着青色,云是白的,山是青的,猫是橘色的。这些色彩,在古村万籁俱寂的午后,像一群正窃窃私语的古代村民。我听见他们说:来吧,留下来。

三

秋虫的鸣叫,是长夜的影子,与它分秒相随。

在"云端觅境"客栈那间叫"觅云起"的客房,唧唧复唧唧,不知道是哪一声虫鸣,将我从五点半的梦中啄醒。赤脚推开门,凉意和云雾顺着趾尖瞬间将我吞没。群山静默,云海翻滚,天地间仿佛只有我一人醒来,无数过往亦如云海翻滚——消逝了的岁月和人事,消逝了的古村,大地上正在消逝的一些美好,以及试图挽留消逝的人们,包括我自己,也包括这家客栈的七个主人。他们是从天南海北聚到这里的七位设计师，像来到云端觅山觅水觅境的七个仙人。昨晚，我遇到了他们中的两个，一男一女，穿着休闲时尚，安静地给客人端茶倒水，擦肩而过时，我听得见他们年轻的心跳。

静默中，脑海里响起柴可夫斯基的《如歌的行板》。人类从森林到村落，从村落到城市，史诗般的迁徙就像一首首如歌的行板。村落最原始，曾经最热闹，如今却寂寞，一个个村落面前仿佛有个时光深渊，一不小心便会被吞没。未来，人类还会迁徙到哪里？未来，无论是高楼大厦，还是茅草屋，令家园在时光中始终矗立的，一定不是建筑材料，那么，是什么？

四

小项师傅把我做的半截扎染丝巾浸到染锅里，另外半截用手拎着，大约十秒钟后，又放下一小截。

365天里有200多天云雾缭绕的"云上平田"客栈，已进入向晚时分，扎染坊里只有我和他。他坐在一张骨牌凳上，染锅在地上，他一直俯着身子，看上去有点吃力，但我听到了他从容的呼吸。他说，我们还用茶叶做扎染，色彩很清雅。他很年轻，和"云上平田"的主人叶大宝一样年轻。

叶大宝拂开夜色和如夜色般迷蒙的一条条扎染丝巾向我走过来，美得像仙女。她头发很黑很长，声音低柔，眼神明亮，服饰永远是红白两色的中国风长裙。她原来在杭州工作，有一天突然想回来多陪陪父母，也想做点自己喜欢做的事。这件事很简单，也很难，就是让松阳的古村里多一些年轻的心跳声。

她做到了。一共13个"80后""90后"与她一起住进了深山老屋，有的早上来晚上走，有的一住一整月，将古旧的村落变成了一个享誉中外的"云雾上的天堂"，可吃，可住，可耕种，可扎染，可看云，可摘星……身心俱疲的都市人来了，会觉得自己真能变成仙人。

五

即使夜深人静，站在松阳西屏老街，仍能听得到古往今来汹涌的呼吸声、心跳声。

松阳"70后"作家鲁晓敏站在老街的红灯笼下，为我们讲述一爿爿百年老店鲜为人知的历史细节。他是古民居保护的发起人和践行者。

在打铁声、制秤声里，在煨盐鸡和炭火烤酥饼的香气里，在偶尔飘过的一两声松阳高腔里,不断有电瓶车急急穿过,有老街人驻足某家小店,买点生活用品或工具,再聊会儿天。拐角的农具店摊前,摆放着锄头、镰刀、柴刀、耙子……每一种农具都在夜色里闪闪发亮,以静默的姿势坚守着什么。

松阳"70后"诗人何山川曾在诗里写道:

打铁的还在打铁

煎中药的还在煎中药

祖父在蝉鸣中酣睡

而雪

继续落在雪上的那个童年

……

这是一条活着的古街,古老的、年轻的呼吸和心跳都在,生生不息。而在老街的一条条辐射线里,摄影主题休闲园、写生创作基地、养生休闲园、大木山骑行茶园连绵起伏的茶垄间,正响起更多年轻的心跳声。

鹅、鸡和福珠夫妻住着的敦睦堂不远处,是余庆堂,九厅十八井的巨大建筑里住过两百多族人,无论是横梁、牛腿、窗棂，还是椅背上，都雕刻着"耕读传家"的图案，松阳无数本厚厚的家谱都无一例外记录着"务耕读"的家规。每一座老屋的中轴线上，都是供奉祖先的香火堂。祖先杳然，人们供奉的，其实是敬畏和虔诚本身……

松阳的古村，是中国无数古村的缩影。越来越多年轻的心跳和呼吸，正牵着自古以来活在板栗、茶叶、南瓜、稻谷里的牧笛、神灵、祖先、阳光和月光，从村口归来。

九 September
月

桑落

寒露·滴液

输液袋里的药水一滴一滴落入调速器，在特别静的夜，似乎发出了滴答滴答的声音，其实并没有。

寒露，天气从凉爽过渡到寒冷，秋叶从枝头过渡到地上，有时需要连续三五个秋高气爽的时日，有时是一夜之间。南朝何逊作《与胡兴安夜别》说："露湿寒塘草，月映清淮流。方抱新离恨，独守故园秋。"我与父母、公婆一直分居两地，每当杭州秋风起，银杏黄时，位于东海边的家乡的夜也渐渐染上了寒意，夜深露重，愈加引人离愁。

几年前的寒露时节，八十岁的公公因肾结石导致急性尿毒症，深夜高烧不省人事，当时我们三口之家远在英国。当过医生的婆婆吓坏了，全身发着抖，颤颤巍巍地来回跑卫生间，一把一把用凉毛巾反复擦遍公公全身，等他烧退一点，又一个人将他从床上拖起来弄到了医院，忘拿手机，便向一个陌生人借了手机打给一百多公里外的小儿子说了句"你爸在医院抢救,赶紧回来"就挂了电话。那是一个于婆婆而言无比惊心动魄又异常寒冷的夜晚,无法想象那一夜她内心前前后后经历了什么,但最多最深的一定是恐惧吧?对死亡的恐惧,对失去公公的恐惧。后来,她跟我说起这些时,哭了。

公公肾结石手术以后,每次打点滴时,婆婆都要守着。平日里,家里家外都是婆婆在操持,公公嫌她唠叨,她嫌公公娇气,说他一会儿喊手痛、一会儿喊脚痛,做好饭菜请他下楼吃饭要请半天,两人经常会为了一点小事"叮叮当当"。那些夜里,相依为命的两个人依旧唠唠叨叨,叮叮当当,却寸步不离。

时隔三年,婆婆腰椎盘手术住院了。每次给婆婆送饭,车子要开半个小时,我们怕公公累,让他中午不要去傍晚再去,但他坚持每次非要跟我们一起去。去之前,会在客厅和厨房间穿来穿去,问,饭好了没有?几点走?一副魂不守舍的样子。到了医院,他便安静了,我们喂婆婆吃饭时,他坐在她的枕头边,斜着身子,微驼着背,侧过头静静看着她咀嚼,什么话也不说。他保持着那个斜侧的姿势将近半个小时,视线一动不动,仿佛世界于他没有声音,或者说,整个世界就是婆婆一个人。婆婆一边吃饭一边还在唠叨，操心着家里的大小事情，包括我中午回去吃的面条要让阿姨几时放虾仁、几时放芹菜这样的小事。公公就这么坐着，听着她唠叨，听着她咀嚼，没有焦躁不安的样子，大概也忘了自己的病痛，忘了自己是个爱撒娇的老头。

傍晚下起了雨，公公又进厨房问饭菜做好了没有。那些天里，我们没有听到他一句抱怨，没有说自己手痛脚痛，或说电视不好看、饭菜不好吃，什么都没说。

寒露时节，夜一步一步往更深更冷里走。他们俩一个在医院，一个在家里，中间隔着半小时的车程，但不知为什么，我总觉得，他们一直依偎着。滴液一滴一滴滴入注射管调节器，并没有任何声音，可我的错觉里总有一个声音滴答滴答响着，像两位老人不疾不徐的心跳。

2023年除夕前一天，备受流感折磨、死里逃生的公公终于出院，患阿尔茨海默症的他已经叫不出婆婆的名字，但一直拉着她的双手，一直笑着。

遥远的非洲，两只跳羚在草原上轻轻地追逐跳跃，一群群黄色的蝴蝶随着羚蹄的起落而轻盈起舞，像一大朵一大朵忽然盛开的花。大地无声，胜过万语千言。

寒露·林深见鹿

寒露时节,我在深山里遇见一场冷雨。站在空林小屋的落地窗前,我长久地凝视一场雨,确切地说,是听雨的弹奏。雨在一些较高的树叶上凝结成很大的雨滴,落到一些较低的树叶上,呈现在我眼前的是:枝叶在大雨滴的重力作用下,轻轻弹跳,又恢复如初,于是,枝枝叶叶琴键般此起彼伏,仿佛雨滴是指尖,弹奏着满山枝叶。于是,我听见了雨滴声和无数种天籁的和鸣,而整个山林显得愈加静谧。然后,我看见正在读的一本书里,走出了三只美丽的长角鹿,走向深林,优雅地弯下腰饮着泉水。它们尚未被杀害,被砍碎眼珠,被割下鹿角,它们的瞳孔里映着中国江南十月雨雾蒙蒙的天空。

来自吉尔吉斯斯坦的、死于多年前的长角鹿,通过一条"密道"来到了彼时彼刻,又通过另一条"密道"传递给了此时此刻的我们。这一条难以描述的"密道",让人与鹿相遇,与树相遇,与万物相遇,与最真的自己相遇,无论是林深见鹿般的惊喜,艾灸般疗愈型的暖意,还是静水深流般宁静的力量,都是我想通过自己的文字给到读者朋友们的。

"假如一个人知道余生还会遇见多少场雪,便不会为一场雪如此激动和执拗了吧?那么,有谁能保证自己的生命里还能遇见一场大雪呢?"这是《遇见树》里的一段话。生命是无数场偶然的相遇、必然的告别。人生路上,我们不断遇见树、遇见沙、遇见海、遇见人、遇见万物,又不断告别,谁也不知道,在何时何地,我们已经完成了与TA的最后一次会面,如同谁也无法保证自己的生命里还能遇见一场大雪。在不断的相遇和告别中,量子纠缠,能量交换,我们遇见的其实是自己,最后回归的亦是自己。

《遇见树》是我散文创作三十五年来最全面的作品精选集,所选的三十余篇散文都是我自己觉得最走心的作品,其中大部分是近几年的新作。故乡海岛的山山水水,江南大地的古村古镇,西北塞外的荒野戈壁,无穷的远方和无数的人们,是我与世间万物的深情羁绊,也是与自己内心的对话。

"时光篇"里,我遇见一江水、一棵树、一粒沙、一场初雪、一场日出、一个驿站。"一粒沙，不会告诉你它去过多少地方，藏着多少秘密。一粒沙，不会告诉你它有一千岁还是一万岁。一粒沙看着我时，像一位亘古老人看着一个婴幼儿，一个会转瞬即逝的生命，因此，它的眼神里充满悲悯和慈爱。"

"故土篇"里，我遇见一条老街、一棵梦树、一座孤岛、一碗海鲜面、一个从未真正回得去也从未真正离开过的海岛故乡，"每一个故园的梦里，彻夜回响着游子的脚步声。"

"乡野篇"里，我遇见梯田、船帮、古村、碗窑、一只会笑的山羊、一群不堪重负的骡子。"千年不朽的不是星辰，也不是历史，不是河流，也不是人心，或许只是一条大江奋勇奔流的方向，是人类举起火把和锄头、绝不放下的那个动作。"

"如果一张元书纸开口说话，它发出的声音，一定是水的声音，水声里，是比古井更深的寂寞。""手艺篇"里，我遇见海岛冬酿、古法造纸、西溪船娘、草台戏班、龙井茶农和器官捐献协调员，每一份劳作里深藏着难以想象的艰辛和无奈，也深藏着生生不息的古老美德。

"古迹篇"里，我遇见谢灵运、刘勰、李白、杜甫；遇见苏东坡、贺知章；遇见一把旧铜锁上拴着一枚铜钱和一个绣着莲花的蓝荷包；遇见我的第二故乡西湖、河西走廊的驼铃声、焉支山下两匹隔着栏杆亲吻的马；遇见湮没在时光深处的中国李庄，它将自己化作了一枚带露的草叶，医治着中华文脉的伤。

"遇见树"是一个文学意象——遇见万物，遇见万象，遇见最真的自己。

《遇见树》全书配有五十余幅与文字相关的风景场景精美图片，都是我自己、家人和摄影家朋友们所拍。封面图片拍摄于西藏林芝的嘎朗村，一树桃花、一头老牛，其实在画面不远处，还站着一位藏族女子，她身背一个男孩，身旁依偎着一个女孩，天地静美安详，就像我们内心向往的世外桃源。书中有两幅照片是我故乡的娘家小院和对我生命有着深远影响的桂花树，到了深秋，小院就会铺满金色的阳光，下起桂花雨。相信无数人心中都有一个娘家小院，它是儿女最好的疗伤地、心灵的港湾。还有一些是我近几年沉浸式体验生活的即时记录，比如和草台戏班演员及六个月大就跟着戏班流浪的婴儿的珍贵合影。

"守赤子之心，信万物有灵，接人间地气，书天地大美"，是我的文学理念，亦是人生理念。我希望自己的眼睛是文学意义上的望远镜、放大镜、显微镜，通过叙述视角的多元变量,叙事时空的自由切换,融汇成一个灵动幻美、文质皆胜、和谐统一的审美世界,抵达宏大和深邃,抵达读者的内心。

希望我所有的文字是"精神自我居住其中"的蜗居,是"黄昏里挂起的一盏灯"。

霜降·蝶

如果生命是一条河流,十年前的霜降时节,我从浑浊的中游逆流而上,回到了玉环岛楚门山后浦的娘家小院,最清澈的生命源头。

母亲将自己酿的米酒热好,把刚做的桂花糖融到了酒里,满上三盅,摆到桂花树下的小桌上。阳光从桂花树叶间漏下来,在米色桌布上一毫米、一毫米地微微移动。假如一毫米阳光是一段时光,我便随着这时光移动到了我的少年。那时,父母还年轻,我还如这阳光般烂漫。

三杯酒静立在明明暗暗的光晕里,琥珀般静默。一阵风吹过,桂花落下来,与融在酒里的熟桂花相遇,我听到了两个生命相遇时的叮咚脆响,如同我们常常与祖先在梦里相遇。

父亲撑开一把红伞将它倒挂在桂花树枝上,说:"这样,我们吃饭,桂花就不会掉得满头满桌都是了。"

这是霜降时节,我小病渐愈后回老家小住。这场病虽有惊无险,却着实让我和家人受了一番惊吓,也惊觉什么才是重要的,什么是该放下的。

我已多年没在这个季节回老家,多年没有陪父母过重阳节,多年没有看到娘家院子里的桂花盛开。忙,总是忙。

四十年前,在很多人不解的目光里,父亲携全家从日渐喧闹的楚门镇南门街搬到冷清得只有几十户人家的山后浦。当时的父亲,和我如今一般年纪,真的是不惑了,简单了,知足了。我希望我也是。此刻,我们围坐在树下,喝酒,吃母亲烧的海鲜面。又喝了一盅酒,心里说,真好。

两只蝴蝶来了。一只黑白相间一只黑蓝相间,翅膀斑纹冷艳。这两只蝴蝶,我从小就认识,我们叫它们"梁山伯""祝英台",永远是这样的两只,而不会是三只或者四只。它们四处飞舞,不知道是在觅食,还是在恋爱。昨晚它们在哪儿?也和我一样睡在娘家的院子里吗?它们有家吗?蝴蝶的生命很短,今天的这两只,是昨天、前天的那两只吗?那明天、后天的两只,会是今天的这两只吗?

时光是个身怀绝技的"贼",会偷一些好东西回来,也会让一些好东西瞬间消逝,反复无常。我爱它,也怕它。

一个北京的朋友在微信里问，那两只蝴蝶的照片是 PS 的吗？他大概无法相信天还能这么蓝，蝴蝶的花纹能如此清晰可辨。

我说："是真的。你要相信，还有真的。"

此刻，夜色如酒，我的文字比夜色更谦卑、静默。我在想象，当人们偶尔读到时，会不会也听见，一些生命与另一些生命相遇、相知、相惜时发出的叮咚脆响，如一朵桂花与另一朵桂花在一盅酒里的相遇，如我们常在梦里与梦想相拥而泣……

霜降·一杯敬朝阳 一杯敬月光

一

入秋,天地共酿一杯白酒,酒名叫"寒露"。

海岛的午夜,秘密和寂静一起生长。海风披着月光潜入人们的梦境,望潮将头探出泥涂仰望月空,文旦果第一次打开所有金色毛孔与黑色夜岚窃窃私语,刚学会飞翔的珠颈斑鸠悄悄离开亲鸟,独自停在山后浦我娘家小院的丹桂树上。夜蝉最后微弱的琅琅叫声,被一只蚂蚁捕获,它策马扬鞭赶往巢穴通风报信,但心怀疑惑:蝉会钻回土中静待春暖花开时爬回树上,还是正在经历死亡?

嘣,嘣,嘣……细微的水滴声,来自铁架秋千的雨棚一角,每一片桂花叶、每一朵花苞都参与了一场盛大的秋酿。寒生露凝,寒露如酒,一颗颗露珠映照着万物,万物均入了这一滴滴清澈、晶莹、无色的白酒，看似虚空，却蕴含着无穷。

夜幕降临前，珠颈斑鸠曾振翅飞到高空，看到玉环岛以东的海面上，以北、以南、以西的大地上正迎来丰收，人间开始了新的一轮秋酿。蒸腾的热汽和浓郁的食物香气直冲云霄，最后变成了寒露般的神奇液体。大地上的人们喝了它，变成了神仙，身轻如燕，腾云驾雾，上天入地，御风而行，而非像它或西方的天使一样肚皮朝下趴着飞翔。人们喝酒的姿势，如同栖息在大树上的蝉，垂下像帽缨一样的触角，吸吮着露水和树汁，于是，人们把自己想象成蝉一般远离人间烟火、通灵高洁的灵物，能在土壤中蛰伏多年之后出土羽化，复活永生。

一杯白酒，让人类以最迅捷的方式，找到了想要成为的那个自己，直至日出东方，寒露散尽，大梦初醒。

二

"像不像美人鱼？"

伏特加、蓝橙力娇酒、冰块，这款冰火两重天的鸡尾酒，名叫"富士山下"。伏特加与一枚竹叶，既是伏笔，也是最惊艳的部分——蓝紫色火焰在竹叶上燃起,柔软,曼妙,被她抓拍到的瞬间,像极了礁石上回望大海的美人鱼,甚至有海风拂过卷发的轮廓。

女儿阿沁从上海发来前些天她回杭州看望我们时和小伙伴在一家清吧拍的图片,说:"你很久没去酒吧了吧?你和老爸一起去喝一杯吧。我最近回不来,不然陪你去喝。"

彼时,我站在娘家小院对面邻居梅女家的门口,盯着玻璃窗里的一只猫。那是一只瘦弱的蓝猫,前爪勾在窗帘上摘不下来了,只好徒劳地在窗玻璃上划出了几声锐响,并不叫。它身边四仰八叉着另一只瘦弱的蓝猫,仿佛已被正午时分的阳光醉倒。两只猫都一副生无可恋的样子,下眼睑上有着浓重的泪痕。

窗帘后还有十多只猫,因为行情不好卖不出去。梅女每天全副武装进猫屋打扫,她垂下眼帘很内疚地对我说,没办法,养不起了,猫粮吃差了,猫越来越不好看了。儿子说,到时请猫店帮忙联系收养吧。

梅女丈夫头部受过重创,进了福利院,她每天凌晨骑着电动车到工厂食堂帮忙做包子汤圆,回来照顾猫们和九十高龄的婆婆。好在,叔伯妯娌和小姑们常来。我出门倒垃圾,常看到他们在屋檐下用柴火炖鸡鸭甚至猪头给老母亲吃,敞开的房门飘出饭菜和白酒浓郁的香味,还有笑声,日出日落般平常,日出日落般治愈。

此时,我们仨相隔着几百公里,上海、杭州、玉环。之前,我们仨分隔着几千公里,伦敦、香港、杭州。我们平时几乎不在家喝酒,团聚时会习惯性地倒上三杯白酒。白酒像丁达尔效应,酒的光柱照见一次次重聚,一次次别离。

这大地上的人啊,有几个不被困在聚少离多的宿命里?祖辈们早已消失在酒的光柱里,父辈们正在远离,同辈中也有人已过早离去。我们仨常常分居三地,我的姐姐、弟弟和他们的孩子,大多时间分隔万里。因为生计或理想,因为不同的理念,也因为生活的无奈。

土耳其游吟诗人在反复吟唱:我日夜兼程,却不知身在何方……

家里那瓶白酒浅下去的速度很慢,白瓷瓶看不出酒的深浅,晃一晃,咕咚作响,古井般深藏着千言万语。

三

处暑时节,意大利人豆先生坐进娘家小院的藤椅里,用标准的中文说了一句，真舒服啊！

"80后"制片人静静、卓卓和"60后"豆先生，循着我的《纸上》从北京驱车千里来到海岛玉环，一见如故的人们在52度白酒的烘托下已近狂欢，喝不惯白酒的豆先生亦频频举杯一饮而尽。

有那么特别安静的一刻，喝了近一斤白酒依然冷静如其名的静静说："我从未和沧桑老师说过，我第一遍读《纸上》时，在书上密密麻麻贴了很多小纸条。当我读第二遍的时候，依然是流着泪读完的。"

桂花盛开的前一天，收到行松兄为《遇见树》手写的读后感，三千多字，他忍着脚筋断裂的伤痛写成。三十多年前，他是杭州大学树人文学社社长，我是其中一位副社长。我问他，我是怎么当上副社长的呢？我和你们谁都不熟，后来也没出过什么力，惭愧啊。

他说，那时候，我们的文学社多么纯洁啊！不以关系论，还不让你们参与杂务。

那时候，我们热爱文学的心也多么纯洁啊。

含苞待放的一树桂花散发的幽香，夹糅着湿重的夜岚，将呼吸和心境带往平静。我想起五年前在他宁海的桑洲家里喝的杨梅酒，想起二十多年前平生唯一的一次大醉。终于从杭州笕桥机场搬到城里住，九十平米的新居让我第一次感觉拥有了自己的家。前来喝酒庆贺的民航同事们摇晃着散去后，我将自己狠狠摔在床上，看见自己沿着月光爬到了月空，大声歌唱，肆意游走，无比满足。

我再也没有那样醉过，再也没有那样知足过，再也没有找回那个白酒般清澈、桀骜的自己，散发着谷物、阳光、泉水般纯良气息的自己。

处暑时节，我和静静、卓卓、豆先生跟着山里村执着的酿酒人老庄穿过比人还高的芦苇，去看他位于山顶、能眺望大海的新酿酒坊。老庄从仓库的窗户里爬进去，捧出几坛双缸酿黄酒。不久以后，一场新的冬酿又要开耙，这一次，他要酿的是和他个性一样热烈而又醇厚的白酒。

静静和卓卓也想把《纸上》酿成一坛醇厚的酒。

四

桂花盛开的第一天，我去山后浦村的小店买了一小瓶白酒，产自东北，才九元钱一瓶，写着用高粱、大米、小麦、玉米酿造而成。老板娘说，村里人都喜欢喝。

这个十月，我第一次在娘家小院专心地等待桂花盛放，第一次发现桂花盛开之前要先挤落一些叶子，再褪去一层淡绿色的苞衣。盛开一周后，桂花快落完时，花里会长出黑色的比针尖还小的小虫子。如果下雨，地上的桂花雨会一直保持着在枝头的鲜红色，如果太阳很大，就会变成紫红色。

自然要喝桂花酒。二楼父亲的卧室里珍藏着两瓶多年好酒。母亲说："开吧。"父亲迟疑着说："开吧。"我说："我回杭后，你们也不会喝，还是等过年姐姐弟弟他们都回来了再开吧。"

我出门去小店买酒时，在院门旁看到我家的另一棵桂花树。它比南院的桂花树小很多，是南院桂花树的孩子。它和紫薇树、石榴树、高压电线紧挨着，枝条被挤到了墙外，常被我们忽略。多年前，母亲在大桂花树的枝丫上切开小口子，用湿泥包上，待伤口长出根，截下来种到地上，就是一棵新的桂花树。当年母亲包了两棵，她和徒弟一起把另一棵扛到了丫髻山的吕祖殿前，可惜后来被台风刮倒了。

母亲日夜祈祷的，是她的孩子们永远不要被风刮倒。

十几朵中国南方的丹桂，落入了中国北方45度的白酒里，如滴墨入水，如鱼入泉，如日入海。肉眼可见动人的一瞬，却无法捕捉层层涟漪下的化学反应。嗅觉、唇齿和舌尖代替肉眼捕捉到了层层涟漪般层次丰富、连绵馥郁的香甜，柔软，曼妙，如礁石上回望大海的美人鱼。

三个人的回忆随着热流涌满脑海，又滔滔不绝地从嘴里涌出。

"你们把我寄养在外塘姨婆家时，姨公每天用筷子头蘸一蘸番薯烧让我吮一吮，我边吮边哭，我要回家！我以为你们不要我了。"

"那时你弟弟刚出生，靠你阿爸的工资和学校补助根本不够养家，我日夜赶工给人做衣裳，太困了，就趴在缝纫机头打个盹。五更天，街上摆摊的人来了，会在门外叫：'老师姆，好歇着了！'"

"有一阵，你肾炎刚好，头上又长了湿疹，喝了多少中药啊，每次都不哭不闹，咕噜咕噜一口气喝下去，还是没治好，又照着民间秘方天天对着水缸照，花样都做尽了。后来，喝了人参浸的白酒和邻居给的蛇肉汤，终于好了，不然成癞头了。"

"把你接回平阳后，你姐姐肝炎住院，我陪着。除夕夜，你妈熬通宵给你们做新衣服。大年初一，她带着你和你弟弟，我带着你姐姐，在医院后面的仙潭寺汇合，一起爬山看风景，也没啥风景，就觉得味道显（玉环话：特享受）。"

"那时候那么苦，为什么不觉得苦呢？"父亲又喝了一口桂花白酒，说："有点甜。"

"太快了，一晃，我们都八十多了。"

一岁时，我不管不顾去追皮球掉进学校的泳池，百米外的父亲得到心灵感应似的赶来跳下去把我捞起来。十三岁时，我在河边被蛇咬了没吱声，幸好不是毒蛇，被父亲骂惨。十五岁时，常常在山边采野花吃，想让自己变得和香香公主一样香，幸好没中毒。十七岁时，胃出血，自作聪明用碱冲水喝下去幸好立刻吐了。父母眼里的二女儿，不知为什么总是不管不顾，傻憨无畏，难道，是我酒量豪横的祖辈们喝的酒早已融在我的血液里？

我们聊着从前，都绝口不提以后。我们从不讨论那终将到来的永别，不祥，不敢，不愿。

午后的娘家小院，光影斑驳。父母上楼午睡了，我买好回杭州动车票，整理好行李，一个人站在桂花树下，风很大，桂花雨落在我头上、身上，打湿了眼睛。桂花树下的铁架秋千椅是我执意买的，给耄耋之年的父母坐着晃晃，晒晒太阳。

邻居秀茶的丈夫过来帮忙安装,秀茶领着我,把老秋千架拆散的木头扔到了水井旁的野地里,说会有人捡去烧火的。还说你们都在外地,老爸老妈有啥需要跑腿的,叫我一声。

四十年前,"离家出走""流浪""死亡"是时常出现在我叛逆期日记里的词,四十年后,与亲人的离别成了最恐惧的事。

过了一会儿,接到一个文学活动主办方的通知,说活动延期了。母亲午睡起来,得知这个消息,脸上的皱褶笑成了一朵花,说,再多住几天吧,好吗?

我说,好。于是改签了车票。一瞬间,心里不那么难过了。

五

闭上眼,正对着上午九点的阳光。从最先的鹅黄、橙黄到胭脂红、绛红、朱砂红、玫瑰红、酡红,直至最明亮的银朱色。无数种中国红在闭合的视线里翻涌变幻,如无数种酒不同的名字,不同的度数,不同的香型,不同的前世今生。

老家的"品牌狂者"达柏林从酒柜里拿出他从世界各地带回的酒,在我面前排开:0度的葡萄酒Audariy,67.5度的啤酒 Snake Venom，上面画着一条吐着"信子"的蛇，96度的白酒 Spirytus……

我选择了96度的"生命之水"Spirytus，虽知不能直接饮用，多用来调制鸡尾酒，但我很想尝尝它本真的味道。轻轻抿了一小口，唇舌间一麻，脑门轰地一热，如同太阳瞬间爆发的日冕。酒液瞬间蒸发，像一条蛇一样溜走了。

如果喝一大口，让这条蛇游入喉部、食道和胃部，会怎么样？

一条毒蛇，是白酒的另一面。自古"酒药同源"，酒是人类疗伤的药，疗肉体的伤，也疗精神的伤。同时，它以迷人的姿态游入人体，日积月累的毒，成为血液的一部分。娘家小院北边的楚门十字街，有我因酒精肝病逝去的两个堂哥和他们的酒友们，娘家小院南面的东海边，有我认识或不认识的渔民，躲过了风浪，却躲不过常年饮酒抵御风寒造成的戕害。

母亲的电话追过来急急地嘱咐，天气这么热，那瓶96度的白酒千万别放后备厢！千万别打翻！千万别着火哦！

我曾经在老家的山里村喝过70度的老酒汗，曾经在四川宜宾的酿酒车间里喝过高度原浆酒，曾经在甘肃渭南喝过金黄色的三十年陈酿,曾经一眼爱上黄永玉先生为家乡的"酒鬼酒"画的那个痴憨酒鬼,他身背酒坛、满脸通红、疯疯癫癫地往前跑着,鞋掉了一只也浑然不觉。

是无数爱酒人心中自己的模样。

霜降降临海岛,桂花终于落尽。离开山后浦前往动车站时,忽然发现山后浦曾经青翠欲滴的入口处新开了一家小酒馆,墙上写着"无酒不江湖",耳边响起几声苍凉的吟唱:

一杯敬朝阳,一杯敬月光。

一杯敬故乡,一杯敬远方。

一杯敬明天,一杯敬过往。

一杯敬自由,一杯敬死亡……

人间热浪蒸腾,人间寒风刺骨,人生悲喜交集,人世一言难尽。拿什么抵挡?拿什么掩藏?拿什么倾诉?幸好啊,有这朝阳般温暖、月光般清澈、婆娑世界般浑浊的玉液琼浆。

宽恕我的平凡,驱散了迷惘。

十月霜华

●

十一月隆冬

●

十二月暮岁

冬乐

十月
October
霜華

立冬·山中初雪

引墨，最初的雪子在窗外绣球花的叶片上叩响"嘚"的第一声时，我正在一座名叫"在茨"的石头屋内侧耳聆听。我看了看手机，2021年立冬，上午九点四十四分。打开门，听见整个齐鲁大地响彻着恢宏的沙沙声，然后，我目睹了短短几分钟令人震惊的"回光返照"。

绣球花硕大的叶片曾在昨天呈现出火焰般的红。此刻，雪子落在上面，有的瞬间化了，有的凝了薄薄一层，于是，被雪水打湿的叶片，高举着烙铁般的红。

大吴风草像巨型铜钱草，雪子落在上面，像一只只盛了砂糖的浅盏。"砂糖"很快融化，雪水濡湿了所有叶片，于是，大吴风草在地上燃起了火焰般的蓝绿色。

黄杨球像一根根玉手指般簇拥在地上，雪子落在上面，像很多只刚被母亲洗净还未擦干的孩童的手。石墙上的老石头和满墙的爬山虎也被雪水涂得闪闪发亮。远处，东山上的柿子和满山的黄栌叶也被雪水涂得闪闪发亮。

在雪子抵达大地、雪花尚未到来那极短的几分钟内，秋季挣扎着释放了最艳丽、最辉煌的色彩，像是对天地最后的深情告白，然后迅速被铺天盖地、寂静无声的白茫茫大雪层层覆盖。

一场雪，像季节的一个渡口。

中午十二点零二分时，我坐在青未了客栈落地窗前等一碗山东人立冬必吃的饺子。这是山东淄川的土峪村，离惊蛰时节我第一次来时，已经隔了两个季节。初春的那个晴天，我靠在老柳树横卧在水边的巨大枝干上和你通电话，反复讨论我的新书《纸上》的封面设计，两个季节后，黄菊和这里的小伙伴邀我来围炉分享新书。黄菊和天气预报都说，立冬会有一场雪，果然。一个南方人能在北方目睹冬天的第一场雪，心里自然激动，未曾料到的是，这场雪如此大，来去如此迅疾——一夜间，天地从秋过渡到冬。

天地间这迅疾的过渡，像一场惊心动魄的战争。这北方的初雪，与南方的完全不同，像怀着什么使命，不是风带着它们，而是它们用力裹挟着风，漫卷，狂舞，发出炉火般越烧越旺的呼啸声。仿佛冬的千军万马，在进发，在驰骋；仿佛齐鲁大地上历史时空里曾经的千军万马，在进发，在驰骋。最后，像《三体》里的歌者用二向箔将三维世界降维成一片白茫茫大地。

我第一次如此长久地注视一场雪，努力回想着一年前的雪、十年前的雪、三十年前和五十年前的雪，谁能预料，自己的余生还能遇见多少场雪？

雪中出现了两个人，是一对年轻的新人。女孩短发，戴眼镜，微胖，头戴粉色花冠，穿着白色婚纱，露着肩背，右手捧着一束鲜花。男孩高她很多，黑瘦，穿着并不像礼服的黑色单薄套装，他们在漫天大雪里拉着手，有一个女孩在给他们拍照。雪花落在三个人的头发上，落在新人年轻的肌肤上。男孩说了一句什么，女孩大笑着扑向他，他一把将她搂进怀里，他们不知道，两个人灿烂的笑容也定格在了几个局外人的镜头里——女孩的唇比她手里的玫瑰更红。能想象得出，身体有多冷，心就有多热。

来自云南的女孩晋思说，这是他们两个人的婚礼，他们在青未了住一晚，就算结婚了。除了我们，他们是唯一的客人，昨晚应该是他们的大婚之夜，我们曾隔着桌子在餐厅用餐，他们吃的食物和我们的一模一样，藕片、炸子鸡、米饭、南瓜粥，如此简单。

他们的婚礼，也如此简单。唯有漫天飞雪在祝福他们携手开启新的人生旅程，也以刺骨的寒冷提点他们的未来。

我想出去走走，遭到了所有人的反对，但我真的很想去雪地里走走。于是我走到了屋外，走到了大雪中，把自己扔到了一尺厚的雪地上，摊开四肢，仰面朝天，任雪花落满了脸，停满了眉睫，几乎睁不开眼睛，耳边传来积雪摩擦耳郭的声音，是我从未听过也无法用象声词比拟的一个声音。我歪过头，看见雪地里落了狗或者什么动物的脚印，一个个小窝向着深山里延伸。

假如一个人知道余生还会遇见多少场雪，便不会为一场雪如此激动和执拗了吧？那么，有谁能保证自己的生命里还能遇见一场大雪呢？

引墨，大雪过后的第二天，居然是个大晴天，雪洗净了一切，连同天上的云。农家院子积雪中的串串玉米，在阳光下呈现珠宝的质地。每个院子前的小路上的雪都已经被早起的村民扫过。一只几个月大的橘猫在一堆堆积雪间钻来钻去，被拴着的狗们一听到路人的脚步声便狂吠，两头灰咖色的肥猪躺在猪圈里晒太阳。白雪，黑树，红柿，蓝天，灰色炊烟，被悬在屋檐下的一柱柱冰凌收入了"镜头"。我和他沿着惊蛰时分常走的一条小道上坡，看到几棵巨大的老柿子树上，有一群我曾经见过后来再也没找到的灰喜鹊正在啄食柿子。黑亮的头顶和眼珠，灰白色的背，淡蓝色的羽翅和长尾巴，当地人叫它们"长尾巴狼"。他走了很长的山路回到客栈拿了长焦镜头，又赶回那里，说拍下来发给朋友们，寓意"喜事（柿）连连"。

我脱了鞋，坐在石头屋门口的地板上晒太阳，吃冬枣、橘子，嗑瓜子。阳光透过天窗落在我正读着的一本书上，阳光也落在玻璃窗上，每一个窗棂格子上都停了一弯积雪，流畅的弧线是风的杰作。石头窗台上，有一个秋天的橘子，三片来自东山的秋天的黄栌红叶，静静停在冬日的第一个暖阳下。这无比静谧的时刻，突然给了我一个提醒：此次土峪村之行，是他结束十余年的漂泊回归家庭后我们的第一次远行，那么，是否也意味着从此时起，我们要进入一种新的相处模式和生活状态了？那么，从此时起，这天地间有多少人、多少生灵，因为一场大雪而进入一段新的生命旅程呢？更好或更坏，谁知道呢？有多少骤变是允许我们提前做好准备的呢？如同东山会一夜白头。

引墨，我坐在石头屋的阳光里听融雪的声音时，听到了很像我平时给花木浇水时干燥的泥土吸吮水发出的嘶嘶声。日本的清少纳言在《枕草子》里写过"不相配的东西"，比如很拙的字写在红纸上面，比如穷老百姓家里下了雪，又有月光照进那里，很凄婉的。而我在立冬的土峪村，眼前全是"相配的"：红柿子和灰喜鹊，积雪堆和小橘猫，玉米堆和羊的咩咩声，炊烟和挂满红辣椒的屋檐，饺子和凉拌红心萝卜，屋檐下的冰柱和窝在被窝里邀我们进去喝杯水的老婆婆，漫天飞雪、新娘的笑脸和裸露在大雪里的肩膀，还有客栈门口的南瓜堆和特意去换了衣裳、涂了口红、画了眼线到雪中拍照的晋思她们。

与飞舞着的雪花"相配的"，是忽然浮现在我眼前的、这一两年忽然遇到的你们：将近不惑之年的资深媒体人、行者、作家黄菊，她曾带着无数人开启"地理杂志"般的旅行，在行走中探寻生命的意义；而立之年来自四川大凉山的Vimi，她每天用镜头走遍千山万水，捕捉传播光和美；还有不惑之年的引墨你，每天徜徉在文字世界里，用眼睛走遍千山万水，并引领着读者走遍千山万水……像最北方肆意的雪花那样漫舞，用自己最喜欢的方式追着光，发着光。

已过知天命之年的我，和融雪是相配的。我不管不顾躺在雪地上摊开四肢的姿态，和年龄是不相配的。我坐在石头屋前，嗑着瓜子，晒着太阳，翻翻书，和年龄是相配的。假如给自己设置一个心境，我想它应该像眼前无比安详的融雪，渐渐凹陷，渐渐衰微，化成雪水，却也相信雪水也是有用的，也是有好的去处的。

一弯眉月和一颗极亮的星相伴着在东山升起时，积雪已渐渐化尽，土峪村古老的石头们在月光下露出了湿漉漉的脸。晋思端上铜火锅，几个小伙伴费了好大劲终于把火拨旺了，锅里滋滋冒着热气时，俊瑞他们已经从山下赶到山上，踏着积雪，穿过门厅，围在炉火旁，等着我和他们一起围炉夜话。晚上七点，山谷里响起我们的朗读声，炉火正旺，红酒的温度正好，豆蔻的香味也正好。

晋思向我提了一个问题，关于行走的形式。她从云南来到山东土峪村工作，就是为了看看北方的雪，看看外面的世界。我说，除了真正的出门远行，其实读一本书，一个善念，一个善行，和陌生人聊天，此刻的围炉分享，都是行走。

"惊蛰时，作家苏沧桑作为今年文化＆艺术驻村项目的第一位创作者抵达村子，那时，春的气息还潜藏在地下，除了一树杏花。"无法前来和我们一起看雪的黄菊发来了一段话。从2021年惊蛰至2022年雨水，每个节气，她和朋友都会邀请一两位创作者来土峪村小住，她自己也会赶来陪伴。她写道，"那是村子所在的整个山谷最早开的一树花，她每日午后散步经过树下，站在一块呈三十度起伏的坡上，仰着脖子凝视头顶那株枝干遒劲、树冠优雅的杏树，直到亲见第一个花骨朵儿开出花来，第一批花骨朵儿开出花来。立冬时，她带着自称'摄影发烧友'的家人一起回来。前一日还是秋的盛宴，明艳艳的太阳下，满目皆是黄的柿子蓝的绣球红的锦带彩色的东山西山。立冬当日，雪子一早便来敲窗，至傍晚，大雪已没过脚踝。苏沧桑来自杭州，面对这场虽如约而至却远超期待的大雪，除了不顾形象去雪地里打个滚儿，再回来围着火炉吃一碗热乎乎的饺子，就只剩下驻足任何角落凝视啦，就像惊蛰时凝视杏花一样……"我喜欢她用的那个词——"回来"。

回屋时，接到母亲来电，立冬时节的东海玉环岛，还只有一点点凉意。母亲说,我今天到三楼搞卫生看到你放在浴室门口的脚踏巾上有好多头发,上次你来都没有掉这么多头发呢……每次回老家陪父母小住,离开前我都会打扫一遍卫生免得劳烦母亲,却忘了脚踏巾上的头发,下次得记着。母亲定是一夜之间蓦然惊觉,她眼里永远是"囡儿头"的二女儿,白天奔走在田间地头,夜里"爬着格子"的二女儿,也会老,也老了。

引墨,这几天我看纪录片《绿色星球》,发现在延时摄影镜头里,花朵们开放时的形态是我之前从未注意过的:不是盛开了就不动了,而是会稍微闭合一下,又盛开,像人的呼吸一样一起一伏,循环往复直至枯萎。一粒芽从森林的腐叶间冒出来,也是这样,呼吸般的一起一伏间,能看到它们用力的轨迹,像将拳头缩回来再打出去一般。引墨,这真像天地间每一季都认认真真活着的生命啊,即使被不期而遇的"暴风雪"暴打,被大雪封山般的时空禁锢,每一秒都像心跳般用力,哪怕最后,在宇宙中,像一场初雪一样,消融得那么快,那么彻底。

立冬·藏

"咔—咔—",山后浦邻居萍老公用锄头先锄到他估摸的番薯的旁边,挖起点泥土,然后再"咔咔咔",几大块番薯连着根翻滚着露了出来。

我学着他的样子,一锄头下去,"咔嚓",而不是"咔咔",泥土中露出被我的锄头锄成两半的番薯。

邻居萍老公笑了,说:"不能这样挖,要先挖旁边的泥,然后才能挖番薯,不然一锄头下去,会把红薯砍伤的。"这是我第一次听说。

立冬,天气转凉,但阳光仍旺。他将他的斗笠让给我戴。按照他的说法,我试了几下,果然好多了,只是砍破了一点点。临走时,他一定要把他挖的番薯送给我,而不让我拿走被我挖破的番薯,他说不然要倒他的牌子的。这是一个农民的荣誉感。

在他的笑声里，我听到了祖父的笑声，看到了祖父头上的斗笠。祖父骨子里的浪漫与他贩卖海鲜的身份很不相符，他最爱月圆之夜，着一袭素色长袍，和喜爱吹拉弹唱的朋友们租一条船，备一些酒菜，将船划到小镇的南门河的河心，在明月清风里低吟浅唱。

家人闲坐、灯火可亲的晚饭时分，祖父就着蟹脚喝着酒，一遍一遍给他的孩子们讲不知道从哪里听来的老故事。他说，从前乾隆下江南时，到了一个村子里，吃到了一道特别美味的菜，问农家这个菜叫什么名字，农家说"金镶白玉板，红嘴绿鹦哥"。乾隆回宫后万分思念这道菜，让厨师去乡下找，厨师也好奇，这到底是啥菜，原来就是油煎豆腐加菠菜。祖父又说，从前有一个书生到山里口渴了问山民讨水喝，农家妇女舀了一瓢水给他喝，他喝着觉得异常清甜，又听到竹林里有锗锗的水声，便问"何处水锗锗"，农妇答"金竹波水缸"。书生又问"一年四季有"，农妇答"秋冬断点无"。

每到端午时节，全家围坐一起吃锡饼时，祖父还会和孩子们讲另一个穷书生的故事。穷书生妻子叹气说："别家有酒又有肉，我家清水配菖蒲。"书生答："娘子不必题苦诗，今年端阳我得知。有朝一日龙凤会，共享繁华也未知。"

贩海鲜的祖父,内心里一定住着个文艺青年,否则记不住这些文绉绉的话。

祖父本来可以一直这样"文艺"下去的。可时局说变就变了。当年,为了避免几个叔伯兄弟被抓壮丁,他几乎倾囊而出,让外乡乞丐替了他们。后来,他的无奈之举为他换来了一顶"帽子"。很久以后,"帽子"终于被摘掉,他感到自己真的老了,什么锐气也没有了。

立冬时节,山上并无什么可种,祖父会戴着斗笠,挑着两个筐带着我一起上山,去他仅有的一点点地里干活。与其说是种地,不如说是放风。至今,我依然听得到从悬崖那棵巨大的杜鹃树下穿过的午后的风声掠过我的耳朵,他的烟味掠过我的鼻子。他仰身躺在一个斜坡上,眯着眼慢慢摸出烟叶,有时,他好像在想什么,又好像睡着了。

我将一朵野菊花含进嘴里,就像我后来将家乡几乎所有的花都含进嘴里一样,并吃了下去。所幸我没有中过花的毒,却中了乡愁的毒。

沉默的祖父是乡愁的一部分。祖父像立冬时节的大地般深藏不露。有时他将自己藏进一个有两个孔的毛线帽里,只露出两只眼睛。我看不到他的笑容,但能看到他的眼睛看向我们时，像含着笑意。我记忆里他唯一对我说过的一句话，大意是：好人不一定有好报，但好人心安呐。

外塘姨婆卧室里柜子开门的那一声"咿呀"并不响，却像水一样灌溉了一个孩童对零食的无比渴望。那是一片荒芜的田野，只有炒蚕豆，或者甘蔗、荸荠，再无其他。姨婆从柜子的衣服深处，挖出一个圆圆的、小小的瓷瓶，还未打开，我的感官像已经尝到了饼干的香甜。那里静静躺卧着不多的几块饼干，姨婆每一次只给我们几个孩子一人一块。我不知道这些饼干的来历，姨婆像在做一件平生最秘密的事，她神秘兮兮含着笑的眼神，让我怀疑晒盐为生的姨公也不知道，他会觉得吃饼干简直是暴殄天物。我猜想，姨婆是挑担到镇上用盐偷偷换来的，她自己只吃过一块，那份香甜，已经被她铭记。我甚至想，饼干在海边的房子里放了很久，肯定已经受潮，并没有那么好吃，那份香甜也已被我遗忘。但姨婆开柜门的声音，是童年记忆里最美好的一个声音，短促，温暖，富足，是一个孩童对美好生活的无尽想象。

立冬时节，万物萧索的时节，亦是蕴藏的季节。我的姨婆藏着几块小小的饼干，我的祖父藏着一肚子的秘密，不再说笑，也不抱怨。我们的祖辈，善于深藏苦痛，也善于深藏随时随地可捧给家人的惊喜,如同大地上的每一颗种子,深藏着对春的信赖、对秋的诺言。

小雪·终夜如年

杭州下了一场小雪，雪未落到掌心就化了，在远处的山巅积了薄薄一层，如渐入知天命之年的鬓角。

我开车穿过钱塘江大桥，去名医馆看中医。小雪时节，天气阴冷晦暗，江南已呈"荷尽已无擎雨盖，菊残犹有傲霜枝"的初冬景象，医学上说，此时容易引发或加重抑郁症。

沿着楼梯走上二楼张光霁医生的门诊室时，我听到了一个年轻女人的说话声，普通话很标准，气息稳定，声调轻柔，似乎在向医生倾诉着什么，中间又穿插着几句语调稍稍高一点的话——妈妈别哭，别哭！

年轻女人正坐在张医生对面的仿古椅子上，微胖，长相一般，皮肤很好，讲述病情时，脸上没有任何焦虑，说出的话却让人惊心。

她说，生下儿子两个多月来严重失眠，日夜担心自己患过的肝炎会遗传给儿子,每天都想自杀,吃了安眠药也只能睡两个小时,一做梦就惊醒。她说可能是自己怕安眠药有副作用,就把说明书扔掉,可是又会强迫自己去看说明书,甚至去网上查说明书里说的副作用。她转头跟站在她身后的母亲说:"你要有心理准备。"

站在她身后默默哭泣的母亲一听"心理准备",一下子哭出了声,用萧山话急急地说,女儿失眠,她也失眠了,每天都害怕极了,怕女儿出事。她的话含糊不清,黑红的皱纹聚集着焦急,绝望的眼神砸落在等候的病人们脸上,像在求救。

女儿自言自语:"要不我跟妈妈分开住吧,我怕恶性循环,把妈妈也弄疯了。"

母亲从后面一把拽住她双肩,说:"不分开,不分开。"她边哭边说,又使劲抑制着自己,怕惊吓了女儿似的。

女儿咬着唇说:"妈妈不哭,我会努力。"

张医生的语调如他长相般温润,他说:"这张椅子上,也坐过一个人,他根本坐不住,当着我的面就要去跳楼,但是后来还是治好了。你这么年轻有什么好担心的呢?一两天不睡觉有什么关系呢?能睡就睡,睡不着就起来做事情,回去吃点中药,不要老想着失眠这事,很快就会好的。"

睡眠像空气，失去时，才会知道生不如死。两个月前，我送女儿去英国留学，没想到回国后时差一直倒不过来，失眠严重。尽管我提示自己，不担心她、不想她，但潜意识里无时无刻不牵挂着她，隔着万里，我的时差潜意识里跟着她的时差。我才知，失眠是会让人抑郁的，也深深体会到了宋代诗人陈睦在《沁园春》中所写"小雪初晴，画舫明月，强饮未眠……空肠断，奈衾寒漏永，终夜如年"的滋味。

又一个"如年"的夜里，我起床披着寒意，钻进了女儿房间的被褥里。

她睡过的被褥早已洗晒过了，但房间里仍留着她的气息，气息像云一样托着我、覆盖着我，将我带进了失眠两个月来最黑甜的睡眠里。

曾经看过一个纪录片，一个叫汤姆的马语者怎样驯服一匹野马。他用肩膀引导它走向自己，他不停跟它说话。它跑着，左耳听着周围的声音，右耳锁定他的声音，如此反复，他整整追了一百公里，最后它同意了，开始舔舐咀嚼，表示顺从。他摸摸它的鼻子和额头，它美丽的鬃毛在阳光下闪闪发亮。他们互相抚慰，与对方讲和，也与世界讲和。

每一个人，都是一匹孤独的马，需要一个执着的马语者来抚慰,来挽救。人与人,是彼此的马语者,反复的交流,是唯一的桥梁。而反复的交流,有时是语言,有时是拥抱,有时仅仅是一个声音,一种气息。

小雪·高逸图

麦子,你是否和我一样,在进入知天命之年后,无数次忘记了某件事情的本身以及因果,只对当时的某种声音、某种气味、某种感觉念念不忘?就像琴弦上的音,是谁将它演奏?

其实,我已然忘了2022年小雪之夜八点三十五分,当我听见手机"吱"地一声震动时,我正在做什么,天气如何,冷或者不冷。彼时,我处于一种小雪时节天气般说冷不冷一言难尽的状态,很多事看不清道不明,也懒得看清道明。彼时,我也未曾意识到,从那一夜起直至立春前这一段漫长的冬日,于我个人,于华夏大地上的每个人,都将是历史性的。

出版社老友文军发来了一个微信链接,是新东方俞敏洪"老俞闲话"公众号的一篇文章《在深秋的时节,体会简单的喜悦!》。

点开，阅读。读着，读着，读到了自己的名字和《纸上》。

这一年的初夏，俞敏洪老师带着他的新东方浴火重生，网络直播和"文学扩圈"也成为这一年极具冲击力的文化现象。莫言、余华、张炜、梁晓声、麦家、阿来、毕淑敏等文学大家纷纷现身网络直播平台与读者互动，观看人数动辄上百万人，图书销量成千上万甚至数十万册。在书店纷纷关门、书市萧条的情况下，知识主播、文化带货产生的现象级效应无疑令人鼓舞。文学扩圈，如同从此岸到彼岸的另一条渡船，让文学以更多元形式抵达读者、拥抱读者。

我从未想到过，这个文化现象有一天会与我产生联系。俞敏洪老师在文章里写了这样一段话："这周阅读成果如下，阅读了刘亮程的《一个人的村庄》，苏沧桑的《纸上》，还有阿来的《尘埃落定》……苏沧桑的作品我原来并没有太注意。这次出版社把她的新作《纸上》给我寄来，我本来也就是茶余饭后翻看一下，结果一下子被书中的文笔和故事吸引住了，忘了吃饭喝茶，一口气读完了。苏沧桑以非常踏实而唯美的文笔，记述了七个美丽生命和他们为自己所爱的事业付出的故事。要说事业，其实有点大，他们不过是普通的养蚕人、造纸人、唱戏人、养蜂人、酿酒者、茶农和船娘，但他们把自己的心血和生命全部赋予了自己的热爱，以至于让人窥见了其中的无穷魅力和诗性。苏沧桑用自己的参与、体验和情感，以文字为酵母，把这些故事，酿成了一篇篇甘醇的阅读美酒。因为被《纸上》所感动，我去当当网，购买了全部苏沧桑的作品图书，准备认真翻阅一下，并在适当时机和她亲自沟通交流……"

第二天，俞老师加了我的微信，平易近人得仿佛是我老家的兄长。他发来一张照片，是他网购的我的五本书，整整齐齐摆在书桌上。从那一刻起，我没有再把他当作一个了不起的企业家和教育家，而是一个读书人。我们欣然约定择时进行文化对谈。

半个月后，我从云南"云游"归来。碧水、晨雾、桑烟、海鸥、日出构成的琉璃世界，让我几乎忘却了婆娑人间。三年来日夜盼望的"放开"就在航班抵达杭州的那个下午变成了眼前的现实。

俞老师征求我意见，确定了直播对谈主题"遇见岁月 纸上相逢"，时间为12月14日晚上八点。我有点忐忑，担心自己名气不大，到时没人来看直播，担心自己讲得不好，辜负了俞老师的美意。俞老师说，对谈的主要目的，就是把我的粉丝读者引导到你们那里去,读你们的书。

直播那日,俞老师整个团队的工作人员和家人几乎都"阳"了,当"一枝独秀"的俞老师抱着他家的小狗么么坐到直播间镜头前时,看起来非常朴素也非常憔悴,我的眼眶猛地一热。

"沧桑好!"在各种视频里出现过很多次的那个声音,穿越千里抵达耳蜗时,呈现的是泥土厚朴的质地、金属朗朗有声的质地、冬阳温暖的质地。

两小时四十分钟的时间里,俞老师和我与网友们分享了我的散文集《纸上》《遇见树》,分享了中国江南山水之美、风物之美、劳动之美、人民之美,以及美背后的披肝沥胆甚至惊心动魄,探讨了作家的使命与职责、中华优秀传统文化研学项目的可行性,分享了对生命意义的理解,也很欢乐地聊了好多"八卦"。我们共同祝愿2023年一切更美好。缘于俞老师的巨大影响力,二百多万网友来过直播间,七百多万网友观看了回放,文坛很多师友乃至大咖都看了直播,并在各个读书群里实时分享。

那个寒冷而特殊的冬夜,无数人因为文学彼此温暖、彼此照亮。

我常常问自己的文学初心是什么？名利还是真爱？我常常茫然四顾，我的潜在读者在哪里？机缘巧合，在茫茫人海中得遇俞老师这样特别的读者，在与他深度对谈和思想碰撞的分分秒秒里，我感觉自己变成了一条河，第一次如此全方位地回望自己，审视自己，肯定自己，也修正自己，更勇敢地向着大海奔涌。

除夕前夕，收到俞老师让团队寄来的新年大礼包，里面有俞老师送给所有文化对谈嘉宾的手写体贺年卡："……感谢您在过往的一年里，授人以渔，以启智慧，以成光暖。"

一言难尽的2022年，在岁末竟赐于我如此珍贵的机缘。

麦子，我其实是很不善于表达和评论的，我总是无法将自己的感受及时、准确地传达给我感恩的人们，比如俞老师，比如我的亲人、我的恩师、我的朋友们，比如一路陪伴我、鼓励我的读者们，比如你。或许是觉得，言语再真挚，也还是太轻吧。

麦子，记得吗？十年前，我和我的散文《遇见树》在中国第一大报上遇见了同龄的你。后来我们无比惊讶地发现，三十年前，你在报社值夜班时，我们就已经在报上相遇了。那天报上刊登了一张新华社记者谭进拍摄的照片：浙江省百名青年作家来到省少年管教所，与一百名犯罪少年进行一对一谈心。十六岁的少年犯张某某将自己的通讯地址留给我，期望我常来信。当时这张照片在很多媒体刊出过。你说："真是奇妙的缘分啊，那个版面正是我原来工作的部门负责做的，而我是当时夜班版面的值班主力。"你说："难怪，我说咋看那个大脑门儿那么眼熟呢。"

后来，我的《等一碗乡愁》又一次和你相遇。多年后你告诉我，你不止一次读着读着便泪流满面。

麦子，还记得我们的第一张合影吗？北京鲁迅文学院，金黄色的银杏树下，两个胶原蛋白满满的同龄女人，笑起来眉眼和嘴角呈同一弧度向上弯曲。我去北京参加国际图书博览会，你执意邀请我住到你家，把我当作大学室友般招待，亲手给我做面条和早餐，亲自开车送我去高铁站，非让我带上两饼你家里最好的普洱茶。

麦子，无论多少年过去，我都会记得那个清晨。夏日的初阳透过客厅落地玻璃照在盘腿闭目打坐的你身上，你瘦削的剪影沐浴在光晕里，像一尊玲珑剔透的白琉璃，因外部轮廓被晨光晕染开来，实体看起来缩小了一圈，因而呈现的是一个五六岁小女孩的模样，一个小天使的模样。忽然，天使转过脸来，笑着说："哈，你起来啦！"我看不清光晕里你的笑容，只听见你发出的笑声比初阳的质地更通透更明亮。

你面前的小桌子上铺着精致的餐布，密密麻麻摆着你亲手为我做的尤为丰盛的早餐，光是喝的就有牛奶、柠檬水、咖啡、普洱茶和白水等，还有码得整整齐齐的嫩姜片和猕猴桃片。我从未对你直言过，你的才华、你的美丽、你的敬业、你的自律，你的率真和大气，都让我仰望，是自己一直想要成为的样子。话却被你先说了，你说："美好又自然，惠风和畅，这就是你。"

你一定忘了，我的跳舞机是你推荐的，更年期维生素是你嘱咐我吃的，你还会为我遭遇的不公愤愤不平。你说我们都要健健康康的，你说你不看也不发朋友圈，有开心的事要主动分享给你。不重要的事，"王八排队大概齐"就行了（这句话差点把我笑死）。我会忘记吃药和锻炼，可你的认同、厚爱和引领，于我，是大补。

麦子，人世间最美的相遇，无非心灵的同频共振，哪怕隔着千山万水。如同我和你，如同我和一路上遇到的素昧平生的读者朋友。从多年前手写的读者来信到电子邮件，再到后来的QQ、微博、微信。从巴黎、悉尼、温哥华、北海道，从西藏阿里、新疆伊犁最远的高寒地区县昭苏县，从内蒙古草原深处，从云南陆良，从唐山，从我的老家玉环岛……远方的陌生读者和文友捎来对我文字的肯定，对我和家人的祝福，还有来自森林的松露、松茸、茶叶、蜂蜜，亲手缝制的中国风挎包和手写的七八页纸的长信，还有水果、糕点、红糖等各种好吃的，甚至秋衣、秋裤和软底鞋，于我，都是补的。

疗愈我，滋养我。

麦子，真遗憾啊，疫情的原因，我的新书《遇见树》北京发布会暂停。记得我邀请你和李敬泽老师做我的对谈嘉宾时，多么直接而蛮横，你们却第一时间爽快地答应了。也许这个发布会再也不会举行了，可我一直收藏着出版社当时发布后来又紧急取消的直播公告，看着里面我们的照片，就觉得，我们已经聚过了，想说的话，已经在心里说过无数遍了。

麦子，你是否也无数次被深夜吸引，舍不得合眼，仿佛夜越深，越能与自己的灵魂相遇。此刻深夜零点，四周俱寂，我盯着一幅古画反复端详。唐代画家孙位的《高逸图》卷，描绘了魏晋时期竹林七贤的清谈场景，应是《竹林七贤图》的一段。画面以山涛、王戎、刘伶、阮籍四个士大夫为主体，列坐于绚丽的花毯上。与中国传统画最大的不同是，画家打破了空间纵深，将四人平均分布于画作空间里，以松竹垂柳等相间，没有大小、远近、疏密，不羁的坐姿和神情，体现了人物之间的平等融合，人与自然之间的平等融合，在唐代画家的眼里心里，尽显魏晋之风的清谈，就应该是这个样子的。人与人之间，也应该是这个样子的吧。

我和你，我和俞老师，和所有未曾谋面的读者朋友们，远隔千里万里，大多数终生无缘相见，我对你们的了解，如同三毛所说"你对我的百般注解和识读，并不构成万分之一的我"，我对你们的依赖，却是一万中的九千九百九十九。在属于我一个人的小宇宙里，我和你们一直一起坐在明月清风里，如同《高逸图》描绘的那样，以最不羁或最舒服的姿势，清谈着，不分长幼，不分贵贱，不分彼此。如同我在《水边》写的那样，"气场相似心灵相契的我们其实一直在一起，沿着同一个方向在奔向大海"。水色澄净，水声清亮，山呼海应，不绝于耳，如同亲人们的呼吸吐纳——我生命的永恒光源。

十二月
November

隆冬

大雪·下雨的时候

一

如果今生我和小鹏还能再见,如果他再来杭州,我想邀请他来这里——宝石山上的纯真年代书吧坐坐。正是江南的大雪节气,和他的家乡东北不同,大多数时候并不会下雪,如果下雪,也会是很小的一场雪,星星点点的飞雪仿佛只由三两朵雪花构成,太轻了,因此,当我从露台上探出身子,将脸浸入飞雪中,感觉到了针尖般细微而密集的清洌,我发现,雪不是从天而降,而是从大地往天空飞扬,洁白细小的花朵勾勒着风的形状,回旋着倒流回天空,消逝在天空深处。最终,大地上仍会积聚起薄薄的一层细雪,转眼间就化了,像一些奇妙却稍纵即逝的缘分。

大多数时候,大雪时节的江南都下着一场又一场绵长的冬雨，湿冷的更加湿冷。

此时，从纯真年代书吧二楼的木窗望出去，将视线稍稍低垂，便会看到冬雨迷蒙、树影婆娑中的西湖，西湖中的几座岛屿，如几叶被秋季遗忘的残荷。淅淅沥沥的雨声里，我听到了另一些时空的另一些雨声，另一些声音。

二

第一个声音和小鹏有关。

小雪时节的某个午后，大约三点，手机突然响起了音乐《下雨的时候》，是我自己设置的微信铃声，音乐组合神秘园（Secret Garden）的代表作之一，也是我最喜欢的乐曲。小提琴、钢琴、吉他如泣如诉，仿佛来自另一个时空、直抵灵魂深处的旋律勾连起无边的思绪，无尽的思念和忧伤。生命旅途中——失散的人们，如雨滴隐入大地，如江河隐入大海，如飞雪隐入苍穹。他们在哪里？他们还好吗？在我离开这个世界后，到哪里和他们重聚？在我来到这个世界前，我又曾与谁失散？在另一个维度，真的有一个"我"一直在默默守护着我吗？

是母亲发来的视频邀请，我毫不犹豫接起来。视频里出现了坐在娘家小院桂花树下的母亲，笑得像一朵重瓣的茶花。她说，你看，你的粉丝，从大连专门飞过来的，他自己和你说哦。

小鹏猝不及防地出现在视频里，四十来岁，白T恤，健壮的身材，明亮的眼神，阳光帅气。

他憨笑着说，他是大连人，常年客居日本，六七年前他在一本航空杂志上读到了我的文字，很喜欢，但忘了名字，没想到第二次坐航班，那本杂志还在，便记住了"苏沧桑"这个名字。后来，他找了很多我的作品来读、来听，专门托朋友将《纸上》带到了日本，那些文字伴随他度过了一段特别焦虑的日子。这次回国探亲，他便专门从大连飞温州，唯一目的地是"楚门山后浦15号"。

第一反应，是不是骗子啊？

后来母亲悄悄说，她和父亲阅人无数，看得出他不是坏人。母亲又说，我们不要把谁都想得那么坏。

得到我父母的鼓励和我的首肯后，他一路狂奔连夜赶到杭州。一路上，还善解人意地发来现拍的身份证照片、航班住宿行程等信息的截图，应我请求打开了本来仅三天可见的朋友圈。于是我看到了一个热爱阅读、健身、行走，兢兢业业从事着海外人才交流服务工作的中年人。

第二天中午，当我前往家附近的赞成广场和他如约见面，人群中一眼认出了抱着一束鲜花、高高瘦瘦的他，这一天阳光很好，如同我见到他后的心情。

后来他说，其实没有奢望真能见到我父母，更没有奢望能见到我。只想着能把他爱人选的手作茶陶具留在娘家小院。后来，他发来这次"朝圣"的记录，读着他所谓的"流水账"——《到楚门去》，我的眼睛湿润了。

小鹏送我们的日本名匠的手作茶陶具，一套留在娘家小院，一套放在杭州，白色的袅袅热气衬托着银灰和黑色陶瓷的古朴、典雅，好像绵长细雨般说着说不完的话。有一本心理学著作叫《冷读术》，其中有一个可以了解对方心理和建立信任关系的"杯子测量法"，就是把他的酒杯和对方的酒杯放得很近，然后观察对方拿起杯子喝了之后会将杯子放到哪个位置，预示着对方与他的心理距离。

我不会去试。人心比之人世更纷繁复杂，我无心无力分辨、算计、试探，宁愿选择相信这个基本逻辑，相信人与人之间的善意和美意。

三

第二个声音,是两年前的初秋时节,阳光斑驳的午后,一行人踩着满地淡黄色的栾树落花拾级而上,发出了沙沙沙的声音,他们到宝石山纯真年代书吧参加《纸上》分享会。

纯真年代书吧作为杭州著名的文化客厅和全国第一家民营书吧,已经守望西湖整整二十周年,这里流传着书吧主人子潮、锦绣夫妇和儿子盛厦的传奇故事,留下过无数文学名家的足迹墨迹和一场场不仅与文学有关的盛会。

有那么几个时刻,秋日午后的微风透过木窗吹进来,拂动着我们的额发,同时拂动着我们的声音,秋天像开了一个小差忽然回到了春天。某一个间隙,我看见杯子里的热气和窗玻璃上的阳光似乎在窃窃私语,它们的能量都来自阳光,此刻仿佛是与自己重逢。

这是一场特别的分享会,似在云端又脚踏大地。《纸上》是分享会"起花"的经线,《纸上》的人物被沧桑老师从书里请出来,他们是《纸上》的纬线,扎实而坚定,是文化精绝而朴素的存在。

深度体验、潜心创作的这些日子，于她，是一场孤独的狂奔。

沧桑说，《纸上》是她老来得子，那么我们祝福她子孙满堂。

读到《船娘》感动处时，曾泪流满面。分享会上，《纸上》的几位人物原型都被请来了现场，船娘虹美笑成了一朵花。她说，我划了一辈子船，还是苏姐请我去西湖坐了第一次船，我也当了一回游客，太美了。

这辈子能认识你，我值了。

昨天我没来得及说出我的心里话，我后悔死了，昨晚做梦都是这件事，极罕见地在半夜醒来。

发布会后，我和海心姐姐在省府路分开后，我坐在黄龙路的街边，读《纸上》。读到养蚕那一个章节，我落泪了。

……

来自书吧女主人锦绣、书中的主人公们、最要好的朋友们、素昧平生的读者们的一个个密集的声音，冬日暖阳般紧紧将我环绕，太温暖，太明亮，让我感动让我汗颜也让我晕眩。直至深夜，我在朋友圈看到了这两段话：

今天上午，我和盛厦去安贤墓园看望子潮。下午赶回到宝石山书吧，因为好友苏沧桑的新作《纸上》分享会在书吧举行。

我竟然忘了，这一天，竟是书吧曾经的另一位主人、锦绣的先生、我们的兄长子潮离开人世八周年的日子，但她和儿子盛厦什么也没说。

那天活动中的锦绣，笑意盈盈，温婉可人。所有的环节都因为锦绣的悉心打造，才那么圆满。在她身后，宝石山下的西子湖里，夕阳金波，也是一湖圆满。我深知，纯真，与幼稚无关，与涉世不深也无关。反之，正因为深知世道的繁杂，人们才更珍惜清澈的纯真。

这是我的挚友园园发的朋友圈。

我无法用语言叙述那个深夜我的万千感慨。如果将来有一天小鹏来杭州，我一定带他来书吧坐一坐，他也一定会听到或回想起他生命中无数种弥足珍贵的声音。

四

第三种声音，是长信中一个个无声的文字，是一份份来自远方的沉默的小礼物，是一双双泪眼，替他们说着拘谨却最真挚的话。

他是客居法国多年的轩辕沧海，一个深夜忽然微信我说："其实我是个严重的抑郁症患者，常去家后面的森林里偷偷哭完再出来，怕吓着两个孩子。我这辈子最成功的投资就是用五毛欧元在一个中文学校搬迁旧书大甩卖时买了你的《风月无边》，在我床头柜已经十来年了，它是我窒息时世界给我打开的一扇窗。"

她是唐山的文学爱好者静。二十年前，她的孩子刚满月，她便亲手为我缝制了一个中国风背包给我采风用，黑绒布上绣着一朵荷花，包里有一封近十页的手书长信。二十年后，她说，姐姐，我是你永远的铁粉。

他是云南某县的警官坤。多年前找到我的微博向我忏悔，说他太喜欢我在航空杂志上的文章了，居然偷偷把杂志带回了家，自己是警察却做了一回"书贼"。从此，每逢我生日，来自云南森林里的松露松茸茶叶蜂蜜鲜花饼，会及时抵达杭州，我受之有愧，可即使我谎称要和他绝交他依然我行我素。

她们是大墙内的服刑人员，流着泪分享了《纸上》读后感，说七个故事像七道光照亮了她们的生命。其中一位是茶农的女儿，读了八遍《与茶》，说，她出去后第一件事是跪着对母亲说一声对不起，她曾经嫌弃母亲用被茶渍染黑指甲的脏手给她做饭，现在正是这双手拼命采茶挣钱替她还债。她还想求母亲用那双也许最脏却最美的手为她做一顿饭菜。

她是我三十多年前的民航同事、和我姐姐同龄的岚。每每我一出新书，她就帮我吆喝，买来送到我家请我一一签名，再寄给天南海北的朋友，还张罗着在她家举办民间读书分享会。有一次，她腿部患筋膜炎疼痛难忍，居然准备拎着自己买的一堆新书来替好友们要签字。我赶到她家签字时，她递上来一张满满的"民航苏迷"表格。

他们是学校里初一到高三的孩子们。每次讲座一结束，他们便飞奔上讲台热浪般黏上来请我签书，夹在书里的，有他们写给我的信、临时写的小纸条、画的画，甚至还有糖果。

她是我党校同学舟的女儿，南派三叔的粉丝，有一天她妈妈发来两幅画和女儿的留言：我画了幅长白山送给三叔，画了幅富士山送给您，献丑了，一份心意请笑纳！

他是我的干弟弟，全国劳动模范、全国道德模范、大国工匠士杰。多年前，我们因文学和音乐成为忘年交并结为姐弟。前些天他发来一个视频，他穿着工装用南方普通话朗诵着我的散文《淡竹》，声音淳朴，阳刚。

他是我的干儿子敏，汶川地震的幸存者，当年来杭州救治时，我当了他一个月的爱心妈妈。前些天他发来结婚请柬，视频邀我聊天，身边依偎着相恋了七年即将成为他新娘的美丽女孩。他说：干妈，以后我们经常陪你聊聊天哦。

还有时光深处的他们，三十多年前的陌生读者，写信称呼我"苏老先生""沧桑先生"。

……

心理学中有一个心理现象为"冒名顶替综合征"，有这个心理症状的人总觉得自己是浪得虚名，配不上他人的认可。那些辗转抵达我的鼓励和关爱，让我像一棵淡竹一样奋力长成想要的样子——不扭曲，不谄媚，不慌张；更自信，更优雅，更豁达，为的是努力配得上这些爱。

三年前的大雪时节，我和女儿冒着严寒去看歌手周深在上海的演唱会。这个从贵州大山走出的宝藏男孩说：我想更红一点，歌迷给了我底气，我希望我也能给他们一些底气。当他们告诉别人他很喜欢周深的时候，对方会给予认可而不是质疑，我不希望我爱的人和爱我的人尴尬没底气。他说，我以渺小爱你们。

我也想对喜欢我的读者朋友们这么说，我想写得更好一点，名气更大一点。当你们说喜欢我的文字时，会得到周围的回应和赞同，而不是尴尬没底气。

五

四十年前的夏天，东海边，浙江温岭师范学校一间简陋的教师宿舍里，恢宏的交响乐如蚕茧般紧紧包裹着一个十六岁的少女。十六岁的我一个人坐在姐姐宿舍靠窗的写字台前，静静听完了她抽屉里所有的音乐磁带，那些闻所未闻的交响乐、协奏曲、独奏曲、经典歌剧，让我深深震撼于乐器与人声、音符与旋律构成的腾蛟起凤、丰饶壮丽，仿佛每一束光与光的交集。

就像我与文学的相遇，与无穷远方、无数人们的相遇。

大雪·第三种绝色

雪落好像没有声音,但其实是有的,是泥土张开婴儿般的唇吸吮雪的声音,或是雪亲吻土地的声音,用视频录下来时,那个声音就会很响。人听不见,猫听得见。

一

父亲脚踩细雪的嘎吱声,在我身后大概两三步的地方,嘎吱嘎吱,像是他用声音护着我:不要摔跤,不要摔跤。

因江南的温润,天虽一天比一天冷了,却一点儿也看不出下雪的征兆。山叶依然红着,秋后的番薯丝还晾在地里,黄芽菜更是生机勃勃,嫩黄嫩黄的菜心,碧绿碧绿的卷叶,像在绵延的丘陵里开出了大片的花儿。这种既好看又好吃的菜,跟糯米年糕一炒,又鲜嫩又热乎。

可是雪说下就下了,在海岛人毫无防备的时候。一早醒来，便听见窗外的麻雀叫得特别欢。打开门，便有一道银亮的光扑入眼帘，还伴着一股清新极了的气息。地上已是白茫茫一片，远处的山也只留下淡淡的影子。故乡的雪就在这片静谧中，漫不经心地飘下来，一小朵一小朵，舞成一种无声而动人的旋律。故乡的雪花很小，从来称不上鹅毛大雪，接在手里，还未等你看清六角形的花瓣就化了。后来见过一种花，开在夏天里，叫"六月雪"，雪白的朵朵小花倚在枝上，散发出不易察觉的清香，我猜它的名字一定取自江南的细雪。不是吗，也只有江南的细雪才有那份灵气、飘逸和柔韧。哪怕一阵狂风一场雨，仍无法阻挡她对大地的痴情，就这样静静地下着，以亘古的耐心覆盖了整个大地，就像终于将它拥进怀里。

一下雪，就意味着孩子们要比往日更早起来赶路上学。从家到学校，要穿过一片开阔的田野，下雨下雪的日子，走在田埂上，一不小心就会滑到田里。下雪了，母亲早早起来，让我们吃完热腾腾的黄芽菜炒年糕后，当教师的父亲就带着我和弟弟上学去了。天还蒙蒙亮，雪地上了无人迹，寒风吹着我们幼嫩的脸颊，细雪落进脖颈，来不及掸就化成雪水，渗进我们的棉衣和肌肤。可那时我们一点儿也不觉得冷。父亲从不背我们或抱我们，只是跟在后面提醒我们不仅要注意脚下的路，还要不时放眼前面的路。一旦我们摔倒了，父亲总是朗声大笑，让我们觉得，摔倒也不是什么严重的事，很平常。有一年父亲因胃病休息在家，可下雪那几天，他总要挣扎着起来，捂着胸腹，站在雪地里，目送着我们穿过那片长满黄芽菜的田野。

父亲本是一介书生，琴棋书画样样通晓，他的教学方式也曾使他在地区内有很高的知名度。可是，父亲的踌躇满志被一场接一场的运动打得落花流水。在那动荡的年代中，父亲像燕子一样带着我们搬了无数次家。直到父亲桃李满天下，直到我们终于有了一个安定的家时，父亲的青春早已流逝，我也到了上大学的年龄。

不知何时起，女儿的心事总是悄悄地向母亲诉说了，虽然我与父亲之间一直有一份深深的默契。记得高考完毕，在等待录取通知书那段漫长的时间里，我与父亲总是相对无言，我的心思全部沉浸在忐忑不安的揣测之中。终于，一天早晨，父亲从街上带回了我日夜盼望的喜讯，自行车还未停稳，他就冲了进来，脸上洋溢着灿烂的笑。母亲悄悄说："你阿爸三天三夜没合眼了，快叫他去睡会儿吧！"霎时，父亲的笑脸在我眼里模糊成一片。

在我即将远离家乡去念大学的那个夜晚,父亲并没有说什么特别的话,就像第二天一早我仍会坐在这儿和他一起吃早饭,和他一起去学校上课一样。

临上车前,父亲执意让我带上一大袋据说能防止心情压抑的香蕉,还有一盒防吐清凉油。隔着灰蒙蒙的车窗,父亲高瘦的身影在晨曦中越来越远,我想起,父亲从未对我们说过一个"爱"字,但父爱,包裹在一颗火山般沉默而炽热的心里。

大学毕业参加工作后,我用第一个月的工资为父亲买了一斤深紫色的马海毛线,拆拆织织,无限艰难地用了大半年时间织好一件背心,赶在春天为父亲寄去。后来听说,父亲经常穿着这件深紫色的毛背心去上课,虽然那针脚歪歪扭扭的,犹如山后浦娘家小院后山那条静静的山路。

2023年暮春,天气明显热了,我回娘家小院陪父母小住。我们都穿短袖了,父亲还穿着一件很旧的红色羊毛背心,已经起球了。我和母亲都说,这么旧了,扔了吧,我们给你买的新羊毛羊绒背心不是还有好几件吗?

父亲急忙说:"不不不,这件背心是沧桑织的呀!"

父亲记错了,所以一直穿着,一直舍不得扔。

二

卡车一寸一寸行进在天台会墅岭最高处的盘山公路上。天黑了,雪停了,狂风呼啸着将一尺厚的积雪吹成一排排延绵不绝的刀锋。横亘在玉环通往省城要道上的会墅岭,是十二小时车程里最险要的一段。

四十岁的母亲坐在卡车后座,紧紧抱着一包绍兴糕点,惊恐的目光在前座的大师傅和小师傅间来回跳跃。

车轮外是万丈深渊。

大师傅挺高身子,伸长脖子,紧紧抓着方向盘。小师傅一手紧抓着一块大石头,一手把着虚掩的车门,时刻准备着,万一车子打滑,他就跳下去用石头塞住轮胎。

母亲开办服装厂后,常常一个人到绍兴进货,再包一辆卡车载着布匹回家。不料这次遇上暴风雪,一包从绍兴买的准备带给孩子们吃的糕点,成了三个人的救命稻草。

一寸一寸挪,一秒一秒挨。惊心动魄的每一秒,她不敢去想,假如车子坠落悬崖,孩子们怎么办?

夜里九点,卡车终于慢慢"溜"到了山脚下,直奔一家刚要打烊的小饭馆。

大师傅边擦着额头上的汗，边让店小二快上老酒。哗哗哗倒了三碗黄酒，大师傅先端一碗一口气喝了，小师傅也端起碗一口气喝了。两人把目光看向母亲。

素昧平生的三个人，已是过命的交情。

母亲什么也没说，端起碗一饮而尽。酒到了胃里，变成泪涌上母亲羊羔般温柔的眼。泪眼朦胧中，她看见一百多公里风雪路的尽头，山后浦15号那个开满鲜花的小院，一个男人和三个孩子正望眼欲穿。

凌晨五点，卡车到了楚门车站，卸了货，母亲央几个拉板车的人把布匹拉到山后浦。穿过风雪，拐过村口的小桥时，母亲看到了自家二楼一盏彻夜未熄的灯，整个人一下子软了下来。

母亲发烧整整七天，人瘦得脱了形，才挣脱了鬼门关。母亲并没有和三个孩子讲过那一个雪夜的惊心动魄，却反复说着她从卡车大师傅那里听来的笑话：

说，从前，有个老婆特别笨，老公从外地回来跟她说，有一种被子很暖和，四四方方跟我们家天井一样，你也缝一条吧。老婆说好。夜里，老公一脚伸到了被子的大窟窿里，骂，咋回事，好好的被子让你剪了一个大洞。老婆答，你笨死了,咋把脚伸到水井里去啦。

说,老公出门前让老婆烧半条带鱼回来吃。老婆说好。老公回家一看,只见半条带鱼煮在锅里,尾巴却挂在锅外。老公骂,这是干啥?老婆说,你不是让我烧半条带鱼吗?

母亲笑点低,总是边说边笑,还没说完,眼泪已糊满她粉红色的眼眶。

母亲恢复元气了,又开始跑。她沿着巨大的裁缝桌子转,用蓝色印油将花样印到一层层布上。她一天跑下来的路,是从镇里到县城的距离。那时,爱睡懒觉的我常被母亲"噔噔噔"的脚步声惊醒,心里还挺不高兴的。

她跑的路、下的力、担的惊、受的怕,变成了儿女们一场接着一场的喜酒:姐姐读大学了,我读大学了,弟弟读大学了。姐姐出嫁了,用钢琴陪嫁,这是小镇之前没有过的。我出嫁了,用空调陪嫁,也是小镇之前没有过的。弟弟娶妻了,楼房翻建一新……然后,桂花树开枝散叶,孙女、外孙女们一个接一个远赴英国、美国读研、攻博、工作了。孩子们带他们去了很多地方,以前想都不敢想的科罗拉多大峡谷,还有夏威夷、瑞士……

多年后,我第一次听母亲轻描淡写地说起雪夜的故事,心里暗暗落泪时，想起一个纪录片：非洲刚果雨林里，一条巨大的岩蟒爬到岩石上晒太阳，直到体温升到她无法忍受时，她才爬回巢穴，缠绕在那些巨大的蛇卵上，将温度传给那些幼小的生命，直到它们出生。不正常的体温让她忍受了巨大压力，需要三年才能恢复体力。而一百条小岩蟒里只有一条能侥幸存活到成年。

  若逢新雪初霁，满月当空
  下面平铺着皓影，上面流转着亮银
  而你带笑地向我步来，月色与雪色之间，你是第三种绝色

这是余光中的《绝色》。我想他写的是：爱。

冬至·水在滴

冬至。有两种水声，在午后空旷的寂静里，缠绕，回响。

第一种，滴答，滴答，滴答……如秒针，不急不慢，不变的节奏和密度，这是榨纸声——徐师傅上午做的几百张湿纸抄在杉木桐板上，摞成一尺多高、质地如年糕的湿纸垛，用千斤顶压上去，把水榨出来，半干的纸在晒纸房里经过晒纸的工序，就成为一张真正的元书纸。

此时，水顺着纸垛边缘滴下来，滴在铺在底下的竹帘上，迅速汇集在竹帘的四角，滴落在青石板上。滴答，滴答，滴答……让人想起赤脚踏在青石板上的脚步，想起南方屋檐下慵懒的雨滴，想起小满时节前三天的山林，嫩竹拔节，万物萌动。雨滴在每一棵竹子的头上，被它们吮吸进身体，满山的嫩竹——元书纸的前世——的身体里，便流动着雾岚的气息，草木的幽香，覆盆子的酸甜，笋的鲜涩，流动着砍竹的当当声,竹子顺着坡道滑到山脚的哗哗声,杀青的唰唰声,砍竹人的咳嗽声,路过的山民呼出的烟草味,他或她的汗味,饭菜的味道,家的味道,年的味道……一棵竹,裹着整个山林的日月精气,一张元书纸的胚胎,在滴答声中渐渐成形。

另一种水声,是流水声,像婴儿的呼吸那么细弱,又像婴儿的哭声那么清亮。它来自幽暗的捞纸房某个更幽暗的角落,那里蹲着一只装满纸浆的槽缸,水从槽缸里溢出来,无声地淌过发亮的棕黑色缸沿,匍匐进地面,匍匐进比地面更低的某个通向屋外的暗沟或缝隙时,发出了几近难以察觉的流水声,被午后无边的寂静像扩音器一样扩大了。水声泠泠,像由远及近的银铃声从云霄洒落大地。

这两种水声,在此地,这个叫朱家门村的地方,已经回响了一千多年,也许更久远,冬去春来,世事更替,水声从未停息。改变的,是水声渐渐从繁密到稀疏,到古法造纸传承人朱中华深深忧虑的再也听不见。

有一些阳光在吱呀一声里改变了形状。捞纸房的门被推开了,徐师傅回来了。中午又喝了一点小酒,苍白的脸色微微泛红,透着与阳光质地相似的温暖。

"摇头晃脑"的下午开始了。刚才缠绕回响着的两种水声迅速遁迹，代之以一些更清晰明亮的声音——淅淅沥沥叮叮咚咚的滤水声，竹架子的咿呀声，一个老男人偶尔的咳嗽声。

他手持纸帘浸入水浆，纸帘随手腕晃动，使浆液匀开，慢慢向前倾斜，晃出多余的水浆，那层浆膜就是一页纸。随着倾斜、上提、放纸、揭帘……这些动作的起承、转合，他低头、转头至右边又转到左边，然后点头、抬头，一气呵成。纸帘提拉出水的最后一下，他的头点得很快，像在用劲，又像在对自己说，对，对，对。

午后的捞纸房，淅淅沥沥叮叮咚咚的水声是唯一的声音。他将自己安放进淅淅沥沥叮叮咚咚的水声里，感觉世界回到了他喜欢的样子。

冬至·酿泉

一

　　日出之时，一个小小精灵悄然潜入了玉环岛山里村的每一个缝隙。它比光走得更远，潜得更深，光无法渗透的地方，它去；光无法抵达的地方，它在。

　　冬至后小寒前的这一个清晨，山里村从里到外被那个小小精灵暖透了。它探身俯瞰，看见沉睡的东海已被橘红色的曙光笼罩，山崖下传来隐约的涛声，山道上传来一个男人和一个女人的对话。

　　男人说："山里开始冬酿了，在炊饭，你肯定没见过，我带你去看看。"

　　女人说："好。"

　　从楚门镇山后浦15号出发，过南塘头路，进山谷，沿山路盘旋而上,看到了晨光中正在醒来的东海,又依次看到山腰上一间叫"古早"的农家厨房,一间叫"花涧堂"的民宿,一个叫"光阴故事"的据说经常开同学会的地方。那个小小的酿酒坊,就窝在庙垟塘山坳一棵巨大的香樟树下,正被那个无孔不入的精灵——蒸腾的糯米饭香笼罩。

糯米从泉水里捞出来,倒进木蒸桶时的样子,像江南临近年关的一场小雪,薄薄的,瘦瘦的,亚光的。又像屋檐下的青苔,毛茸茸的,随时会被一场春雨惊醒。

半小时后,糯米从木蒸桶里倒出时的样子,变成了江南的另一场雪,那是立春时节阳光下的积雪,停在河堤上,雪白的,厚实的,一层一层的,细看,有雪花六角花瓣一片挨着一片的痕迹,每一个极细微的镂空处,都住着一朵晶莹的阳光。

糯米饭的香气,浓郁、湿润、温暖,让人觉得熟稔、安心。它来自土地,来自阳光。此刻,太阳正向古老的山里村撒下万道金光。

炊饭,拉开了山里村冬酿的序幕。做酒人在木蒸桶底部摊上一块白纱布,倒入浸好的糯米,盖上竹斗笠,打开六点钟就开烧的锅炉,蒸汽从木蒸桶下汹涌而上,将糯米"炊"

熟，黏度恰到好处。

酿酒坊的老师傅伊海伯说，要雪白的糯米，一粒坏米都不要。

酿酒坊的总管灵江叔点点头说，对，雪白的糯米，宁可贵点。

泉水在一道斜坡下面，一眼泉亘古不断，即使山下的楚门镇旱了，稻田全部开裂，这眼泉也从未断过流。浸米，洗米，炊饭，淋饭，用的都是这眼泉。

伊海伯、灵江叔等七个汉子在蒸腾的热气中穿梭。蒸汽升到屋顶，凝结，雨一样滴落到他们头上，悬停在眉睫上，然后顺着脸上的沟沟壑壑往下淌。像蒸汽雨一样淌下来的，是七个男人的汗水。

七个海岛汉子，在热汽蒸腾里默默配合着彼此，最大的七十岁，最小的四十九岁。

二

灵江叔将铁锹斜着插进糯米饭里，用力抬起，翻倒进大木桶里。铁锹收回，在一旁的小水桶里蜻蜓点水似的浸一下，以免糯米太黏，接着又插进糯米饭里。如此反复，使的是巧劲,腰、右胳膊、右手腕用劲最大,从六点到十一点,一刻不停。

一桶饭一百四五十斤,一锹约十一斤,一桶饭约十二锹。深蓝色的工作服上,汗水印子从脖子后面往四周扩散。没有人说话,或许有,只是他耳朵有点聋,听不清。

个子最高的做酒师傅全于,用带把的小水桶从地上的大水桶里舀起泉水,淋在糯米饭上,这个过程要用五桶半冷水。必须是五桶半冷水,温度是否刚刚好,关键在那个半桶。然后从温水桶里舀起温水再淋四遍。他个子高,拎起水桶看着挺省力,但喧嚣的蒸汽声里,还是能听得见他气喘吁吁。

酿酒不仅需米好水好,还要手艺好,最要紧的在拌曲。

上午九点钟的阳光照进酿酒坊,落在十几只巨大的褐色发酵缸上,泛起黑亮的光,落在稻草盖子上,泛起毛茸茸的金光。一个平头壮汉上身穿黑色背心,下身穿青色牛仔裤,脚上穿黑色套鞋,右手臂上文着一只老虎。他在巨大的发酵缸边威风凛凛拌酒母的样子,像一个电影画面。四十九岁的永青伸出粗壮的手臂,像搂一个小女孩一样一把将糯米饭搂进怀里。他将绛色的酒母撒到糯米饭上,然后一把一把将糯米饭搂近自己,用手掌连同手腕不停翻炒、抖撒,将结团的饭团揉松，否则酒母渗不透饭会馊掉。然后，他将糯米饭从缸底沿着缸身搭好，用竹刷子刷平，湿漉漉的糯米饭服服帖帖，像一群被他哄睡了的孩子。然后，他在缸底掏出一个小碗大的窝，轻轻盖上稻草盖子。

他在最后一只缸的缸底掏出最后一个小窝，轻轻盖上最后一个稻草盖子时，上午十一点半的太阳从云层后一跃而出。他抬起头，闻到了糯米饭香里夹杂着的另一些香味，有麦曲香、酒香、樟树香，还有饭菜的香。

一小束极细微的阳光，穿透稻草盖某一个极细微的缝隙，潜入了酒缸内部，看见了一眼泉的胚胎。那眼泉，此刻如日出般静谧，即将如日升般盛大，日落般浪漫；那眼泉，源于远古时代树洞中变质的花果，遗落在山野的粮食，或动物的乳汁，以清洌、奇妙、淳厚、残酷、美好的形式，潜入时光之河流淌千年，潜入人类历史的肌肤、血液、心脏、灵魂，见证甚至参与过多少风云变幻，多少沧桑传奇，多少恩怨情仇……人们爱它，恨它，离不开它。

另一些极细微的阳光，照见了酿酒坊雾气蒸腾里一个个汉子健硕的身体，一个个曾在风浪里讨海、庄稼地里风吹日晒的身影。他们正脱下湿透的上衣，用淋过糯米饭的温水冲淋着自己,米汤从头倾泻而下,抚遍酸痛的四肢,进入饥渴的嘴。光影变幻中,雾气蒸腾,肌肤黑亮,像另一幅油画。

油画里响起了男人们的歌声和说笑声,从冬至时节到次年四五月,山里村的酿酒坊瓦片上会飘出蒸腾的热气,亦会飘出一两句嘶吼:

"九月九酿新酒,好酒出在咱的手哇……"

随之飘出的,还有一阵哄笑声。

三

水是血液,曲是骨头。月亮闲挂在大樟树上,看见小屋通往酿酒坊的斜坡上,摇摇晃晃走来它熟悉的守夜人,酿酒坊唯一的守夜人。

六十九岁的伊海伯一次次半夜爬起来听酒,听曲的作威作福,听曲的浅吟低唱。他敞着棉大衣,趿拉着棉拖鞋,红彤彤的脸,睡眼惺忪,两百步的路,他的鼻子一直使劲吸溜着。

他吸溜着所经之处的每一丝香气。从小屋到酿酒坊一百多米的斜坡上,他依次闻到了冬菊花的香,大樟树干燥树皮的香,冰冷,清洌,孤独,和春天开花时浓郁的樟树花香截然不同，和白天酿酒坊蒸腾的糯米饭香气也截然不同，但他都喜欢。走近酿酒坊，则有一种他无比熟悉的奇异香气，如多年来他深爱的女人，牵着他的手迎他回家。而迈进家门的瞬间，他的耳朵如雷达般炸开。

他蹲下身子，将耳朵贴紧发酵缸，一个缸一个缸地听，捕捉着每一个细微的声音，是那种"节节声"，像初春打在文旦树叶上的小雨声，很细很急；又像从笼子里逃出来的青蟹在灶台下吐沫；又像一个还不会说话的婴儿，嘤嘤地哭着笑着，告诉他自己饿了，困了。

婴儿说，这缸料厚了，温度高了，难受！

他赶紧打开稻草盖子，耙几下，把气排出去。一共二十几个缸，耙上个把钟头，等婴儿们安静了，他就回小屋睡一会儿。虽然每天酒喝得迷迷糊糊，脑子里却有一根筋吊着，会准时醒来，一两点起来一次，两三点起来一次，哄它们睡。有时候，婴儿们"补吃多了"，闹得太猛，"发高烧"，直接泛出酒缸，水舀都来不及舀，他就得每一个钟头都爬起来照看，一夜四五遍。等酒缸里"潜实"了，他的心才安稳，天也亮了。

伊海伯是玉环岛第八代做酒人，三角眼人，祖辈从清朝开始做黄酒、卖黄酒,最擅长做双缸酒,也就是第二遍加饭时,本该加水,他们加五坛老酒,味道更醇厚香甜,最适合女人和不太会喝酒的人,是很补的。从前从三角眼到楚门镇,要渡水,一家人摇着橹,船里满载黄酒过来卖给楚门人。后来,大伯和父亲先后成了楚门酒厂的掌门人。再后来,酒厂合并了,改做啤酒了。

海岛少年伊海继承了一手酿黄酒好手艺,也继承了好酒量,十四岁时一天喝过十二斤黄酒,现在还是一天五斤黄酒,当水喝,白酒一天可以喝一斤多,没酒喝不行。从醒来到睡下,到半夜起床,他都要喝酒,一天十几次。喝多了趴桌子上睡,醒来又喝,但从不糊涂。他喝什么酒都觉得不好喝,就喝自己做的酒,哪里做的菜都不爱吃,鱼头、牛肉都自己做。

有一次他去宜兴,酒馆里的黄酒卖35元一瓶,他品来品去,觉得酒瓶是好看的,但才七两半,舌头都没打湿,农民们哪里吃得起?回来就拉着哥们说,我们自己做酒吧。

他太贪酒,"这辈子,老酒和饭一起戒了"。

酒是他最爱,花也是。

四

现在,伊海伯爬上五米高的酿罐,打开铁皮盖,看到烟雾袅袅的酒的前身,仿佛他身后烟波浩渺的东海。

"酒婴儿"吐着一缕缕袅袅白汽,被山岗后吹过来的海风瞬间带走。一个多月后,"酒婴儿"将长大成人,变成琥珀色的、海岛少年般澄净、醇厚的黄酒。

他将目光收回,盖上盖子,看到了梯子下一只只废酒缸里枯了的花草,在海风里瑟瑟发抖。都是他种的,这阵子太忙,顾不上,只有一株红石榴,还结着几颗瘦弱的果子。

不做酒的时候,他种花,将一个个废酒坛叠在一起,下面挖个洞,满上土,从山里挖点野花,问农家讨点花枝,或从家里带点花籽。他会给树们做造型,比如那棵石榴,像一只鸟。家里有一棵龙柏,是他从山里挖来的,已经种了十五年,一有空,他就修修剪剪,楚门镇来人想买,他不卖,后来政府还奖励了他五千元,说是他种得好。做什么,他都要做得好。

糯米完成发酵后,抽灌到这五只巨型酿罐里。三四十日后,先是变成豆青色,再变成琥珀色,变成金黄色则最好。

至于如何变成金黄色,他说不清,按照家传的酿酒"老古法",从浸米开始,一步一步做好。他是老师傅,大家都听他的。

小寒即将到来,一口装满酒的井,泛着微微的寒光,蓬勃的香气穿透寒意沁人肺腑。伊海伯手捻着酒舀三米长的铁丝长柄,将酒舀伸进埋在地下的酒井里,像从井里打上来一舀月光,抑或童年。

这是一舀新酒,他品出的却是老时光,他不知道关于酒的历史文化,他不关心老板老庄他们把酒叫做玄和酒还是仙泉酒。灵江伯跟他说,传说玉环岛最高的大雷山头,从前有个和尚叫玄和,有一手酿酒绝技,后人就把他传下来的黄酒叫做玄和酒。他说行,那就叫玄和酒。他只知道,自己做的酒,不止海岛人,外地人也喜欢,不叫别的名,就喜欢叫它"山里的酒"。

他也不关心怎么卖,谁来买,他只管把酒做好,他自己吃着有数,好酒总有人要的。

五

灵江叔炒钉螺时,蓝色工作服的后背冒着清晰可见的袅袅热汽,在冬日正午的阳光里,显得飘飘欲仙,又有点滑稽。

作为仙泉酒庄的经理，按山里村原村长老庄的话，一点都没有领导的样子，只管自己做事情。除了锹饭，他还要买菜、洗菜，给大男人们做午饭，完了还要洗碗收拾，喂四只小野猫。酿酒时，几个老哥们也不开会，说几十年了都这么干的。的确无比默契，像他们得空时，坐拢来晒太阳打打牌一样默契，像和当地山民一样默契，敞着仓库，也从没人会来偷酒。

男人们洗好澡在小屋对面的大樟树下聊天，等吃饭。来不及洗澡的灵江叔先炖上排骨，插上电饭煲，再起油锅炒菜。用的是泉水，吃的是男人们自己种的大白菜、盘菜，还有从山下带上来的鸦片鱼头、钉螺、龙头鱼，还有老庄特意去栈头码头买的刚下船的梭子蟹。喝的自然是自己酿的黄酒，一坛一坛码在屋脚，一直码到伊海伯的床头。

自称"吃饭第一"的伊海伯，已就着昨天中午剩的螃蟹脚喝上了。

十一点二十二分，背上仍汗汽蒸腾的灵江叔冲着大樟树喊，吃饭啦！

窗台外的一只母猫和三只小野猫闻声喵喵叫了起来。

六

胳膊上文着老虎的永青递给我半酒瓶盖子酒汗，70度的酒汗。

舌尖被小小地辣了一下，从舌根到食道到胃，一股热流一路山呼海啸，如山里的日出，从初升到辉煌，只用了一秒，一秒后，人进入难以名状的仙境。

"酒汗"，酒的精华，煮酒时一根管子通到一个小陶缸里，酒蒸汽凝结而成。永青他们煮了一万瓶黄酒才积聚了一小瓶，度数很高。温州瑞安有专门做老酒汗的，在晚清时曾列为贡品，出酒量仅百分之一，闻之，清洌醇芳，喝之，口鼻生香，通筋活血，清心祛邪。

煮酒也叫煎酒、榨酒，还是这七个男人，"一条龙"。整个下午，山里村笼罩在浓郁的酒香里，直到傍晚时分，男人们坐车到山下，回家。

老庄时常羡慕把日子过得"像蜜一样"的这帮老哥们，又恨他们啥都不着急。后来老庄不做村长，做物流了，还是放不下酿酒坊。老庄想在楚门和沙门菜场门口开个卖酒的店，把山里村的好酒和好山水一起分享给更多人。

做酒的男人们不关心他的想法，也不关心卖酒的事，都他一人操心，他有时觉得自己就是他们的"保姆"。这帮汉子只管"老老实实"把酒做好，不加任何添加剂。伊海伯说他的手艺能保证把糯米自身的天然色素释放出来，他的酒，有世界上最漂亮的颜色。

老庄走上斜坡，踏过大樟树覆在地上的影子，听见了永青的大嗓门，然后听见了男人们喧腾的笑声，正在老去的他们，快活得像一群少年。

他想，日子不就应该是这个样子的吗？

十二月
December

暮
　
岁

小寒·猎鱼

他奔跑在海水深处。鱼在前,死神在后。

他全身几乎赤裸,黑红健硕的肌肉,粗壮的骨关节,鱼枪紧握,健步如飞,几乎贴着头皮的短卷发,慢镜头般在海水里飘扬。

张嘴狂吞了一口气,他将自己一头没入海水。海水瞬间缠绕上他的耳朵,手,枪,脚步,心跳。整个世界,变成一床棉被,劈头盖脸捂住了他的呼吸。

他潜至水下二十米,心跳降至每分钟三十次。他将整个生命浸入了海里,为的只是游在前方的一条金枪鱼。

对准,投掷,刺中。与此同时,他感觉到死神也像他追赶猎物一样追赶着他。用尽最后一点残存的力气,俯身抓起鱼,奋力蹬腿,往上,往上!

"哗——"两分半钟后,他鱼跃而出,张嘴吸气,因迫不及待,差点把海水也吸进肺里。

这个巨大的呼吸声,意味着他又一次甩掉了死神。

这是南太平洋某小岛上一个以猎鱼为生的巴瑶族人。他每天的生计,像原始人在丛林中狩猎,裸身潜入海底,用镖枪射鱼。古老的祖先传下来这门手艺,他们一直用到现在,从来没有变过。每天,他们只下海两三次,捕上两三条鱼,够一天吃,就歇手,从来没有变过。

他们每一次下海,都是人类对海洋的极限挑战,都有可能付出生命的代价。

在南太平洋另一个小岛上,住着屈指可数的几个渔民,小岛对面,是另一座小岛,每天被怒涛拍打的礁石上生长着无比茂盛的佛手贝和牡蛎。岛与岛之间,拉着两根很粗的绳索,绳索下,狂风嘶吼,怒涛万丈。每一天,他们半裸着身子、赤着脚,从绳索上无比缓慢而艰难地爬过去,像个壁虎一样,死死攀趴在岩壁上,紧紧盯着两个怒涛之间的先后间隙,像豹子一样跃到低处的礁石上,眯缝着被海水刺痛的双眼,一边抵抗着狂风怒涛的撕扯,一边用工具飞快采撷,在怒涛即将席卷而来的刹那,他们跳回高处,如此反复,然后全身湿透攀爬回去。

为着一小捧收获,他们每天在狂涛血盆大口般的嘶吼声中跳跃,随时可能葬身海底。

从蹒跚学步到高速飞翔,人类文明已前行了几千年,然而现代人的生存手段,与古老的猎鱼、挖蛎一样,其险、其难、其累,归根结底没有改善,在精神层面上看,甚至有过之而无不及,更少了那份原始的诗意。

此刻,大海离我无比远,人海离我无比近。小寒时节午后的阳光穿透我,我看见自己的影子被囚禁在地上一个巨大的窗影中。

小寒·苍穹驿站

从莫干山到下渚湖,渡我们的是一片花海。花海静默而盛大,将来自天南海北的五个人渡到了下渚湖岸边。

我对船夫说:"往没有人的地方开,越安静越好。"几双眼睛齐齐望向春水兄拎着的萨克斯琴盒,像望向一个静默而盛大的秘密。

那是戊戌年寒露之后、霜降之前的德清,一条木船载着五个人,渐渐遁入下渚湖的最深处。

白鹭停在墩岛上,感觉午后两点的下渚湖像喝醉了酒——太阳目光迷离,吐露着一串串光与影的呓语。芦花松着筋骨,随风晃荡,船也摊着手脚,任意东西。湖水被船头轻轻划开,它睁开眼看看,又瞬间合上。浮在水上的一个个墩岛也醉了,怕热似的不时将脖子从水里露出来,墩岛上的水杉、银杏、金钱松、鹅掌楸、三尖杉、红豆杉、木姜子、木兰、紫荆、厚朴、楠树是墩岛的长发，湖水将它们的倒影拉得很细很长，烟雨般飘逸。

白鹭振翅高飞，潜伏在墩岛上的一百六十多种鸟也腾空而起，在天空扎出无数双眼睛，到了夜里，星光漫天，那是千万只鸟的眼睛。而有月亮的时候，月色如雪，芦花如雪，万物如雪般安静，但白鹭听到了歌声，那是千万只鸟的合鸣。

白鹭停在一秆芦苇上，正对着船头，看见那个叫"春水"的中年男人取出了萨克斯，吹出了第一个音，第二个音……

音符像一只金色的鸟，轻轻落入湖面，溅起一簇簇金光。缠绵悱恻时，它盘旋低回；高亢嘹亮时，它凌空飞跃，在迷宫般的芦苇荡中穿行，寻觅，捕捉。

音符是一支游走的箭，靶心是下渚湖每一个生灵的心。湖水最先中箭，泛起了点点泪光。风接着中箭，停住了脚步。芦花们也纷纷中箭，垂首静立。白鹤、鸳鸯、翠鸟、野鸭、沙鸥、水雉、鸬鹚、红嘴黑水鸡等，不知道藏在哪里偷听，一声不响。一条鱼跃出水面，不知道是抗议还是鼓掌，又有一条鱼跃出来，说："谁啊谁啊，我看看。"鱼从来没有听过萨克斯，下渚湖所有的生灵包括青蛙、泥鳅、螺蛳和虾，都从未听过如此美妙的声音，"深沉而平静，轻柔而忧伤，好像回声中的回声"。

船停在下渚湖的某个深处时,船上的人们沉醉在一曲《春风》里丝毫未觉。乘着音乐的翅膀,她们也变成了鸟,翱翔在想象中的下渚湖的春天里。一望无际的湖面上,涌动着亿万朵油菜花。开满油菜花的墩岛,像一个个水上的太阳,蜂蝶在一个个太阳之间振动翅膀,放飞一个个透明的梦境。然后,人们穿过一条水巷,掠过水巷两旁幽深的香樟林,飞上朱鹮岛,用目光抚摸朱鹮稀世的羽毛。她们像朱鹮一样眯着眼,栖息在音符里,像鸟一样栖息在下渚湖的深秋里。

《鸿雁》响起时,有人走上船头,合着音乐翩翩起舞。跳的是刚学的蒙古舞,老记不住动作,自己把自己给乐翻了。其他人一边笑一边用手机拍。春水自顾自吹萨克斯,一曲终了,说了一句:跳得蛮好。

五个人的萨克斯音乐会早有预谋,轻歌曼舞却是一时兴起。"问紫鹃,妹妹的诗稿今何在啊?似翩翩蝴蝶火中化。"这是她们最爱的越剧;"一送里格红军,介支个下了山,秋雨里格绵绵,介支个秋风寒。"这是她们喜欢的老歌。清婉的音韵,像一场不期而遇的丝雨,拂过江南的水面,落入江南时间的深处。

两百多年前,洪昇游览下渚湖时,留下了一首诗:"地裂防风国,天开下渚湖。三山浮水树,千巷划菰芦。埏埴居人业,渔樵隐士图。烟波横小艇,一片月明孤。"他不会想到,两百多年后,五个与他一样爱写字的人,在湖水深处某个最僻静的角落,歌舞笙箫,得大自在,暂别了俗世日常,甚至暂别了文学。一条船和一整个天空一起倒映在湖里,船便仿佛孤悬在浩渺苍穹,如时空之外的一个驿站,欢声笑语从驿站里溢出来,天地笼罩着一种微凉的幸福。

傍晚时分,"滴答,答——滴答,答——"《回家》的前六个音鱼贯而出,跃过船头,贴着水面,穿过层层波光,攀上一大片芦花,轻轻咬住了玫瑰色的夕阳。夕阳一愣,犹豫了一下,似不忍坠落,万物蒙在一层毛茸茸的暮光里,像蒙上了一层雪,霎时,下渚湖仿佛穿越到了冬天。湖水深处某一间竹楼内,一双手正将红泥小火炉、绿蚁新焙酒端上桌,而门外,响起了风雪夜归人的脚步声,沙沙,沙沙。

萨克斯最后一缕余音和烘豆茶的热汽,一起消逝在傍晚五点的下渚湖时,我的眼前浮现了一片闪耀着金色光芒的水稻田。传说,上古时期的治水英雄防风氏带领部落在此开垦荒莽,种植水稻,造福先民,使得吴越一带靠狩猎采集为生的氏族部落慕名而来。他们站在太湖边的一座高山上,问一位老猎人防风氏部落在哪里。老猎人说,那一大片闪耀着金色光芒的水稻田,就是防风氏部落。之后,防风氏毫无保留地向他们传授了治水和种稻经验,福泽万民。下渚湖畔也因此有了"三道茶"遗风:"相传防风受禹命治水,劳苦莫名。里人以橙子皮、野芝麻沏茶为其祛湿气并进烘青豆作茶点。防风偶将豆倾入茶汤并食之,尔后神力大增。"(《防风神茶记》)青绿色的烘豆、金色的橘子皮沾着细白的盐粒,滚水一冲,清香四溢,鲜咸可口。这不仅是茶,还是饱腹暖心的食物,也是"人有德行、如水至清"的德清待客之道。

上岸时,我回头看他们。彼时,他们四个人都背着光,而我看到的却是一道道金色光芒。这些与我并无半点血缘关系的人,却一起在文学路上走了几十年,在我烦躁时,困顿时,他们如防风氏般毫无保留,亦如阳光之于水稻田,一直在。

时间来到戊戌年小寒。临安山坳里一个小客栈里,天寒地冻,夜深人静,整栋楼只有我和挚友园,要继续第二天的采访任务。我们将所有的被褥搬到一起,一个靠在床上,一个靠在榻上,在同一盏灯下"抱团取暖"。午夜时分,大雨倾盆,将屋顶的瓦片砸得哗啦啦响,我突然有一个感觉,此时,灯光是我们的驿站,我和她是彼此的驿站。

驿站是提供食宿、换马、交换信息、补充能量的地方,是八百里加急日夜奔赴的那个点,是穷途末路上一个亮灯的窗口。家太远,驿站刚刚好,即使风雪交加,沿途总能找到。家人太亲,驿站刚刚好,不忍与父母言说的苦痛酸辣,都可以留给驿站。可以是一盏灯,一碗酒,一壶茶,一个火炉,一床棉被,一本书,一盘棋,一句话,可以是文学,是音乐。也可以是散落在德清莫干山的一千家民宿,比如匍匐在竹林中的那一家"后坞生活",栖息着全世界的客人,也栖息着把美好生活搬进大山的民宿主人自己。也可以是微信朋友圈里仅自己可见的照片和一段话,那是给未来的自己预留的驿站。

老子说,天地不仁,以万物为刍狗。意为天地无私无情,对人、对万物都一视同仁。而我觉得天地亦有情有意,使万物互为驿站,人与人就是彼此的驿站。漫漫人生路,并非一条线,而是一个苍穹,每一个方位都是方向,每一步都可能是深渊。一个人就是一颗星,茕茕孑立、踽踽独行。好在无尽的苍穹之中,总有一些星球、星座、星系,让累到极点的你靠一靠，歇一口气，再提一口气，继续前行。而继续前行，就意味着继续失散，于是，留下来的那份记忆，就成为一个驿站。多年以后，同游下渚湖的六个人也终将失散，而湖上的萨克斯声，会是我们永远的驿站。

我在曙光中独自醒来，看到父亲深夜发在苏家微信群里怀念二伯的一段话。远在云南的二伯，前日猝然离世，是他们兄妹七人中第一个走的。父亲年事已高，路途遥远，生亦难以相见，死亦无法告别，他们从此失联。不知道多年以后，浩渺苍穹中的哪一个点，是他们重逢的驿站？我在晨光里泪流满面时，小猫银河跃上床沿，轻轻吻了吻我的泪，又定定看了我几秒，将头窝进了我的手心。此时，它是我的驿站。

这一天，谢谢下渚湖。这一年，谢谢他们都在。这一生，谢谢你们来过。

小寒·海有心跳

小寒时节的南半球正值夏季。站在悉尼出海口的红色悬崖旁,我慢慢摘下墨镜时,淡蓝色的天空帷幕般一层一层落进眼眸。巨大的、轮廓分明的白云,像传说中的不明飞行物,一朵一朵悬停在眼睫上。

紧接着,一种比蓝天深很多的蓝,无声无息却猛地一下"劫持"了我的视线,让人倒吸一口凉气。

这是一种幽蓝,深得不可思议,深得深沉,深得深厚,深得深情,深得深刻,深得深奥……如同一个深渊,将人的心深深地拽了进去。

这种蓝,如果用颜料调制,应该是三原色中的蓝加一点点黑色,可是不对,它不是黑蓝,是与水、与阳光、与不知何种神秘物质融合在一起后的升华——通透,柔和。

这种蓝,不是物质的,而是一种意境,真实得每个毛孔都能感知，却又虚幻得与人相距千里万里、千年万年那么远。

忽然，风生，水起，蓝色意境瞬间还原为物质的动感波澜，如千万朵蓝色莲花栩栩绽放。波涛滚滚，花开花谢，千变万化，我忽然看见，大海，竟露出了一个又一个佛祖般神秘的微笑！

我凝视这神秘的蓝色笑脸，又隐约听见大海深处传来一个神秘的声音：咚——咚——我仿佛看见，蓝色笑脸下，有一颗巨大的蓝色的心在跳动！

我像被"催眠"了一样，不由自主地闭上了眼睛，想躺下，想就这么睡过去，感觉到躯体和灵魂已被蓝色莲花层层裹住，融化成了蓝色的水和空气，没有一丝重量，没有一丝悲喜，没有一丝牵挂，只有无边无际的轻盈和安宁。这奇妙的感觉，那么陌生，就像书里写的，就是人濒死的感觉。

澳洲的大海，就像一个老兵，站在世界所有的乱七八糟面前，断喝一声："缴枪不杀！"所有的烦恼、欲望、战火、暴力、饥荒、尔虞我诈立即举双手投降。

澳洲的大海，怎么会有这样的魔力？仅仅因为澳洲离地球上最深的海沟最近，所以拥有地球上最深邃的大海吗？

在一丛礁石上，我捡到了一颗活海星，它翕动着软软的身体，鲜血一样红，像一颗心脏。

有科学家预言，人类来自海洋，最终的归宿也是海洋。这是一个多么浪漫的预言！人类如果不是自相残杀，死于非命，而是真的慢慢地、自然地消融于大海，寿终正寝，该多好。

所有的海都是相通的。所有大海的心，都是蓝色的。

所有人类的心，都是红色的。心心相通，却那么难。

小寒·虫洞

人流像一群窃贼，蹑手蹑脚、悄无声息地进入了一个黑洞中。

不能拍照，不能说话。

中国的小寒时节，新西兰最美的夏季。新西兰北岛的世界七大奇观之一——萤火虫洞中怪石嶙峋，地下暗河流水潺潺，忽然进入水的平静处时，洞顶落下的水滴叮咚作响，更增添了一种神秘的气氛。

我们几乎摸着黑，在工作人员的搀扶下坐上小船，开始在几乎伸手不见五指的暗河中无声前行。船转过几个弯后，忽然，前方出现了一种奇异的蓝幽幽的光亮。顺着光亮，船继续往前走，拐了一个小弯。

"哇！"所有人都发出了努力压抑着的一声惊叹。

一幅美妙绝伦的图画横空出世——是密集的钻石，是闪光的蓝色花环，是被天神藏在旷宇的瑰宝——萤火虫洞顶，千万只萤火虫正在闪闪发光，更为奇特的是，萤火虫吐出的缕缕悬丝，同样闪烁着淡蓝的光亮。

这幅画，镶嵌在万籁俱寂和无边黑暗中，显得异常苍凉，静谧，幽深，让人觉得，那是通往天国的一扇窗口，隐藏着一个忧伤的秘密。

想起一句话："爱情，应该是，我们两个人，并排站在一起，看看这个落寞的人间。"那扇窗后，是否有两个人正在看着人间？

水滴隐约的叮咚声，将目光带到水里——水的深处，倒映着天上那个瑰丽的世界，仿佛无限幽深的地心里，另藏着一个梦境。

所有的人，像真的偷到了宝物，想大喊，想告诉世人，却一律艰难地屏住了声音，甚至气息。

据说，1887年两名外国探险家发现了此洞。发光的是一种叫昆虫蚋的幼虫，发光是为了捕捉其他昆虫作为食物。它们极其敏感，如有其他光线和声音，便停止发光。萤火虫的存亡，是当地生态最敏感的试剂。

所以，人们到了这里，自觉地凝神屏气，自觉地像呵护婴儿般呵护这个仿佛不属于人间的异域。

船继续前行,梦境渐渐在身后远去,眼睛忽然被洞口的阳光刺痛。

然后,人群立即又开始喧哗,被一种美暂时治愈的心绪被互相搅乱,被一种神圣感暂时压抑住的本性亦开始释放。

想起一句诗:

> 黑熊带着叶子进入黑暗之中,
> 一个问题引出另一个问题。

大寒·水一方

鲜叠渔村的冬夜,仿佛比古代的长夜来得更早,径无人踪,灯火如豆。石头屋门赶在夕阳离去前,收进了尚未干透的鱼鲞、虾干、酱肉,收进了所有脚步声和几声咳嗽,还收留了几缕前来取暖的海风,早早吹息了一切声响。

来自东海的风声,像一位长者,轻拥着孩童般多话且不肯安睡的涛声,托着它攀上悬崖,穿过草地,来到匍匐在悬崖之上的白房子"水一方"。它们侧着身挤过窗缝,矮下身如游蛇般紧贴着木地板,滑向这个冬夜最温暖的方向。

炉火的噼啪声起身迎接了它们,做了一个"嘘"的动作,于是,它们围着一个陌生的声音坐了下来。

那个声音来自人类,来自柔软的喉部、舌尖和嘴唇,带着心脏的温度。

"20世纪60年代末,我出生在海岛玉环……"

七八个出生于 20 世纪 60 年代末的玉环岛青梅竹马们，相约在玉环岛最偏远的一隅，围着炉火朗读一篇散文。炉火映照着一张张不再年轻的脸，炉火的噼啪声和低低的朗读声，把"水一方"带回了人类远古的洞穴时代，炉火映照着的文字又把盘坐在炉火前的人们带向了神秘未知的未来。有一个人，也许是每一个人，将大寒之夜的风声、涛声、炉火噼啪声、朗读声和因谁读错了而骤然爆发的开怀大笑声都存进了心里，他（她）相信，它能用以温暖余生。

"水一方"男主人为康往壁炉里添了根粗木柴，女主人仙云将橘子和荸荠一个个码到船木桌的炭火架上。炭火上置着铜炉，铜炉里煮着冻顶乌龙。

面朝大海，春暖花开，是无数人包括他俩向往的生活。他们一个刑警，一个老师，家住城中，感觉不到大海的呼吸。几年前，他来此办案，车开了很久，发现偏远的鲜叠渔村竟如此静美，他想，如能终老于此该多好。村里人带他来到悬崖边一块坡地上，说，只有这块地没人要了。

七月的海风将坡地上一垄垄番薯藤叶吹卷起碧浪，吹卷起白色的海浪懒懒地舔着悬崖下的沙滩，他对大海说："我来了。"

几年后，贝叶般匍匐在悬崖之上的白房子"水一方"成了他们的家，他们吃简单的饭菜，做喜欢做的事，枕着涛声入眠。松土，种菜，洗车，洗碗，装修，打扫，都自己做，夫妻俩连头发都自己剪，过"土人"生活，叫自己"长工"。后院朝沿海公路的门白天会一直敞着，亲朋好友和远方来的客人走进这里，像走进自己家一样随意。

此刻，夕阳以极慢的速度吻向海平线，一艘晚归的渔船独自穿行在玫瑰色的波光里，紫菜养殖田错落的围杆在海面投下线条简洁的倒影。一大群反嘴鸥和遗鸥在退潮的海滩上觅食，一只苍鹭独立在竹篙上，站成一幅遗世独立的剪影。与大海零距离的露台上，我将茶盅落在印着篆文的桌布上，多肉植物养在海螺壳里，小狗九月穿行在花草间，不时趴上我的膝盖，青梅竹马们忙着自己动手煮茶、做菜。我拿起玄空鼓槌轻轻敲了敲，空灵悠远的嗡嗡声在沉寂的冬日旷宇中回响。喝着为康的朋友自酿的米酒，吃着老友们亲手做的鱼饼、鱼圆、酱油肉、风鳗，刚在渔村里买的、还带着阳光和海风味道的风潺鱼干独一无二的鲜香还在舌尖流连。我想一直这么呆着，像电脑死机正在修复重启一样，什么也不想，从清晨到黄昏，我想一直这么醉着，什么也不想，从黄昏到清晨。

"水一方",对于有的人,是修复身心的伊甸园,对于有的人,则是拯救生命甚或灵魂的诺亚方舟。

有遇险的人。大潮来时,仙云隐约听到有人喊"救命"。两个外地年轻人从好望角游出去回不了岸了,抱着紫菜围杆在风浪里摇晃,命悬一线。他们边朝好望角飞奔,边打电话报警。年轻人被救上来后没有上救护车,落汤鸡似的跑过来一个劲鞠躬道谢。

有失忆的人。她又来了,从鲜叠嫁出去的耄耋老人,精神恍惚,从不跟人说话,但打扮得清清爽爽,眼神很亮,几乎每一天从城里走两三个小时的山路来到"水一方",用鲜叠话自言自语说:"这是我家,我家。"他们不赶她,留她吃饭,由她在沙发上睡觉,天黑了再打电话叫她儿子或孙子来接。

有悲伤的人。他们腾出所有房间接待过一个跳海自杀者的家属和搜救人员,漫漫长夜,家属不睡,他们也不睡,不知如何安慰,便陪他们默默坐着,给他们做吃的、喝的。

有失恋的人。一个女孩闯进"水一方",将一封绝笔信塞给他们,转身就往悬崖跑。其实她不想死,只想等男朋友来,等了很久,男朋友没有来,她还是跳了下去,所幸他们早已报警，警察一把捞起了她。

有失足的人。陌生的年轻男子在悬崖边徘徊，被为康的侄子一眼认出是一名在逃杀人犯。他们悄悄逼近他，一把抱住了他，得知他因抑郁误杀了女朋友走投无路想跳海自杀，开导一番后送他去派出所投案自首。

为康的记忆里，常浮现一个十岁女孩的眼神。她来找他投案自首，说自己偷拿了校门口小超市一支圆珠笔，清澈而又绝望的眼神让为康心痛。他想了又想，说："我小时候一时糊涂也偷过小东西，走，我陪你一起去给店老板道个歉就好了。"

他深知，即使风和日丽，亦有人正站在人生的悬崖上，有时是别人，有时是自己，等待有人喊一声，拉一把。

在"水一方"，人们暂时而又真切地体会到了"向往的生活"。其实，"水一方"有另一种人们从未听到过的声音。

零距离的台风，让仙云第一次深刻体会到了什么叫"鬼哭狼嚎"。为康在单位值班，她一个人留守家中，她将所有门缝窗缝塞住，狂风暴雨和惊涛骇浪像千万个魔鬼一般要挤进来吞没她。在惊心动魄的煎熬中，她打坐了整整一夜，天亮时看见屋外草坪上四张船木桌早已粉身碎骨。接着，整整五天五夜没水没电,手机也没电了。她用酒精煮茶喝,用柴火煮青菜面条,日落而息,日出而作,诗酒茶依然不离不弃。

另一次台风正逢农历十五,狂风巨浪发起了更猛烈的进攻,她感觉门窗和心跳快到崩溃的极限了。好在她不再是孤军奋战。为康穿了条短裤上四楼查看,她在三楼等了十分钟像等了一个世纪,终于,他下楼了,短裤换成了长裤,说:"万一我不幸了,穿着短裤也太难为情了。"

仙云没有哭,让仙云流泪的,是"水一方"缥缈的未来。他们白手起家,筚路蓝缕,耗尽心血欠着债务,如果有一天沿海公路要拓宽,"水一方"就没了,所有的梦想将化为幻影。深夜,她听着涛声入梦,流着泪醒来。

靠近北极圈一个荒芜的海滩上,一头太平洋海象正挪动着庞大的身躯,艰难地攀爬着八十米高的悬崖。原本栖息在北冰洋的数十万头海象,因全球气候变暖海冰大量消融被迫来此觅食,无数海象因拥挤踩踏丧生。有些海象为了摆脱喧闹,奋力爬上悬崖,坚硬的沙砾、锋利的岩齿、陡峭的崖壁都无法阻挡它们,终于,它们抵达悬崖顶端,重新看到了海浪,闻到了大海的气息。可是,同为海冰减少受害者的北极熊为了捕猎海象，也爬上了悬崖。出于本能，海象们纵身扑向大海，不断从悬崖上摔落，短短几天就有超过两百头海象惨死，再也没能返回大海。

生命之路，有出路，亦有退路，即便倒着退回来处，亦难免披荆斩棘，披肝沥胆。

大寒，二十四节气中的最后一个节气，是迎向春天的最后一重门。我在清晨的"水一方"醒来，风声涛声携着炉火噼啪声和朗读声回到了海面上，日出无声的语言代替炉火为冰冻三尺的人间带来温暖，鲜叠渔村重新被金色阳光和缤纷晒鲞覆盖。

我们坐在暖阳里，吃着为康一早做的米窝头、红薯粥和姜汁杂粮豆浆。此刻，北国正大雪纷飞，流感肆虐，从云南某个村庄抵达杭州的几枝雪柳，正在我家空无一人的书房里奋力开着雪花般细小易逝的花朵。而在这个星球的另一个岛屿，遥远的南美洲，一头伤痕累累、筋疲力尽的母狮已走了上百公里，在三次与猎物失之交臂后，终于捕到了一只幼鹿，用最后一丝力气将它叼到嗷嗷待哺的三只幼狮身边，这是它用命换来的。

有人说，为了热爱的事情，狠狈一点也没关系。

大寒·梦湖

一

月落时分，日出之前，站在萨满岩石最高处俯瞰冰封的贝加尔湖，如同俯瞰一个苍凉的梦境。

中国的大寒时节，寒气逆极，万物蛰藏，西伯利亚南部零下三十摄氏度的气温里，蓝色星球上最深最古老最干净的湖泊——两千五百万岁的贝加尔湖，在月光和晨曦之间，纯净如一片刚落下的雪、一朵刚凝结的冰花，安详如一个刚结成的茧、一个刚入睡的婴儿。唯一的声音，是风的声音，如鼾声，如呓语，如少年唱诗班的无伴奏吟唱，如五千公里之外玉环岛山后浦我的娘家小院腊梅的幽香，清澈，冷冽，缥缈。

我逆日出的方向而立，长久地凝望冰湖上的月落。我身后的曙光将视线里的整个天空晕染成了淡紫淡粉淡蓝的渐变色,西伯利亚上空腊月十七的月亮,仍如农历十五般浑圆,孤悬在天空、雪山、月牙形的冰湖之间,仿佛一个孤独的隐形巨人提着一盏孤灯,站在冰封千里的旷宇间茫然四顾。

曙光一秒一秒亮起来,月光一秒一秒暗下去,像是隐形巨人眼里的泪光一秒一秒亮起来,目光一秒一秒暗下去。

其实,月亮并不知道有人抬头仰望它,并不知道自己的存在抚慰过多少代人。套娃般的大千世界无穷大又无穷小,每一个人都不知道自己的存在曾经影响过多少生灵。无数细菌寄生于我,如同人类寄生于宇宙,我是谁的隐形巨人?我是为谁拼命的免疫细胞?也许一只蚂蚁曾仰望过我,一只蜜蜂曾感恩过我,因我无意的一个举动放了它们一条生路。

冰湖上的月亮,是昨晚我在万米高空遇见的同一个月亮。那个熟悉而又陌生的冰球悬停在飞机舷窗外,与我的肩齐平,离我好像只有几丈远。前所未有的近距离,前所未有的平行角度,让我感觉我们正在漆黑的夜空中并肩飞翔。羽翼之下,云海翻涌,朝着同一个方向缓缓流动。黑白的世界静默、浩瀚、深邃,我的脑海里浮现出一段如梦如幻的旋律——克罗地亚大提琴家斯蒂潘·豪瑟坐在月光下,赤足浸在波光粼粼的海水里，俯首演奏肖邦的《升c小调夜曲》，嘴里喃喃自语着，像在向19世纪那个不朽的音乐灵魂倾诉着什么。

此时，人们绕着矗立在奥利洪岛萨满岩石上用来祈福的十三根柱子静静走着。月光和晨曦将人们的影子投在雪地上，忽长忽短的影子触摸着彼此的影子，素昧平生的灵魂抚摸着彼此的灵魂。奥利洪岛处于湖水最深处附近，是贝加尔湖最大的岛，一万五千年前就有人类生活，以布里亚特人为主。他们在万物有灵信念的支配下，崇拜各种神灵、动植物以及无生命的自然物和自然现象。遗世独立般突出在冰湖上的萨满岩石，是萨满教信仰中最神圣的地方。来自远方的人们因敬畏而静默，敬畏他人的信仰，敬畏贝加尔湖，敬畏此时此刻这一方天地的大美无言。

我看见一个红衣女子将头靠在一个黑衣男子的肩上饮泣。

我看见一个白衣女子站在众人视线之外的悬崖边，落寞的背影融入了冰湖的梦境，她让我想起另一个白衣女子，她像杜丽娘一样"情不知所起，一往而深"，爱上了一个梦中人，只因她在梦里和他抱头痛哭的一刹那，无数次属于他们的人生轮回交集——浮现又一一消逝，似恋人，更似久别的亲人。难道，在另一个平行时空里，一切都真实地发生过或正在发生？世上最远的距离，不是咫尺天涯，而是你我根本不属于物理意义上的同一个维度。唯有缄默，冰封。

亿万缕阳光抵达湖面，为大地上所有孤寂的灵魂筑起了金色的、温暖的宫殿。没有人欢呼。万籁俱寂中，我听到了冰湖之下涌动起无数种声音，是属于春天的声音。假如我是一尾胎生贝湖鱼，一定能触摸到冰湖的赤子之心正"咚咚咚"有力地跳动着。

俄罗斯电影大师塔可夫斯基说：世界本身的声音已经足够动听。

二

一个人进入史前般冰清玉洁的贝加尔湖，如一粒尘埃落入眼睛。

踩在贝加尔湖冰面上的每一步，像踩在一个婴儿的肉身上，鞋底的防滑冰爪碾着他的皮肤、骨骼、毛发，碾着他的梦。积雪发出的嘎吱声仿佛他的呻吟，闪电般的冰裂缝里仿佛回响着他的心碎声。

我将脚步停在一堆篝火前，嘎吱声消失在篝火的噼啪声和铁锅炖鱼发出的咕嘟咕嘟的沸腾声里，以及俄罗斯司机将斧头砍向木柴的咔咔声里。

丝丝缕缕金色的阳光将贝加尔湖的冰面、积雪、蓝冰、冰柱、冰花、冰洞一同织进了一个与世隔绝的冰茧里。层层叠叠的蓝冰,如同被定格的时间,假如时光倒流,我们会看到波浪一边推进一边瞬间结冰,在湖岸层层堆积,层层倾轧,如纷至沓来的往事,如来不及排遣的心事。湖岸边的冰洞则像一个个流落在人间的天使,熠熠发光的冰柱冰凌是其骨骼,精美绝伦的冰花是羽翼,每一个冰洞都在振翅欲飞,想逃离人群,逃离喧嚣。

从一个冰洞里出来时,俄罗斯姑娘达丽娅愤愤地说,如果你们碰到有小孩子敲打冰柱,请帮我说他们哦!

零下三十摄氏度的气温会咬人,伸出手指超过一分钟就会被咬得很痛,像在提醒我:不要放肆。

我将冻僵的双手凑到篝火前,突然看到了贝加尔湖的眼泪——两千五百万岁的老人的眼泪——篝火融化了木柴四周的一小圈蓝冰,像冰湖流出的泪水,瞬间又冻结成冰。龙钟老人般的冰湖,沉睡婴儿般的冰湖,任由人类在他身体上留下垃圾留下污渍留下伤口,不管人们因仰慕而来,还是因生计而来。

会咬人的气温,成了贝加尔湖唯一的、无力的守护神。

篝火铁锅炖的贝加尔湖白鲑味道极其鲜美。我们离开时,俄罗斯司机将所有的柴火和垃圾都清理得干干净净,带上了车。遗憾的是,在一些积雪堆里,我仍看到了人类留下的垃圾。

有一阵子,几辆车子在冰面上狂奔一阵又停一阵,几个俄罗斯司机一起下去左看右看,都皱着眉。我们以为是去捞鱼,后来才知,前不久这里发生过地震,温度变化导致湖水不断压缩与膨胀形成的冰裂缝变得更加深不可测,可能会吞噬车子。俄罗斯司机们请所有人下了车,小心翼翼带大家跨过冰裂缝来到安全地带,便开着空车全速通过冰裂缝,巨大的马达轰鸣声伴随着车里一直播放着的铿锵震耳的进行曲,让人心惊胆战,也对这个仿佛来自另一个星球的所在生出更深的敬畏。

果然,在返程中,我们看到一辆车子侧翻在冰裂缝里。

贝加尔湖名的其中一个寓意,是"天然之海"。我的心里对贝加尔湖生出了深深的内疚,为自己的到来和打扰。我的心里对蓝色星球生出了深深的内疚,为自己的到来和打扰,为自己这一生所产生的无数垃圾。

杜鹃鸟会将自己的蛋下在别的鸟的巢里，小杜鹃鸟一睁开眼睛便会本能地推开别的鸟蛋和幼鸟，无关善恶，是杜鹃鸟这一物种的生存本能。蝴蝶会将卵产在蚁穴里，蝴蝶幼虫一出生便会散发一种类似幼蚁的气味，还会模仿幼蚁的声音歌唱，甚至模仿蚁后的声音，持续伪装得以接受供养长达两年再破茧成蝶，无关善恶，也是生存的本能。

地球上，只有一种动物，不是因为生存而是因为贪婪而互相算计、自相残杀。

荒野也许需要鲜活的生命，但一定不是你我。

假如我是贝加尔湖底生长着的海绵，一定会听到冰湖深处的一声叹息。

三

不知是谁叠的两块冰，像两只透明的小鸟，在夕阳下依偎着，逆光里，又像一对恋人。

三个俄罗斯少男少女手拉着手在湖面上滑冰，丝滑，恣意，逆光里，像三只发光的蝴蝶。

我拿着一杯刚烧开的热水，在夕阳下玩泼水成冰。将手臂抡起画一个圆，唰——一杯热水瞬间化成弧形的冰雪，逆光里，像一条巨龙。

暮色中仙境般的贝加尔湖畔，承载着与国籍年龄性别无关的凡人的幸福，纯净的冰天雪地，让心思简单，快乐加倍，忘记了远方炮声隆隆，忘记了金币碰撞时发出的当啷声。

追着夕阳顺着村庄的斜坡往松林里走时，我看见一座座木屋升起了袅袅炊烟，一座木屋前堆满积雪的小路上，蹲坐着一只一动不动的哈士奇，眼睛定定地望向远处。一开始我以为它在看我们，当我走到它身边对它说哈啰时，它依然无视我，一动不动，眼睛依然定定地望向远处。同伴说，它在一心一意等它的主人呢。

来过贝加尔湖八次的郑清和我们说起他的历险记。贝加尔湖有很多狗，个子很大，性情却很温顺。他第一次来时，一只边牧突然站起来扑到了他肩上，他误以为它要伤害他，一把抓住它的项圈，边牧也以为他要伤害它，使劲挣脱……在狗主人赶来前那个漫长的时刻，边牧一直冲着他狂吠，好像在替贝加尔湖呐喊：走开！走开！

此时，狗吠声时而响起，在暮色的旷野里回荡。风过松林，将积雪吹落的沙沙声，在暮色的旷野里回荡。路灯忽然亮了起来，像要开口说话。

"我工作的本质是试图放大野生的声音,他们的语言,一个比文字更古老的,我们似乎再也听不到的声音。"运用多重曝光技术、对质感和纹理作出独特处理而使作品呈现梦幻迷人效果的英国印象派摄影师斯蒂芬如是说。

零下三十摄氏度的空气里,没有一粒沙尘,我的左眼却突然又痒又痛。狗毛?猫毛?细菌?我在夕阳的逆光里伸出手,指纹的皱褶间,会不会是一粒细菌的重峦叠嶂、云蒸霞蔚?我的眼眸会不会是一粒细菌的贝加尔湖?我们行走在千山万水间,会不会也是一团团细菌?我们爬进了谁的眼睛,让谁又痒又痛?

这是中国的大寒时节,再过两个多月,贝加尔湖的冰面会开始融化,贝加尔湖会从梦境中渐渐醒来。假如我是湖中的十万只海豹之一,一定会日夜期盼着头顶上汽车的轰鸣声、脚步声、聒噪声随着冰湖的解冻一起消失,像从未来过。

离开湖面上岸前的最后几步,我脱下防滑冰爪,在深蓝色的冰面上趴了下来,将左耳尽可能地贴近冰面,贴近冰面下隐约可见的一串串呓语般的气泡冰,想最后听一听贝加尔湖的声音。出乎意料,我听到了一个让我感动的人类的声音:谢谢晴朗的天气,谢谢贝加尔湖。

"树有耳朵开鲜花,草有耳朵会发芽,水有耳朵起浪花,山有耳朵升月牙",假如贝加尔湖也有耳朵,一定听得到我心里的声音:感恩……见谅……

图书在版编目（CIP）数据

声音之茧 / 苏沧桑著. — 杭州：浙江人民出版社，2024.4
 ISBN 978-7-213-11347-5

Ⅰ.①声… Ⅱ.①苏… Ⅲ.①散文集－中国－当代 Ⅳ.①I267

中国国家版本馆CIP数据核字(2024)第043189号

声音之茧

苏沧桑 著

出版发行：	浙江人民出版社（杭州市体育场路 347 号 邮编 310006）		
	市场部电话：(0571) 85061682　85176516		
责任编辑：	余慧琴　王　燕	营销编辑：	童　桦　周乐兮
责任校对：	陈　春	责任印务：	程　琳
封面设计：	许天琪		
电脑制版：	浙江新华图文制作有限公司		
印　　刷：	浙江新华数码印务有限公司		
开　　本：	880毫米×1230毫米　1/32	印　张：	13.5
字　　数：	210千字	插　页：	5
印　　数：	1—10000		
版　　次：	2024年4月第1版	印　次：	2024年4月第1次印刷
书　　号：	ISBN 978-7-213-11347-5		
定　　价：	88.00元		

如发现印装质量问题，影响阅读，请与市场部联系调换。